徂岁不须惊

一场人生　几段旅行

娓娓◎著

中国国际广播出版社

自　序

一场人生，是我阿爸的人生。

阿爸与他子女的关系是亲密无间的，他是严父，更是慈父。

阿爸喜欢在饭桌上给我们讲故事，他的，阿公的。我都喜欢听。

阿爸是世界上唯一一个坚信我可以成为作家的人。所以我说，阿爸，说不定有一天我可以把你的故事写成书。

我做到了。

时隔阿爸离开第七个年头。

也许觉得，只有到了这个时候，久长的光阴已让最爱亲人离世的伤结痂，伤痛平复了。但，还没有，在书写的时候，还是会为受苦的父亲多次在电脑前揪心落泪，哭到疲累……

阿爸很帅，我从小就觉得。阿爸笑容特别阳光，一笑，一排整齐的小白牙，这牙没遗传给我，不然，我不会至今仍期待哪天医学发达到不用拔牙也可以把我的丑牙整好。拔牙在阿爸那里是行不通的。他的禁令是：你要执意去拔，我就不再是你爸。只因为他见过邻居有人因为拔牙伤了脑神经，从此疯了。小时候，太在意自己的丑牙。阿爸便安慰道："你的牙哪里丑了？这叫特别，大白兔门牙笑起来那才叫可爱，让人见过就不会忘记你。"

多可爱的阿爸啊，对不对?

父亲节给他发祝福，他总会回复："谢谢我的小女儿。"

阿爸的笑容，应该传给他的小孙子了，小侄儿一笑，世界全是清风朗月。

第一次为阿爸写文是初中的时候，写了《薄雾冥冥时……》，被刊登在了报纸上。阿爸不只是一名干部，他是一名出色的、受十里八乡人们爱戴和尊敬的高级兽医师。在海南以旅游业为龙头产业之前，牛是农家人的宝。因为阿爸的医术和人品，无论多远，人们都亲自到家里来把他请走，于是，我们也只能经常在薄雾冥冥时，蝙蝠飞进飞出觅食的黄昏见到阿爸归来的身影。第一篇写给他的文章说的就是这样的事。

阿爸的帅在老妈那里求证过的：是的，没错，你老爸当年的确很帅。村里的姑娘经过家门口都会偷看他。外在帅，内在更帅。阿爸会做很多事情：跳舞，唱歌，作词作曲，他原创的歌曲在县电台广播过，还在当时的报纸上发表过，他教合唱团，给合唱团当指挥；他写作，做对联，写对联，街坊邻居，亲朋好友家里的红白事都请他给做对联，写对联；他只是兽医师，但他开的中药救了已被医院拒收的阿妈，以及村子里其他几个人；他会木工，他和阿妈用的衣柜和床是他年轻时的作品，雕龙刻凤，还有花鸟鱼虫、天安门上太阳升的浮雕；他会建筑，会设计，我家的小楼是阿爸设计的；会理发；会制衣；会农活；会做饭……太多太多了。

阿爸每天都会洗头，头发总是干净齐整，发型纹丝不乱。

他把自己收拾好，也会打扮阿妈和我们。他给阿妈亲手裁制的大衣，买的羊毛衫阿妈珍藏多年，每每穿起时，仍幸福洋溢。阿爸还亲手给我们做过年的新衣，有时候我们姐妹几个是一样的，最早的姐妹装。有一年，阿妈为了奖励我，给我买了当年很潮的五分裤，阿爸还特地买来一块同样的布料，给我做了一件短袖衬衣搭配。冬天的时候，他会给我们买婴儿霜，我至今还记得那个可爱的粉色小瓶子，瓶子里的滋润霜也是粉色的，淡淡的清香。天冷了，他带我们去买袜子，他让我们握着拳头，他说，把红袜子包在拳头上面就知道合不合脚了。阿爸还让我们少穿露趾鞋，这脚指头之间的缝隙才不会太开，脚暖了，身体才好。

阿爸不光头发打理得齐整，衣服也配得齐整。就算是旧衣、破衣，他也能穿得很有范。我的姐姐们应该记得，小时候阿爸有件白色带有小破洞的背心，跟阿爸在一起的时候，无聊又调皮的她们总喜欢黏在阿爸身边，去抠那些小破洞，于是，越抠越大，真成破衣服了。我还依稀记得阿爸对此无奈又好笑的样子。工作后的姐姐们喜欢给阿爸买各种漂亮的衣服打扮他，阿爸多穿浅色系的上衣，深色长裤。穿衬衣的时候多一些，纯白的、条纹的、单色的。什么衣服，阿爸都能穿得很帅。我只给阿爸买过一件马甲，方方正正的中长款，浅浅的军绿色，阿爸特别喜欢那件衣服。在他生命中的最后一秋冬季，他穿着白色和粉色相间的条纹衬衣，马甲穿在衬衣外，虽然病情已经很严重，但他的面容自始至终淡定从容。

阿爸说我不应该被他生到，因为我手指长，不是个作家就应该是个弹钢琴的，可惜他给不了我那个学习条件……但我很庆幸被这样一个全才帅爸养育成人。

他一生辛苦，但他把辛苦全挡在了他的背后，只把轻松留给我们。

他爱我们每个人，我们也没有人不深爱他。

对帅爸的思念从未断过，他也经常愉快地、帅帅地出现在每一个家人的梦里。

这本书是我对他最深的纪念。

几段旅行，是我一个人的旅行。

旅行是一件百利而无一害的事情。

想忘记悲伤，去旅行；

想追求快乐，去旅行；

想增长见识，去旅行；

想消除偏见，去旅行；……

我不吃槟榔，但总有人问我吃不吃槟榔。

网上流传过一个段子，甲乙聊天：

甲：你是哪里人？

乙：我山东的。

甲：那你会开挖掘机吗？

乙：你是哪里人？

甲：我湖南的。

乙：那你丫湖南的，你会赶尸啊！

曾经因为我是海南人，刚认识的外地人第一问题会是：“你吃槟榔吗？”

海南确实有些人有嚼槟榔的习惯，槟榔切成蒜瓣般，就着特殊的一种藤蔓植物的蒌叶。

叶片上涂上湿的海贝壳烧成的白色石灰，三样缺一不可，嚼出血般的汁液。

我不吃槟榔。

中专、大专学的都是旅游相关的专业，但毕业之前，我却从未去过海南岛以外的地方。

跟大部分从未出岛的人一样，海南岛以外的陆地叫大陆，从那里来的人都是“大陆人”。

小的时候，每逢春节，总有些外地人拿着易撕贴般大小的一叠福字挨家挨户贴，户主为讨吉利给些零钱，或有人干脆福字也不贴了，沿街乞讨，造成了一部分海南人对“大陆人”有一种轻视的心理。

直到今天，相信谁的身边都还会存在着个别对其他地域的人有很深偏见的人。

旅行，不同的人能说出不同的意义，比如曾经在客栈遇到过一位说自己有抑郁症的极瘦女驴友，她说自己在知道旅行这件事之前，每次都想杀死自己，感觉没有活下去的理由，旅行之后，发现这是一种能让自己活着的方式，起码活下来，还可以去一些没去过的地方看一看。她不定时从事一种简单的工作，利用工作所得四处漫游。

对正常人来说，或许，起码，旅行可以让他不会在当知道别人是湘西人的时候，便去问人家会不会赶尸。

而旅行对我，却不是一成不变，是旅行让我把重复单调的生活变得绚烂多彩。

给时光以生命，去经历、去拥有属于自己的实实在在的快乐。

我把自己逛成中国风光的忠实粉丝，越逛越觉得祖国的美，美不胜收。

目 录

一场人生 再苦也要好好活

人都是带着苦痛生活的，坚强、乐观地活好每一天就是活着的意义。

——张建中

一

按摩完阿爸的手和脚，我扶起病榻上的他，把他近乎枯槁的身体小心靠在柔软的枕头上。一米七五的个头，小时候我们姐妹几个喜欢挂在他身上，强壮得能一只手臂吊起一个孩子的阿爸，如今身子轻得我要小心地捧着，像捧着那刚出生的婴儿。我转到他的身后，用最轻柔的力道细细地按摩他的头皮，和他那张瘦削的、颧骨凸出的、只剩下皮与骨的脸庞……

阿爸说，“老人变小孩”，不，他还没老，他只是病了。要不是他生病了，你根本想不到，他居然会需要你。

阿爸乐天达观，生活技能强大，理发、裁衣、普通小毛病的诊治和护理，甚至建筑，等等，都不在话下。是我们心目中永远的全能英雄。

懂得这么照顾他，都是跟他学的。

小时候，我的身体很差，各种毛病，单位里的叔叔姐姐们都管我叫“小病号”。一次，我不小心把手指尖削掉了一半，阿爸自行配药包扎，他的医生朋友赶过来都无需再做处理，只留下一些口服消炎药。夜里伤口如被鸡啄般疼痛，阿爸便守在身旁，用指甲轻刮伤口的下方。这方法居然比止痛药还有效，可以让我很快入眠。我的毛病中最严重的是流鼻血，父母亲到处寻医问药但都无法根治。经常睡到半夜要把父母亲喊起来，每一次阿爸都能处理得很好。记忆中，只有一次比较严重送医院。那一次凝血刺激到咽喉，吐出咽到胃里的血，家人和来探望的邻居，全都哭了起来，我连忙虚弱地安慰抱着我哭的阿妈，告诉他们，我不是在吐血。阿爸跟我说，医生说为了根治我的毛病，必须从鼻孔往肺部插入一根管子，抽出什么来，他说他如大旱望云般期待能有办法根治我的毛病，但这个听上去实在太不可靠，他要带我出院，问我什么感觉。我说，太恐怖了，感觉可能会死。我俩达成一致，没接受医生的治疗，当天就出院了。我记得自己是穿着带血的衣服趴在阿爸宽厚的背上被背回来的。那时我就觉得，能够好好活着就已不易。后来知道，我的毛病是由于鼻中隔发育中有些许的扭曲造成的，胶管深入肺部基本无济于事。而当时县城医院设施简陋，非常危险。多年后，阿爸跟我说起这件事情，都说是我救了我自己，其实是他的理智救了我。我也学会了阿爸处变不惊的从容态度，无可奈何的事情发生了，只做一件事，就是专注于解决已经发生的事情。

“小小，你们现在怎么样了？”病痛中的阿爸还记得关心我的个人情感问题。

“分了，已经很久不再联系，”我说。

有些痛，对抗不了就让他赢，然后甩开，从中解脱。

对于阿爸的病痛，我无能为力，只能通过按摩这个方式让他减轻痛苦。

“对你来说人生还长，孩子，没什么大不了的。”阿爸交叉搁在胸前的双手，随着心跳起伏。

“知道呢，爸。爸，您觉得人生是苦多还是乐多？”我不知道自己为何突然想起要问这个问题。我侧脸看，阿爸微微闭眼，他颈上动脉明显地搏动着。明显，且有些急促……或许我是想知道，这个给予我生命给予我爱的男人，这个和癌症对抗了两年多却从不抱怨，从没呻吟过一声，该手术的时候去手术，回来就按时打针吃药，吃饭睡觉，散步写毛笔字的男人，他都经历了怎样的人生？

二

阿爸的学名张建中，族名魁洞，族里人称之为大公。1943 年 11 月出生于海南岛一个大村庄。阿爸出生的村前有个闻名县城的景点叫“孔山”。“孔山”不是山，是一片古榕树林，从盘根错节的榕树根冒出的泉水长年不息，形成的一个沙白水清的塘，泉水缓缓流经整片树林，流入田野。溪流清晰如镜，清凉味甘，大热天，它是避暑的好去处，也是村民们自然的公共澡堂，孩童们的乐园，更是养育村民的生命之水。被泉水日夜滋润着毗邻不远的那片良田，一年三次，都有好的收成。

我的老家坐北朝南，砖木结构，依次是柴房、卧室、厅堂、卧室、厨房。老屋前庭宽阔，从柴房到厨房前的饭厅，整面地板上的砖由于承载两代人岁月，有些已没入地面，显得地板凹凸不平。饭厅右侧整面墙是砖砌的半米高两米宽半月形窗台，把庭院的树木框在里面，形成自然壁画。老屋面积有一亩大，宽阔的庭院里种满香蕉树、石榴树、番荔枝树、槟榔树等。老屋有几面墙是乌黑的，那是一次日本鬼子进村烧杀抢掠放火烧的。阿公从后山赶回来，和阿爸的叔叔们一起把火灭了。他们上屋顶灭火的时候，还能看到在村口大井边上脱光了冲洗的日本兵。

我出生的时候，阿公阿嬷早已不在。知道阿公的样子，是摆在厅堂八仙桌正中，黑色相框里的那张相片。阿公穿黑色竖领中山装，大背头，浓眉，和阿爸是一模一样的单眼皮，长而笔挺的鼻子，不厚紧抿的嘴，微翘的人中，整个人像透着一种正直威严的气质。

而阿公的确就是这样的一个人。

七岁丧父，由于家贫，十三岁便跟村中大人们外出谋生，创家兴业。

1920年，十七岁的他跟随当时的警察署长外出担任过孙中山领导的国民党排长职务，一年后便脱党返乡持家。

阿爸说，日本鬼子进村，村民无论多忙都得起立敬礼问候，我阿公就不。他在埋头修犁，假装没看见。没人性的鬼子一枪托就狠狠地砸在阿公头上！头上立刻高高鼓起一个大包！阿公怒火中烧，把犁朝日本鬼子一掷，撒腿翻墙就跑，日本鬼子在身后开枪扫射，没打着。

又一次，鬼子在邻村修飞机场，进村抓劳工。那时全家都已躲到后山，回家取东西的阿公来不及逃跑，躲进柴房的竹筐里，他屈身蹲在竹筐里，双手扶着头顶装着米糠的簸箕，透过竹筐的缝隙注意着鬼子的举动和表情。鬼子进了柴房，刺刀一阵乱挑，眼光始终没落在阿公藏身的竹筐上。阿爸说，阿公出来后跟别人讲，如果鬼子的眼光一落在竹筐上他可能就没命了。如果是这样，他打算一跃而起，把米糠甩向日本鬼子，迷他们的眼，然后再逃。

阿公有勇有谋，有胆有识，正义大度，族里人敬重他，朋友也多。

国民党和共产党都找过阿公，想收编他入伍。那个年代的人，还非常注重“不孝有三，无后为大”，阿嬷怕阿公参军有事，一看到家里有陌生人来访便绝食抗议，日夜啼哭。阿公不想卷入纷争，但是后来却被怀疑参加了国民党，甚至被怀疑给日本人当了汉奸……由于阿公有一位肝胆相照的好兄弟是共产党，国民党内部想派人暗杀阿公，阿公的一位国民党朋友向他透露消息，并建议阿公允许通过他，在国民党内挂职保命。在这种处境下，阿公为了挽救生命，为了家人的生活无奈同意。

阿爸出生，有了儿子后，阿公便选择深入山林开荒，从此不理世事。

阿妈说，阿公比阿爸高大，身板很直，一世做好人。左邻右舍谁家盖房子只要开口要求，他挪大门，挪院墙也给人家腾地方……村里没地盖学校，他把我家门前，酸豆树那块地让给村里盖学校。后来学校搬走，地被交换那是后话了。

三

我没在村子里长大，在老屋的时间不多。记事起，随父母工作调动，搬过几次家。

小学的家在镇上主马路边，一排椰子树下是单位两层小楼，楼下是门市部。门市楼与单位宿舍之间隔着空旷的大院，住房是瓦房，低矮潮湿。阿爸是单位的头，所以我家分到了中间的三间大房。宿舍与厨房也间隔一个空旷的大院。三排三座。搬过去后，阿爸自己动手，用贴上白纸的硬纸皮和木条做成墙，把中间的房间隔成两间，这样，我家客厅、饭厅和卧室都充足了。阿妈发挥农民本色，在宿舍和厨房之间的空地上开垦出一块菜地。我却在我妈的菜地里开辟了一个小花园，种各种花。原本荒凉的单位大院让我们一家打造成花果飘香、鸡鸭成群的温馨家园。

小学毕业后，阿爸为了我们申请调动，调回家乡镇上任职。因为镇上中学当时是全国名校。新家在镇上机关大院里。机关大院集合全镇各个单位，单位与单位之间没有围墙。我家就在最里面的角落里，简陋的三间瓦房一间厨房，在几棵高大挺拔的大松树底下。

大学，我们都在外面上学。不知为何，阿爸办了离休，父母搬回了老家。那时候父母亲的事情不会跟我们讲的。他们在家门口开了个几平方米的小卖部，卖药和杂货。假期回家，看到妈挑着甘蔗去集市卖，她穿戴整齐，鞋袜鲜亮，和她肩上的担子格格不入，看着心头直涌酸。

阿爸在屋檐下用大桶洗头，我搬个凳子坐他旁边。三个孩子在上大学，他们虽不说，但肯定有压力的。

我说，爸，我不想上大学了。

不上学你要做什么。

我可以去工作啊。

爸头埋在水里，呵呵笑。他说，你还这么小，没有地方会收的。

大学我上了半个学期了，很不喜欢。

没关系，你就去吧，读完了才有毕业证，有个文凭你将来才好找一份对生活有保障的工作。不要求你出人头地，做出多大事业来。当然，你有能力有天赋要能成就个什么最好。不然呢，这世界上智者、强者毕竟少数，大多数还是像我这样普普通通的人。只要你们不缺吃穿，健康有趣，过普通生活就行。

因为大半年没见着，一回家父母拿好吃的侍候着我们。假期在家，狂看电视到深夜，然后大睡。现在还清晰地记得阿爸在房间窗口喊我起床吃早餐的身影。回想起来，真对不起。

当我在大学里迷茫的时候，阿爸从一个机关干部成为一位打工者。他的人格和业务水平是有口皆碑的，经同学推荐，给一家大企业做顾问，还带着阿妈和表哥去广东开过牧场。

我们都毕业工作后，能干的弟弟也赚了钱，加上父母亲的积蓄，盖了新房。新房推翻了老屋重建。阿爸亲自设计，买材料、装修，建成了他喜欢的小楼。

阿爸喜欢文艺歌舞，他天天带着阿妈和朋友们一块去镇上舞厅玩。对他来说，身上的担子全都卸下了，他这才有了时间可以做自己喜欢的事情。我们放心各自生活，以为他就这样愉快地安度晚年了。

没想到一次体检后便转入了无休无止的治疗……

四

阿妈叫吃饭了，我扶起阿爸。他说：“孩子，生而为人的过程，苦是难免的，而且很多时候非我们所能选择。但是，普通人的生活里也没有跨不过去的坎，爸的时代物质匮乏，吃饱穿好是最高追求。你们这一代，衣食无忧，但谁也避免不了波折、苦楚，所以，人的一生无论怎么过，都是不容易的。关于你刚才的问题，爸给你讲讲爸的这一生。无论如何，能不吃苦别自找苦吃。如果避不开，再苦也要好好活，活出最好的自己。”

“好的，爸，关于您的一生，您能记得的，都讲给我听吧。”

我不太喜欢吃鱼，一条鱼我随便夹了些肉就当鱼刺丢在铺在饭桌上接骨头的旧报纸上。阿爸用筷子捡起来放在自己碗里。他说，从前，他的祖母吃饭，不允许任何人浪费食物，一个饭粒不小心掉哪了，衣服上，饭桌上，她都要找到它，捡回嘴里吃掉。“五谷好吃不好做”是她的格言。汤里有个油花，饭桌上的小孩子们都要抢着用饭勺去捞它。我于是趁阿爸还在停筷讲话的时候，抢过他饭碗里的鱼，连鱼骨都嚼烂了吃掉。

阿爸动筷，一边吃饭，一边开始了他的讲述：“我爹说，我们家祖祖辈辈都是穷人，连田地都没有。爹七岁的时候，他的祖父去世，靠祖母一个人砍柴去卖，换米回来养大他和他的两个弟弟。可惜我那两个叔叔都死得很早，他们各留下了一个女儿，也就是我的两个堂姐。

“小时候，我和祖母一起生活。很少见到爹娘，他们常年住在野外给别人种甘蔗，得空的时候，就开荒，为自家开山造田造地。爹娘很久才回来一次，但每一次回来，爹都给我们带回来一些手工蔗糖，所以，爹每回一次家，都是我们快乐的节日。”

阿爸喝了口我妈喂到嘴边的汤，习惯性地深抿了一下嘴，继续讲：

“靠爹娘的日夜操劳，我家不仅有了田还有四头牛，黄牛和水牛各两头，生活有了抬头。他们的艰难困苦是我，更是你们这一代都无法体会的。

“我三弟，你们的三叔，比我小四岁。我娘生下他后，勤劳成性的她闲不住，没能过完月子就出门劳动，结果病倒了。野外没有医生，更没有药，回到村里，村里的医生也没有办法，我娘就这样走了！”

骨肉连心，过去了几十年，阿爸谈起丧母之痛还眼泛泪花，他用手背擦了擦眼睛，抽了一下鼻子继续讲：

“那时我才四岁。由于很少接触她，我对她的印象非常模糊，只记得一个背影。印象里，应该是她有一次从野外归来，我蹒跚跟在她身后走，只记得是一个很高大强壮的背影。

“我娘走后，接下来的两年内我的大姐和两个弟弟也相继离去，他们都是病死的。而他们都只不过是得了点对现在来说的小毛病，大弟是因为拉肚子，二弟是因为发烧，大姐只是感冒……那时无医无药，是一个打个喷嚏就会要人命的时代啊！

“长得壮壮实实的二弟比我小一岁，他开朗好玩，是村里孩童们的小头头，我们兄弟俩如影随形，玩得好不痛快。秋收的一天，我们跟着大人到田间割稻谷，中午的时候天热，我们一帮小孩跑到水沟里玩水。晚上回来，二弟开始发烧，晚上十点左右，他就离开了我们！我抱着他哭，不放手，哭到直接在他身上昏睡过去……他不在了，但他的样子一直没有离开过我。至今，每每想起他就如同见到他一样。

“那一年，我五岁，他四岁。我年纪虽小已经觉得痛心疾首，我的爹呢！短短的三年，家人出现如此之大的变故，没有人能知道他心里的痛苦有多少！”

阿爸抽了抽鼻子，妈轻抚他的后背柔声说：“吃饭的时候就不要讲这些了，好好吃饭吧。”

“不，不影响，饭要吃，也要讲，我怕没时间给孩子讲了，”阿爸说。

“妈，我也不影响，我要听。”我喝掉半碗汤，压下心头涌起的心酸。

五

这天有事回来晚了，回到家阿爸已躺下准备睡觉了，妈说，阿爸一直在公交站等我，我坐的 2 路车数着都过去几十辆了见不到人下车才失望回来……掀开蚊账去看他，他还睡不着，我给他按摩脚，听他说说话……

“六岁时，爹让我从一数到一百，然后让我去上学。

“二年级，学校迁移了，离家很远。而且校务劳动非常的繁重，入学的时候每个同学必须出一把豆种，捡一筐猪粪，然后到学校种豆角，我想我抬不动那一筐猪粪的，于是逃学。我爹很担心，想尽办法劝诱我上学。他亲自到学校跟老师讲情，让我免交那一筐猪粪。回到家，爹把我抱到怀里劝说，他说要把家里唯一的那头羊杀了，制成肉干，每天早上给我一份，吃着去上学。我挣脱爹的怀抱，坚决不同意。软的不行，来硬的，爹拿了棍子边劝我边说不听话要打我。我跑到大门口，看看我爹没追上来，想起他刚才吓唬我说要打我很恼火，脱下身上的背带裤子往祖母的猪粪坑里一脚踩了下去！”

“哇，那你那裤子还能要吗，爸！”我故意打趣说，想让阿爸能够在轻松些的气氛里讲述对他来说无比沉重的回忆。

“要啊，爹用棍子挑了出来，堂姐捏着鼻子，用棍子挑着到孔山去冲洗了。”

阿爸讲到这里，为自己小时候不可理喻的顽皮笑着摇了摇头。

“我爹知道强迫我也不行，只好暗自悲叹。”

“那时候，逃学不上叫‘走懒根’，学校的师生上完一堂课，课间就会到家里去捉人，而我知道差不多下课的时间，就带上与我同年出生的拜把兄弟，你们叫的‘同庚爸’还有一帮逃学的小伙伴到野外去放风筝。”

“爸，您和同庚爸是怎么拜把的？”我问。

“就是两家人一起，杀了只羊祭了祖，在一起吃个饭就成了。还记得那日祭拜完，我俩一人一只羊腿就跑出去玩了，哈哈。”阿爸又笑了，我们很开心。生活就是这样，有苦有乐。

阿爸继续讲：“老师和同学们总是扑空。有一次，我出门晚了，他们已经来到了门口，我躲藏在大门口的角落里，想要等他们进了我家，我再往外溜，手里还备了两块破砖。不料，一个高年级的男生一回头发现了我，他大叫一声：‘他在那里！’我猛地站起来，‘嗨’一声，把手里的砖头朝他的方向掷过去，我看见他吓得面如土色。然后，师生们都向我围了上来，七手八脚把我扛到学校去关了起来。

“我这一逃就是一年，被抓了几次，有经验了，他们再也抓不到我。

“不过，第二年，我主动要求上学。老师要我读二年级，我不同意，一定要上三年级，我爹怕我再次逃学，依了我，这样我逃了整个二年级跳级上了三年级。不过我从此不再逃学了。

“啊，六岁到十岁间我简直就是一个十足的顽童。

“八九岁的时候，我在一间还没盖好的房子那支最高的木架上跑来跑去，一位伙伴在后面追赶我，我回头看时脚一踩空，人直掉下去，幸好手快抓住底下的另一支横木，不然就没命了。还有一次，就在我们家门口的那棵酸豆树上，我把两条垂下来的树枝打了一个结，用一支木棍穿过结中，脚勾在木棍上，头朝下倒挂着给小伙伴们表演杂技呢，‘噗’的一声，结脱了，我摔下来，头破血流。”

“爸，你是说我们老家门口的酸豆树？这么高的树？”我惊讶地问。

我老家门口的老酸豆树应该是阿公的阿公那辈就种下的，几百年树龄，几米高。

“对的，那时上树下水，不知道天高地厚嘛。好几次死里逃生的事我爹并不知道，他太忙了，根本就没时间管我。直到有一天，家里不知怎么来了一位算命的先生，他对我爹说，我不能上树，也不能下水，否则我就活不长。爹特地把我找来，跟我说了这事。我不相信。第三天，我又爬树摘石榴吃，莫名其妙就摔了下来，一个人在地上躺了好一会儿才清醒过来。清醒过来的那一刻，我想起了那算命先生的话，心里有点害怕，以后自己就很少上树了，也没再经常下水玩。偶尔上树下水的时候，自己也懂得小心谨慎。

“那时，不仅顽皮，还是一个丢东西的大王。丢的特别多的要数木屐了，今天买回来，明天出去就丢了。一年到头，不知道丢了多少双木屐。”

“爸，那时候只穿木屐吗？”我问。

“能有木屐穿算好的了，很多人鞋子没一双，光脚的。”妈难得插了一句。

“是的。四年级的第一学期，地区上流行麻疹，不知夺去了多少与我同龄的儿童的生命。我也染上了，奄奄一息挣扎在死亡线上，可怜我的爹也被我的病折磨得不成人形。”阿爸继续讲，“天无绝人之路，也许是天可怜我爹，让我活了下来。我活过来后，也懂事多了。从此好好上学，认真学习。后来，我的成绩总是全年级最好的。我把那些上树下水的爱好转化为对体育的爱好。每一项都做得很好。还玩杂技，过火圈，用手走路，打前后翻。”

六

饭吃完了，我和妈把阿爸小心扶回床上。刚吃完饭，阿爸还不想躺下，靠坐在床头，继续讲……

“1956 年，小学毕业了。参加初中考试的前一天，居然发起高烧。村里没有医生，我爹把我抱到邻村的舅父家去看病，晚上他有事匆匆返家去，留我一人在舅父家过夜。第二天，鸡鸣第一声，舅父叫我起床，带我到村里一个也要去考试的学生家里，让我们结伴到镇上去考试。我高烧还没退，一大早就起来走差不多四公里的沙土路到镇上去，只觉得昏昏沉沉的。费了好大的劲打听到了自己的考试教室。第一科语文考完出来，头痛，口苦得如同含着黄连素。太难受，我离开教室去找水漱口，返回来的时候却又找不到教室了，考试的钟声已敲过两遍，我又累又急难受又难过，再也受不了，无助地放声大哭起来。幸好被同村的一个大人发现，把我领到教室。监考的老师一看，都已经过了十五分钟了。我一边擦眼泪，一边做题。”

阿爸讲到这里的时候，全家眼眶都红了。那时的阿爸还不过是一个十一二岁的小男孩。

阿爸沉浸在他的回忆中，声音充满无奈：

“升学的名单出来了，很多平时成绩一般的伙伴都榜上有名了，我却找不到自己的名字。命运总是给我一个又一个坎。发现有一个叫张莲中的人，大家都不知道是谁。熬过了几个不眠不休的日子后，在族里雄耀的哥的帮助下，才查出来是有人把我的名字写成“张莲中”了。知道真相的那天，我和我爹庆幸地抱头痛哭。”

讲到这，阿爸停了一会儿，喝了口水，再停了一会儿，才继续讲：

“我考上了镇上的中学，是本届的第一班。村里都是穷人多，很多人都只能走读，也就是说没钱住校。放学后必须赶三四公里的沙土路回家吃饭。有些学生中午赶路回家吃个饭，再赶到学校上下午的课，晚上再赶回家。”

听到这里，我们的嘴张着都忘了关。

“四公里，两个往返，上个学一天要赶十六公里路！”我们异口同声，难以置信。

“是啊，风吹雨打。夏天冬天都不好过，夏天时沙土烫脚，冬天衣服穿得少，受冻。我是那一届之中最小的学生，还不到十三岁。我爹心疼我，让我住校吃饭。初二的时候，家里生活水平更差了，我不得不加入了走读的行列。那时候，还没有人家有钟表这种东西，鸡的晨鸣就是我们的时钟。鸡鸣首次的时候，我的大妈起床，给我做点干饭，外加点鱼干，鱼干是当时家里最好的菜，通常的时候就是一点虾酱就饭。”

“虾酱以前我也常腌啊，嫁你爸后前几年家里都还很困难，我要等庭上有香蕉熟了，挑到集市上去卖，换来的钱就到海边去，买了渔民刚捞回来的小虾加入盐腌起来，就靠这个送饭，哪有钱买鱼买肉吃的，还腌扁豆酱，种的扁豆收了，煮熟，放盐腌起来，这两种酱都是日常必备的，”妈插话说。

“好辛苦啊，爸，那你曾走过那么远的路去上过学，为什么我们上小学的时候，学校离得也不远，您却一定要给我们配自行车？”

同样是小学升初中那年，学校离家步行大概十分钟左右，爸和妈却借了邻居家的池塘，养了一群鸭子，鸭子长大换了六百块钱。这六百块钱全给我们买了自行车。

“当时我们养鸭子也是为了好玩，现在的人养什么都成，有地随便种什么都是你的，都有的吃，不像从前。以前是没条件，有条件了当然给你们好的。我们给你们单车，到了你们的子女就坐汽车。往后定是越来越好的。”妈插话说。

阿爸待我们声音落了，说：

“生活再好，物质上也不必过分追求，凡事一俭，则谋生易足；谋生易足，则于人无争，亦于人无求。知足，有度，就好。

“鸡鸣第二遍的时候，大妈把我叫醒，我吃了大妈准备的那些饭，去找同学一起上学去了。家里到学校，我们最快也要走差不多一个小时。上午上完课，就在教室里睡觉，等下午上课。家里条件不那么紧巴的学生中午能有一毛钱买一碗汤面吃，他们那算是最高级的生活了，而大多数都是饿着肚子上课的，有时候同桌之间都能听到彼此的肚子响。”

听到这里，我默默地把剩在碗里已经不打算再吃的几口饭扒进嘴里。

“也在这时，出了一个‘教育要与生产劳动相结合，培养又红又专人才’的教育方针。很多学校改为半工半读。我的学校劳动课越来越多。每周至少有三天要劳动。要不然就是上午上课，下午劳动。我们要建设农田，开发大大小小的水利。”

“不满十四岁的我长得又黑又瘦，没办法挑动那些湿土。我的高鼻班主任让我去挖土。那是一种叫‘铁粉沙’的土质，很硬，如钢板一般。晚上，女同学必须挑水去浸泡，早上才能挖。那些大锄头差不多有我重了，我拼尽全力抬起来，锄头一着地就跳到一边去了，根本就挖不到土里。高鼻班主任又会大叫：‘看哪，看张建中是怎么挖土的！真没用哪！你不是国家需要的人才！’我至今还记得他当时说的那句话。当时真恨他。我不是不想做，而是我力不能及啊！我爹非常担心我，三天两头就会走十公里的路到工地去看我。在工地，捉工很紧，出工的钟一响，检查团到厂房检查。若发现有人，就拉出去斗。日夜为我操心的爹想出了一个办法：当时有一个人随着大队伍到工地剪头发，我爹便把我拜托给他。他也很同情我，答应保护我，我爹才放心回家。后来，几次，我在他的理发棚里休息，检查团的人问起，那位叔叔就说我是他的孩子，跟着来玩的。我暂时逃避了那些可怕的劳动。”

“1959年我上初三。我饿得皮包骨头，坐在凳子上学习必须得垫着一个枕头，不然屁股就会被骨头压得生疼，神经也严重衰弱，整个人都枯槁了。”

“太惨了，爸爸。那你们家情况怎么样，妈？”我问。

“也没好多少，有些人家还吃树皮草根，野菜都挖光了。印象最深的是到公社吃饭，领了粥，碗里清清楚楚看到自己的影子，勺子捞上来没几粒米。”

阿妈比阿爸小七岁，她的感受没有阿爸那么强烈。

“好了，好了，先休息了。”妈坐到床上，小心扶爸躺下。

我退出父母亲的房间。

七

台风夜，吃完饭就停电了。点了蜡烛，给阿爸暖手脚，他接着上次讲……

“1959年，十六岁的我以优异的成绩初中毕业了。但是，高鼻班主任给我的操行分只是‘丙’，‘丙’代表不合格。我打算上高中，然后考大学。报志愿的时候我依次填报了海南中学，琼台师范，加积中学与文昌中学，它们都是当时海南最有名的中学。这些学校我都十分有把握的，因为海南中学的录取分数线是70分，琼台师范更低，65分。成绩出来后，我总分得了75，就这成绩却只被录取到县第三中学！我不服，去查了原因，就是因为那个可恶的‘丙’！操行分不合格的原因！这个‘丙’影响了我此生今后的命运。君子成人之美，不成人之恶。小人反是。像高鼻这种人，就是小人，不配为人师表的。所以为什么你们上初中，我想给你们找好班级好老师。你们成长的路上，会不会遇上小人，不得而知，但首先，我们为人，不做小人，要为善。

“我心中有多少的不甘，又能怎么样？我只能接受了。三中就三中，可命运还是没放过我，还要捉弄我。离开学的时间仅有一天了，各个学校的通知书都已经发放到学生的手中，像初中时候那样，我的通知书迟迟未到。几天的煎熬等待后，几乎绝望了，村里一位老师突然把通知书送到家里来。原来我的通知书和另一位同村同学的通知书被夹到别人订的报纸里，多亏这位老师到镇上开会，刚好读到那份报纸，发现了它，帮我们带了回来。这已经是入学的前一天晚上了。”

我的胸口有些沉闷，重重叹出了一口气。

“拿到通知书当晚，天气预报夜里有七级台风。天还没黑，风雨已经来了，可是通知书上明明写着，报名日期明天止，如果未到，学籍就被取消。那时候车本来就是稀奇的东西，何况是暴风雨的天气！没有时间多想了，我爹马上去为我借来了一件蓑衣，第二天一早，我和同学冒着风雨，沿着村后的铁路，徒步十几公里，赶到了县三中报了名。”

“这十几公里的风雨路，不用细说都可以想象它的艰难！何况对于一个已经长期没有吃过一顿饱，骨瘦如柴的少年来说！现在说起来，心头还隐隐作痛。但是，这就是人生，这就是生活啊，再难，咬着牙你也得走下去。”

我握住阿爸的手。听得心很痛，很痛，哽在喉间。

八

“开学到学校，当时的高中生都享受国家粮。每人一个月九公斤。每天给六两，早餐一两，中餐二两，晚餐三两。上学前，我们把那些米装进自己的饭盒里，加上水，一起放进学校的蒸笼里蒸。下课后，找到自己的盒子就吃饭。没有菜的，有时候能有点红薯干放到里边一起蒸，那简直就是佳肴！身体正处生长期，吃那点饭根本填不饱肚子，怎么办呢？只好大量地喝水。一直喝到肚子胀了，有点热了，才算有了吃饱的感觉。这种食不果腹的日子严重影响了我的健康。有时候蹲下去或躺下了，起来非常困难，头昏眼花，耳朵鸣，经常要扶着墙壁或者树木才可以站起来。站起来了也要休息一分钟才能开始走动，不然就要昏倒。

“虽然如此，你们的阿爸我还是坚持用功学习，遇到不懂的难题从不放过，成绩也一直保持最好。”

我把水杯递到阿爸嘴边，他喝了口水，继续讲：

“那时，县三中才初办高中，老师都是从县一中调教的，课上完，人就走了。1960年的下半年，粮食的情况才有了一点改善。高二，我们全班搬到了县第一中学。

“功课渐渐多了起来，我除了学课本，也抽出一些时间来读书，比如《青春之歌》《林海雪原》《铁道游击队》等长篇小说。不过，读得并不多，主要是因为当时我有这么一个思想，就是‘学好数理化，走遍全天下’。晚上以月亮为钟，早上还是以鸡鸣为表勤奋地为理想学习。有时候，功课没做完，月亮就偏西很远了，于是我到院子里踢踢腿，弯弯腰，用冷水洗洗脸回来再学，直到鸡鸣。有时睡得早了，半夜醒来，不知道是什么时间，干脆就起来了，点亮那只自己用墨水瓶子做成的煤油灯学习，有时候灯油都差不多燃尽了，才发觉天还没亮，又躺下来再睡。”

“爸的作文，哲学政治也都很不错的。”阿爸继续讲，“只是英语不怎么好。高一高二一共学了两年的英语，没有专业老师，教我们的是一位小时候去了新加坡的人，不知道是不是叫华侨？他的水平有限，教不好。虽然如此，我还是自发自动地学习英语，后来，很多当时能拿到手的英文读物都能看得懂，阅读是没问题了，但是听和说就不行了，当时的条件没有机会听过真正的英语，跟着音标读出来也不知道对不对，不像你们现在有专业老师，有录音带有电视。”

九

“高三的第一学期，全校要进行高考前的体检，不合格的不得参加高考。不知道什么时候我的颈上，前后胸部长了大量的白斑。医生诊断为具有传染性的白癣，我的考试资格被取消……

“怀着悲痛的心情，我回家了，我恨啊，恨这白癣带给我的无妄之灾！我消沉至极。但我很快意识到，这种消极只能让自己健康越来越差，影响到自己和家人的生活，我让自己振作起来，开始寻医问药，治疗白癣。经过几位医生的诊断，都一致认为，那不是白癣，只是一般的汗斑！又一次源于别人不负责任的错误！

这就是命吧，我的命运就是这么奇怪。这种乌龙事情一次次的发生，关键时刻从不缺席！

“汗斑不用多久就治好了。在一些同学的帮助下，我到学校跟校长讲情。校长知道我年纪小，且学习好，破例让我回校重读高三。回校后，我的成绩并不受影响，还是名列前茅。每次测试，总是第一个交卷，提前差不多有一个小时。一次饭后，在井边洗碗的时候，无意中听到那位总是第一名的男生说：‘那位叫张建中的，他要是考试的时候能再认真点，我绝对考不过他。’是的，我的确是，特别是数学，常犯计算上的错误。老子说，天下大事必做细，做一件事要成，必用心，注意小节。明明会做的题目，计算错了就是错了。

“高考临近了，此时，爹对我说：‘儿啊，爹只有你一个儿子，你不能考得太远，你不能离开我去得太远。’他让报考医学，我明白他的意思，那样的话，毕业以后就算是回到村里也能用得着，那样就可以陪在他身边了。我想到自从没了娘，可以说是和我爹相依为命，他无微不至地关心我，照顾我，高中前都是和他睡在一起的。睡觉前，他会给我讲过去的事情。要说离开他，我也真的有些不舍，所以他这么对我说我也就决定了：学医学，不考外地的学校。

“答应了我爹之后，我便开始放弃数学，改学生物。因为当时的高考分三类，报医科的话，我就得考第二类，考的是作文、政治、外语、生物、物理、化学六门。学校知道我的决定之后，校长两次找我谈话，要我一定要报考第一类。第一类不考生物，在第二类的基础上加一门就是数学。校长说，那样我就有十分的把握考上最好的学校。当时因为各个学校在竞争升学率，所以每位考生的选择都要经过学校的批准。我找借口对校长说我放弃数学已经很久了，恐怕会考不好。校长说他已经调查过我的情况，我的数学老师也跟他说了，我能行。没办法，我只好说我做不了主，要改变必须得到我爹的同意。校长立即让我的班主任到我家家访。我爹怎么肯答应呢？班主任回校报告之后，当天，我的入团资格就被取消了。当时，我并无所谓。

“高考的时间到了，我满怀信心地考试，然后胸有成竹地等通知书。

“八月下旬是通知书到来的时候，我天天盼啊，等啊，一个白天过去了，一个黑夜过去了，有很多同学陆续都收到了通知书纷纷前来报喜，同时也奇怪为什么我的会那么迟。我很苦闷，怀疑会不会又像初中时的那一次，会不会又是什么人把我的通知书夹到什么地方了。数学老师每见一次问一次，问得我都不敢再见到他。

“一天，我在家里做饭，不在同一个镇上的邢同学高兴地拿着通知书特地来感谢我一直以来在学习给他的帮助，并请我去喝酒。他的声音刚落，我再也忍不住，崩溃大哭！邢同学也跟着哭了起来，然后转身离开了。我想知道为什么！可是，当时考上与否只能单凭一纸通知，无处可查的，我还抱着一线希望等。九月中旬了，该上学的人全都已经走光，希望彻底幻灭……我仰头对天长叹，把泪水往肚里吞！

“我始终没有等到那一纸通知书……”

十

“悲痛了一些日子之后，我让自己平静下来，面对现实。那时候没有什么高考补习班，下次要再考只能以社会青年的身份参加。去除思想中那些对宿命的无奈，我把这次失败归于自己的马虎、草率，加倍勤奋地用功学习。比以往更认真，更细心地学习。不上学后，村里的生产大队开始给我分配劳动，年轻人如果闲在家里会被臭骂的。我只能一边劳动，一边抽空学习。

“临近高考的最后两个月，我向生产队请假，做最后的冲刺。

“考场上，有一位监考老师总是在我答卷后看我的试卷，有时候我完成得早，他也看得久一些。最后一门交卷后，我走出教室门，那位老师用手有力地按着我头，认真地说：‘大有希望！’我回报他感激而自信的一笑。这位老师直到多年以后，有一次在省会海口见到他，他对我仍然记忆犹新。

“我的又一个大大的希望最终等来的还是一个大失所望，我居然连最普通的一所大学都上不了。我没有像上次那样只怀疑自己，我去调查，我得给自己一个交待。通过调查得知是政审时出了问题。我爹从我上初中的时候起就担心的问题终于不可避免地来了！

“如果我和我爹当初没有拒绝校长建议，如果我没被取消团员资格，如果……但是，人生没有如果。

“这次，我认了命。死了心！

“从此，我一看到书，就油然而生一种极度厌恶的感觉！我把自己学习过的所有的书本笔记烧光，像是要发疯了一般，吃不下，也睡不着，有时候睡着了，却因噩梦大跳哭喊起来。

“那年，我21岁。

“可怜我爹中年得子，百般辛苦才把我抚养大，他不能让我就这样完了。他整日整夜地陪在我身边，慢慢地开导我：‘儿啊，看看日头又要过天了，不能上大学，在村里，学一门手艺，木工啊，做衣服啊，理发啊，也是可以生活的啊。怎样做人都会有死去的一天，人死万事空啊！可你现在还年轻，你不能让我看着你就这样完了啊！’我并没疯，爹的话声声入耳。

“我想起小时候，爹背着我去朋友家吃饭，笑谈中常常对朋友说他不知道能不能有时间把我养大。如今他是把我养大了，他却老了，他已经是61岁的老人。再这样下去，我对不起他。想到这，我躺不住了，从床上起来，吃了几个月来的一顿饱饭，然后跟爹下地劳动。”

十一

饭后，月光好，我们到庭院里坐，阿爸靠在躺椅上，我坐台阶上。一朵浮云从月边飘过……

“我的家里需要我，我也要活下去。

“成为农民的第二天，我爹就带我去开荒，为家里多开一亩地。到了山上，他递给我一把锄头，指给我一个山头，我就开始挖了。烈日无情地烤着我，挖呀，挖呀，汗水湿透了身上的衣服，手掌破了皮，渗出了血。十根手指全长满了水泡，手合起来张开的时候，那些水泡就‘嘶嘶’地破开。非常痛。

“我爹什么都没说，吃饭的时候，他让我把双手放到盛着热粥的饭锅里上去烫，果然好受多了。连挖了三天，得出了约有三分的一块地来。接着我爹又教我怎么犁田。他一边修理那把老犁头，一边在地上比划着教我。怎么开犁怎么收。我明白了之后，系上牛，拉上车就下地了。爹的犁很好用，牛儿也很听话，一干就上手。

“乡亲看见都说，这下我家可有接班人了。晚上记工分的时候，我和他们的一样多。以后的每天，我就天天犁田，我爹就不用去了，他老了。

“都说百姓百件工。我不但要犁田，还要砍柴。说起砍柴的事，又觉得好笑，又伤感。知道家中没柴了，我义不容辞地磨起刀来。之前我还从没上山砍过柴。我爹坐到身边来，如此这般地给我上了一堂砍柴课。说完了他要说的一切才让我启程。从家里走约七八公里的路到山里。上山对我来说问题不大，可是扛柴我就不行了。小小的一捆柴木放到肩上肩膀居然就痛得不行了。看到别人总是一捆一捆地扛着就往山下冲，可我实在是痛，没办法，把木头夹在腋下往山下拖。没拖几步，路边的树枝就把绳子给钩断了，柴散满山路。有人好心，会放下自己肩上的柴，停下来帮忙收拾；有人什么都不说，绕着过去；有人抱怨你拦路，踩着散落的柴过去。

“这样折腾了半天我一无所获，没办法，只好提着柴刀拎着空饭盒返回家中。我爹问我怎么样？我如实说了，在我家里闲坐的人都大笑起来。我爹没有笑。

“以后，劳动多了，砍柴在体力上不成问题了，但它仍然是一件十分苦楚的事情。有一次，和一位同乡去砍柴。烈日当空，天太热了，热得已经觉得冷。可是咽喉发干，像要着火了一般。带去的水都喝完了，我们只好停下来下山找水喝。好不容易发现了一个土坑里有点水，里面有一堆牛粪，上面漂浮着绿苔，蚊子和苍蝇。同乡像是发现了宝库一样的高兴，他蹲下来，用饭盒的盖子赶走了蚊蝇，然后用盖子小心翼翼地舀起水，再用树枝把绿苔弄出来，……水脏不用说，还恶臭难闻。我问他：‘这水能喝吗？’他对我说：‘我不是不知道脏，喝不喝由你了。’然后，他就仰头大口大口地喝了起来。看着他喝得好不痛快的样子，喉咙更加难受了，像是等不及要裂开了一样，无奈，我也蹲下身子，用一只手捏紧鼻子，闭紧眼睛，用手舀起水来也喝了两口。

“有一阵子，家乡流行盖房子，那时候还没有专门的建筑队。谁家都是靠主人到各家去请一些青年壮年去帮忙盖成的。而且，被邀请到的人不得拒绝，必须有力出力，有料出料，无论相不相熟。

“一天，村尾的一户人家拿了一包香烟走进了我家门，我们就立刻猜到有什么事情需要帮忙了。我爹明知故问：‘什么事呀？’他说：‘想请你儿子帮忙挖一车烧砖的木头。’这让我听了惶恐不安。所有盖房的活中要数这一件最苦的了！不明白他为什么能找上我这样的来帮他。我爹看了看我，他的眼神疼惜也为难，这是风俗，规矩，圣旨一样的推脱不得。不想让我爹为难，我硬着头皮点了点头，算了答应了，爹无奈，默默接了那人递来的烟。

“那人走了以后，我爹才说：‘他怎么不想想，你哪知道到哪去挖木头哇，八成他是看上了咱家有一头好牛吧，牛借给他使就是了，摊上你，唉！’我爹眉头紧锁，深深地叹气发愁。家里的牛是村里出了名的好牛，它听话，肯干，劲头十足，谁家都想利用它，这一次，可真要搭上我了。

“我转身去厨房，爹在背后喊：‘儿啊，要不然，你把家门口的那棵厚皮树砍了给他们家拖过去吧！’我坚决不同意。大门口的那棵树，枝繁叶茂，炎炎的夏日是避暑的好去处，而且还缠着一棵可以做菜的大青豆，我怎么能把它砍了呢？居然已经答应了人家，再苦再难也只能去做了。

“我拼命连挖了三天的木头，加上一天去拉回来，花了四天的时间才勉勉强强拉了一牛车的木头回家。

“我爹说太少了，怕人家笑话，从柴房搬了一些，凑够了‘一车’木头，送到那人家去。

“我的手掌都撑破了，血肉模糊，全身也酸痛难耐，这些代价换只是为了一个‘人情’，以及那人家的一顿饭。”

十二

“有了那一次之后，麻烦大了，来请我帮忙的人家越来越多。请伐木砍柴的更多。”

“爸，那自己家里的活不用干了吗，怎么就不能拒绝呢？请人帮忙那也要看人家的实力，只管请别人帮忙不问别人死活不是自私不知好歹吗，这样的人还配去帮忙啊，”我听着急了，“因为你不拒绝，别人以为你是个好人，乐意助人，好请，其实只是你不好意思拒绝吧。别人请我们帮忙，实在有难的，我们乐意帮，能帮得上的，也乐意帮，但也不能为了帮个忙这么伤自己啊，他们都好意思麻烦我们还不好意思拒绝？”

“傻孩子，当时的风气就是这样的。这风气的形成是因为当时很多人家里穷，众人拾柴火焰高。大清早起来，自己捆绑好一个拉材料的木架子，第二天的晚上，人家来请，到他家吃了一顿饭，中午就往山里去了。太阳落山，天就黑了，有经验的人给一头熟道的牛挂上牛铃在前面拉车带路，山路上伸手不见五指，只听到前面的牛还在走，就是走对了。有时候人躺在牛车上呼呼睡着了，醒来，前面没了声音，那准是掉队或走错了。呼叫前者，没有回应就待在原地等着，等后面的人上来，再跟着。

“到了山脚下，黑暗中摸到停车的地方，放好牛车，套好木架子，背上柴刀，拉着牛绳子跟着牛一起上山。

“天黑，让牛带路，不跟紧牛，人寸步难行。到了山上，西方才露鱼肚白。顺利的时候，第二天下午四五点钟就可以下山，否则，得晚上七八点才结束。一整天的时间，牛吃不到草，人也是粒米未进。带去的水喝光了，饿了就到山沟里喝水，把肚子喝胀了，算一餐。有时候甚至要更晚。遇到这种情况最惨了，人人精疲力竭，牛也累了。要是不幸木架子的绳断了，还得停下来修理，还有点力气的人会来帮忙，否则就都如败兵残将般靠在一边无精打采，动弹不得了。

“下了山，返回停车的地方，才吃到了户主送来的饭。以最快的速度草草填饱肚子马上又得把木柴装到牛车上，送到屋主的家里去。”

“在参加劳动的同时，我也学手艺。木工、裁缝和理发一起学。爹花了我大妈靠养母猪卖猪仔存的那点钱全给我买了所需的工具。每做一样，爹都在我身边指导我，给我当助手。我没花多久时间就学到了三门手艺，特别是木工做得最精，还成了别人的师傅。木工的活多，我却样样精通。”

“你们房间两个木雕精美的实木衣柜，难道是爸您亲手做的？”我问。

“是的，床也是，结婚的时候自己做的。”爸说。

“大的是做房屋的金字架，门窗、家私和农具也都做。没人再来请我去砍木头了，而请我做木工的人却多了起来。有时候一个晚上就有两三户人来请。凭这门手艺可以到处挣钱了。家里的生活因此改善了许多。后来发展到以木工为主，农活为辅的生活。

“有活的时候，除了一日三餐在雇主家吃之外还可以每天拿两块钱，不吃饭是三块。然后，每天都要拿出一块钱到生产队记工分，一块钱拿过去顶十个工分，而分配的时候每十个工分才得到两毛或两毛五角钱。就这样，那个生产队长居然还说我划算。我反问他怎么就划算了？我一块钱换你两毛钱。他说我还可以吃到雇主家里的三餐好饭。

“我参加了村里的民兵会，但是，村里的一位民兵领导在一次会上指桑骂槐地针对我说想当民兵还得他来考虑考虑。不仅如此，有一些已是团员的朋友喜欢和我在一起还受到团组织的干涉。我爹参加过国民党的事如影随形无时无刻影响着我的生活。

“当我觉得生活才开始步入正轨的时候，我爹觉得我应该成家了，他直接对我说：‘儿啊，恋爱结婚吧！’我没有回答他。”

十三

九月，千日红，凤仙花开了，花池里，果树下，院子里到处都是，妩媚悦人。有一些纤纤细细的花柔柔弱弱地从大门口通往庭前的水泥砖路的缝隙里冒出来。阿爸站着看花笑：多倔强啊，都落到这种环境里了却怎么也要挤出一朵小花儿来。他的话让我想起一句话：生命总会自己找到出路。搬了小凳子，我们坐在花里，阿爸开讲：

“水利是农业的命脉，有一年兴修水利成了当时政府必不可少的工作之一。十一月份，我被政府派往水利工地担任技术指导员。我带领的本村队伍主要是负责驻堤坝。领回工程测量表之后，我会根据工人的人数和任务对工作进行分配，以抽签分段的方式落实工作任务。我总能按要求计算出所需的比例，给队员们搭出堤坝的模型，他们一目了然，知道自己应该怎么做了，我们的工作总能进行得又快又好。

“县水利局的技术员检查我们的工作只需一遍，从不需要再来第二遍。竣工的时候他们来验收，满意地对我说：‘建中，我们就知道你行的！’

“一项工程结束之后，我们又很快地转到另一处。在后来的工作中，组织总让我参与很多主要的指导工作。队员们也喜欢跟着我干。因为无论到哪里，我的队伍总是能以最快的速度最多的数量最好的质量完成工作。那时，每人每完成一个土方除了村生产队的补助之外，还能得到一斤大米和四毛钱。我的队员们每次都有大米和钱带回家去。多次以后，引起了很多落后工程队的怀疑，他们不断让人前来探查我们的工作，有些人还在会上质疑，说我可能是在量土方的时候做了小动作，弄虚作假了。让他们找证据去，谁不满谁就亲自去量。量好了，长多少，宽多少，高多少，一方都不少，量都量完了，还不信不服的。真可笑。我对他们说，没什么大不了的，我不过是运用了立体几何的公式计算使准确性达到了百分之百而已。他们这才无话可说了。

“工地的生活简单而忙碌，不过队员们的干劲都很好，热火朝天地干，大家你追我赶的，时时传来欢笑声。即使是很冷的冬天，这种笑声也从不间断，好像感觉不到天寒。

“由于我的能干，得到大多数人的喜爱，特别是工地上的姑娘们。有好吃的，她们都会给我留着一些，休息的时候就找我聊天。

“每天，我拿着刻有公尺的木棍独自工作，有的时候停下来和队员们一起比比挑土什么的，有说有笑，日子也过得很快。

“一天，一位姓林的女性朋友给我带来了一些狗肉，因为有些地区发现了疯狗病，各村都发出了灭狗的通知，家里有狗的都不能留了，她家响应最快，得到通知就把家里的狗杀了。吃了狗肉的第二天早上起来，肚子就痛得要命，坐也不是站也不是，呕吐不止。领导和队员们都焦急地围在我身边。特别是那位林朋友和一位姓陈的队员。她俩通宵达旦地守在我身边，给我揉肚子，擦汗水，我吐出那些恶臭的东西她都无所畏惧，用双手捧住，一次一次地往外丢掉。我感动无比，她们的那一次帮助让我今生都难忘。

“工地上的医生给我打了几针却仍不见好转！短短的两天我就被折磨得没了人形，我请人给我爹报信，他当天就赶到了我身边，还给我带来了医生。看到我爹，我如同绝望的无边黑暗里见到了希望的生命阳光。在大家齐心协力的精心照顾下，我病情慢慢好转，休息两三天后康复，又回到工作中去。

“我的才能县政府听说了，当时的水利局技术员并不多，他们很需要这样的人才。在张工程师的推荐下，我填写了一张表，成为县水利局吸收的对象。后来，这事不知道为什么又不了了之了。一查，又说是家庭出身的问题……

“水利工作我一直进行到 1966 年，一共做了两年。”

十四

“1966 年初，各村都需要有文艺宣传队，村大队让我担任宣传队长。说是出身不好，成分不好的人，只要积极配合组织工作，做好工作就有出路。我也想尽快摆脱那个阴影，答应了，并且积极地工作。好景不长，没多久，有人责令大队党支部把出身不好的人统统开除掉，我是其中一个。我利用当时掌握的形势与他们大闹了一场。

“他们知道对付不了我了，没办法把矛头指向我爹。

“第四天，到处贴我爹的大字报，我家的围墙都糊满了。我爹很担心，不久忧虑成疾，突然就头痛，吃不好睡不好。我连忙把他带到三亚市人民医院就诊。到了医院已经中午十二点半，医院下班了。我安置父亲在医院的长椅上坐下，先到旅馆去买住宿票，票买好赶回来，父亲说想上厕所，我连忙去扶他，可他已经站不起来了。我连忙赶到内科办公室，恳求医生急诊，医生一量血压是高血压，我爹突然就半身不遂了……护士抬来担架，我扶着爹进了病房。这时是 1967 年的 1 月中旬。

“我爹必须靠我才能翻身，大小便就更不用说了。爹一米七几，体格壮，每次大便都不少于二十分钟，此时，我必须屏着气，在他的后面双手顶在他的腋下扶着他。买菜做饭，煮药洗澡，我精心地照料着他。后来我也病倒了，和我们同一病房的人说‘小病号照顾大病号了’。

“家里很少有人来看我们，只有我一个陪着他照顾着他。转眼间，春节快到了，爹的病情不见好转，我们在医院过了春节。一个多月后，我爹终于可以自己起床，翻身，上厕所都可以不用我了。我轻松了很多。

“在医院呆久了，很多病人都熟悉起来，很多人都表示喜欢我。有个崖县的副县长也说她喜欢我，总是对别人说一天见不到我就没意思。她是个女性，希望我能认她做姐姐。特别是和我爹同一病房的孙坚先生，他来自黑龙江，是崖县的县委书记，他是被批斗成疾住院的。他让我认他为哥哥，去哪都要叫上我。隔壁病房有位女青年也在照顾她生病的母亲，她叫舒云，人长得也很漂亮，是文工团的演员。我们经常在一起结伴上街买菜，做饭，有时候也一起到外面逛逛，大家都说我们是天生一对。父亲的主治医生每次查房都会对我爹说：‘你可以放心了，媳妇就在那边了。’我爹听了很高兴。舒云在文艺方面真的很不错，只要拿到歌谱，她就能一下子唱出来，而且人很好。她和我一样也是因为家庭出身问题上不了大学的。我对她也是真心的喜欢，只是孙大哥却不好看我俩的关系。他说舒云做不了农村人，适应不了农村生活的。

“住院的日子因为能有那么多亲人般的好人做伴，日子过得也并不算太苦，重要的是，父亲日渐好转。第二个月的最后一天，他可以拄着棍子走路了。由于经济问题，我们出院回了家。”

十五

午后，我妈从院子里捡回了鸡刚下的新鲜蛋，拿给在大厅里写毛笔字的阿爸看。我把水杯递给阿爸，问他后来是怎么娶了我妈的。阿爸停了笔，一边收拾纸墨笔砚一边说：

“今天就给你说说爸的恋爱婚姻：村里有青年会、民兵会，青年男女接触的时间很多。我年轻，有文化，尊老爱幼，是个很有人缘的人，是当时村里和邻村女青年的焦点。我爹除了希望我成才之外，还希望我快快长大，成家立业，生儿育女，好让他见到这一切。所以，其实初中开始，他就已经到处为我物色对象了。每天放学后，成群的女生经过家门口，他总是偷偷地观察人家。后来，经过的女生也都知道有这么回事。

“第一次谈恋爱是初二的时候，那年我十四岁。我爹给我看好了一位姓林的姑娘，比我大两岁。我爹对我说，他的儿媳妇必须得比我大，这样才好。我也不明白好在哪里。反正他觉得好，我也能接受。

“一个星期六的晚上，我在林姑娘家，趁着没人的时候我问她：‘别人都在说了，我们是一对的，你怎么想呢？’她回答我说：‘现在大家都还小，还上学，以后再说吧。’来人了，我们没再说什么。

“县里开展‘扫盲’运动，我们中学生也参加。我教的是两个女孩，一个比我大三岁，叫茶，一个比我大两岁，叫荷。我就住在荷家。她长得很漂亮，不过家里是地主。一天，我和她的妈妈，哥哥一起吃饭，她妈妈问我姓氏，我告诉她，没想到他马上说出了我爹的名字。他说我长得像我爹。我们谈了很多关于我爹的事情，原来我爹在一些人的心眼里是很受尊敬的一个人。知道我爹是谁后，她妈妈对我就更好了。她还对荷说，以后你就跟他在一起吧！我每天教荷识字，两个人相处得很好。饭点到了，她就到处找我回家吃饭，远远看到我就喊：‘中哥！中哥！’我的同学们就跟着一起大声喊：‘情哥！情哥！’”

我听着好玩，爸的脸上也浮现浅浅笑意。

“荷红着脸就跑回家了，我就跟在她身后，到她家吃饭。一个月后，扫盲运动结束，我回了自己家。荷在我的教导下，也识了不少字，第二年就去学校读小学，直到小学毕业。

“高二那一年，林姑娘托了一个朋友来问我说她不上学了，有别的人追求她，她应该怎么办？我让她的朋友转告她，你要是觉得那人好，想嫁人就嫁了吧！她就真的结婚了，那天我也去参加了她的婚礼。在她的新房里，没人在的时候她悄悄地责备说，你为什么不肯娶我了？我只能回答她说：‘他比我好。’

“我和荷的关系一直维持得很好，她越来越漂亮，远远近近的村庄都知道有这么一位姑娘，村里人都称她为‘村中的月亮’。我常到她家玩，她的妈妈和她也常给我们家送鱼。最高兴的是我爹，好像有了儿媳妇一般。

“高三的第一个学期，我到她家去看她，那是一个星期天，中午到了她家，吃过晚饭后，下了一阵大雨，雨过后已经六点多了，我要回家，荷不让，说天太黑了，她会担心。她妈妈也随声附和。但我爹还在等我回去呢。我还是告别，离开她们家。

“天气阴沉沉的，我出了她们的村子，路是越走越难，越走越黑，伸手不见五指。好不容易摸到了田野里，我必须找到一条大土沟，因为它是连接到我村的唯一道路。沟的两边都是很深的水田，乌云散去了一些，露出了一点点的月亮，但是无论如何也还是看不清道路，怎么办，想返回荷家但想到刚才人家的一番好意，百般挽留都没留就不好意思再回去了。但是路真的是没法再走下去了。我想起附近村里有一位好同学，于是决定到他的家去。

“方向对不对十分不确定，只是凭感觉摸索着向那有灯光的村庄走过去。不知道走了多久，越走就越觉得那个村庄越远，因为一心向前看，没注意到脚下的路，整个人一下子掉进了一个大坑里，我知道那只不过是一个被人挖土盖房子而形成的坑，所以并不害怕，爬出来又继续向前走。脚上的军鞋已经湿透了，沾满了泥土，每走一步都很沉，还‘咚咚’地响。走啊！走啊！不知道走了多久，那个村庄不仅越来越远了，还模糊了起来。再往前几步，一条水沟就横在面前。前方也不知道有没有路了。走累了大口喘着气，人害怕脆弱的时候难免胡思乱想，居然想起小时候祖母讲过的一件事：她说下雨过后，田里会有鬼出来迷惑人，有人曾经因为避雨回家晚了，在路上，鬼骗得他迷失了方向，在田里转了一个晚上，第二天就死在野外了。难道那个村庄是鬼故意迷惑我的吗？自己被自己这一想吓得毛骨悚然的。

“我抖抖腿脚，清清嗓子给自己壮了壮胆子，定定神，慢慢地往沟中一步一步地探下去。走到沟中间的时候，水才没膝盖，我知道没事了，一跃上了对岸。

“走完了那块田野，就上了一个山坡。隐隐约约不知道从哪传来牛铃声和牛车‘嘎吱嘎吱’的声音。四处黑暗，也不知道是什么时候了，哪来的声音呢？我害怕起来，又继续想起祖母的故事：有些鬼是拉车出来的，一些人因为迷失了方向，见到了车就很高兴，没想到一旦坐上了那辆鬼车就再也等不到天亮了。我的头皮发麻，有冷汗从背后滴下来。声音越来越近了，我硬着头皮用微微颤抖着声音大喊：有人吗？有人吗？同志啊，这里是什么地方啊？！

“我跑近了看，还好，不是鬼，是个人，而且是个好人，年纪和我爹一般大的好人。他停下车来，告诉我已经走到镇上来了。他一边好心安慰我，一边给我指路，在他的指示下我钻出了一丛荆棘，才看到了公路。我才觉悟，原来我是南辕北辙了。他教我走出了公路，确保我不会走错了之后，才放心走了。我感谢并告别了那人，继续又走了一会儿，看到镇上的灯火时，心头一热，觉得前方的世界是多么的美好！疲倦与饥渴同时袭来了，全身湿透了，也不知道是汗水还是雨水。我想也没想就往中学走去，去找我的几何老师。我的老师看到我的样子，二话不说打开衣箱给我找换的衣服。

“我不好意思说真相，骗他说去看一位同学，回来的时候想跳过一道水沟，过不了，掉进去所以湿透了。他让我马上换上衣服，喝了口热水，一看，已经是凌晨四点了。

“高考没被录取后，我打算和荷结婚了，为我们的感情，也为了达成父亲的心愿。但是，1964 年，像我们这样的‘黑五类’子弟更加遭殃！有些被迫与家属脱离了关系，荷家是地主，我也‘出身’不好，怎么能在这样的时候结婚呢？黑加黑我们日子势必更惨的。不得已我没有向她提这件事。日子匆匆又过了半年，之间因为我各种变故，我们少有联系，后来有她的消息，说她已经嫁到镇上去了，我听后也很伤心。可是，当时的情况，我自己也不知道怎么办好。

“三年后，我在镇上遇到她。结婚三年，她都一直没要孩子。她告诉我，那是她的母亲和她家的亲戚都说，是我不要她了，逼她嫁到镇上去，可她死活不肯。她的母亲哭着骂她：‘他都不要你了，你还要等他，没有用了，没有用了！’没办法，她当时也没有我的消息，也觉得心灰意冷了，才答应了。她一边说一边哭啊，那泪水，流了一脸，我的心痛得难受。可是，得知她嫁的人是当兵的，在那个时代，当兵的人最了不得了，我认为她会过得好的，可是那以后，每次见到我，她还是会大哭一阵！”

“爸，说明你俩是真心相爱，而且她很爱你呢，”我说。

“我知道啊，可那个时候，我的前途，我的生活自己都保证不了，感情我更没办法。

“在水利工地上的那时候，因为有机会认识了村里的很多年纪相近的姑娘，我想到自己的处境，想随便找个人结婚算了。村里也有主动追求我的姑娘。是两位正读中专的女生，一位学的是医学。她们也都长得端庄大方。特别是学医生的那位，放假回家，总是第一个到我家里。我跟她们说过我的成分不好，她们来我家名声会受影响的，可是她们都不怕。一天，那位姑娘在我送她出门的时候，她提出了要和我结婚，我对她说，我是一个出身不好的贫贱农夫，你以后就是一个干部，是医生了。结婚后如果有了孩子，他跟谁生活呢？他跟你到城里也不行，跟着我在农村，整天和我蹲在灶前做饭，脏兮兮的可怜样，你会怎么办？嫁给我你太没面子了，还是不用吧！

“我对感情的事开始有些不认真起来。有时候会和一些很普通的姑娘很亲密的样子。那姑娘听说了，写信骂我。我被她骂醒了，想到自己也并不是真心喜欢人家，也就不再胡来了。”

十六

父亲说，他梦见他不在了有坏人到家里欺侮我妈。第二天，便把师傅请到家里，修筑庭院围墙。他自己也拿着花刀筑补师傅没弄好的地方，大姐给他当帮手，替他搬砖块拿水泥。大姐说，每天跟在他身边一起干这个做那个，想起小时候阿爸替生产队造牛车时，帮他拉锯的情景。这天，他给我们讲他和大姐生母的事……

“邻村的一位美女，我早有耳闻，因为朋友来邀一起去看看，也就去了。果然名不虚传，在我的眼里，她简直就是那画中的嫦娥姑娘，自从见过她，我谁都不再去想了，只想着她。也许我在她们的村子里也如同她在我们村一样有名气的原因吧，她见到我也很高兴，很好地招待我们。

“认识后，我们就开始交往了。恋爱一年后，我们已达到了非你莫属的地步。

“一天，我们见面回来，到家我就跟我爹说我要结婚了，对象是蕙秀。我没想到爹会反对的。他的理由是蕙秀个子太小。我知道那不是他反对的真正理由，他真正的理由是蕙秀的母亲不是汉族。那时候汉族与少数民族之间还稀有通婚的。我对我爹发火：‘除了她，我不会再找别人！’爹态度很坚决，他说结婚可以，但要和他朋友的女儿，叫阿英。我抗议，一连半个月就睡在家里，哪也不去。这一次无论如何都不能听他的。我爹没办法，居然也抗议，开始不吃不喝。我急了，赶到别的村找来了最亲的舅父劝他，他还是不起来，我知道我爹的倔脾气，跪到他的床前求他，他才理我，才起来了。我爹绝食逼迫的压力我实在承受不来，只好答应他，不再和蕙秀交往。

“我爹朋友的女儿阿英知道这事以后很高兴。没心上学了，星期天的晚上才去学校，星期三就回来了，然后到我家门前的那棵‘牛尾林’的树荫下等着我记工回来。她说刚到学校就开始想我了，一想到我，心情就像脱了缰的野马，不能平静下来。她给我也写了很多信。有一次，我记完工，到小学去给社员们读报纸，一位社员出去返回来说：‘有个人在外面等你，看到我出去就跑了。’我知道是阿英，一定是她等不到我回去，找到这儿来了。到学校的门口，她果然在那等着我了。和她一起，心里多少有些不舒畅，虽然她也是一位好姑娘，可是她不是我想要的人啊，我心里只有我的蕙秀。我不知道应该怎么办。

“文化大革命，阿英当上‘红卫兵’到别的地方串联去了，我们在一起的时间就很少了，她很忧伤，我却在心里高兴，这是我巴不得的事情。

“与此同时，村委书记登门造访，对我说：‘阿中！明天你不用去记工了，选一两件好点的衣服，明天学校就开课，到本村中学当老师去！’当老师？我好不高兴！阿英听到后也很高兴，给我写了信回来。可是等了一天又一天，就是没有再等到第二句话。见到学校的校长，他也没说什么。后来，书记才又来告诉我，他通知我之后，就到县里开了‘扩干’大会，有人反对，说我出身不好，不能为人师表，这件事就这么了了。阿英串联回来，一身的‘红’气，不知道她是不是知道我当老师的事成不了还是别的什么原因，对我不再如往常了，我无所谓。我爹生病住院期间，她去看过我们，给我十几斤的粮票和三块钱，我收下了。晚上，我们到三亚公园谈了一夜，最后决定关系就此结束。

“阿英走之后，林姑娘也来看我们，她刚好是父亲主治医生的亲戚，在此之前，主治医生一直都想撮合我和舒云姑娘的，林姑娘来过了之后，他不再与我父亲开我俩的玩笑了。

“林姑娘、舒云姑娘对我都好，可是，无论到哪，跟谁在一起，我的心中却只有蕙秀一个人。

“陪你阿公出院回来后，我觉得我不能再拖下去了！无论如何，我都要把我的真爱找回来。从医院回家的当天晚上，我就去找她，她一见到我就跪了下来，抱着我的腿痛哭失声！我们之间已有半年没有联络了，可是她如我一样，只钟情彼此，一往情深！她一边哭一边说她好女不嫁二夫！除了我，她不会再嫁第二个人，如果嫁的人不是我，她宁可去死！我何尝不是呢！我马上对她发誓，我也非她不娶！

“在我们没有联系的半年里，她村里一位当兵的追她不放，纠缠她。知道我回来了，我们重新在一起了，他扬言要杀了我俩。没想到他真的会如此疯狂，终于有一天，他没得到部队的允许就拿着枪逃跑出来。部队发现，立即通知各路民兵阻挡他，他开枪打死了一位发现他的民兵，最后被抓到，判了死刑……

“我俩的感情经历了那么多的波折，我们的爱更深了。她的漂亮，她的温柔，她的开明，她懂事，体贴，尊老爱小，她勤劳朴素，特别是对感情的执着！她身上的优点实在是太多太多了。有了这样难得的好女人，我觉得我三生有幸啊！”

十七

“农历十月，我们结婚了。婚后的生活虽然贫苦却是比蜜糖还要甜！我俩出双入对，形影不离。她在我身边，人见人夸。让我骄傲无比，幸福无比。她悉心照顾我年老的爹和大妈更是让我非常感激，对她爱得更深。

“我常常在晚饭后和她回一趟娘家。每次从村前去，回来的时候走村后的大路。大路少有人烟，那儿就是我俩的世界了。一出了村子，她脱下鞋子让我在原地不许动，等她量足了二十步远，才让我开始追赶她，每次我都在尽力地追赶她，她是如此的可爱！赶上她了，两个人都累了，我们才停下来，深情为彼此擦拭脸上的汗水。我们可以说是黏在一起过的，连夜里起来方便也是一起的。

“一年后，我们的第一个孩子降生了。你大姐长得漂亮可爱，她的出生为家里增添了一份温馨的感觉，我们的感情因为孩子变得更加深厚。

“但是，由于当时的生活清苦，劳动太多，她生育后身体就一直不好。我很心痛，只能找些地方上的名医，开些补药方子，做成药丸给她服用。孩子需要有足够的营养长大，可是我实在没钱给她们买好东西吃，无奈之中想出了一个好办法。我借来了一支鸟枪，有空就到野外去打些小鸟回来煲饭给她吃。

“有一次，火枪走火了，我的右手被严重烧伤。肉都烂了，白骨清晰可见。我很痛苦，而我的爱人比我更痛苦。每天，她都要把刚刚煮沸的饭汤打出来，为我清洗伤口。由于烂肉很厚，不用点力洗不去污物，可是那样我就会钻心地痛，每每此时她的身子就会颤一下，泪水也跟着流下来。为了不让她心痛，我就拼命地强忍着，说不痛。晚上，我痛得无法入睡，她知道了也不睡，抱着我，陪着我。在她无微不至的照顾下我的伤慢慢地康复。

“相亲相爱的我们又走过了两年。

“日子清苦，但因有爱人在旁，日子过得安稳幸福。

“老天对我总是那么刻薄，那样的无情，天知道我上辈子到底是造了什么孽，它要这么对待我！

“那天，凌晨四点钟，我们一家都在紧张又欢喜地期待着我第二个孩子的出世。却不知道为什么我亲爱的妻子痛苦起来，孩子难产！急！我拼命地按捺住紧张的心情，和外祖母一起用牛车把她送到镇上医院，快到的时候，孩子出生了，我叫来医生把孩子抱进病房，她没等我抱她，自己走下来走进病房……她生产出血很多，医生打了止血针还是不行，反而还越来越严重，我要求医生赶快，赶快给我妻子输血，血迟迟未送来，我想是不是她们找不到血源！我四肢已经发软，已经因为害怕瘫痪在地，我想我必须在她身边，她需要我！强打精神站起来赶回病房看她，可怜的她，她对我说她不行了。我安慰她可是我说不出话来，我急急去煮姜汤，我想以此温暖她的心，让她不害怕，可是，没有用了，来不及了，来不及了，天不管我怎么呼喊，她的眼睛都闭上了，抓着我手臂的手慢慢松开……天翻地覆，天旋地转！天昏地暗！天夺走了我爱人的生命！

……

“我痛不欲生，但要好好活着，因为年幼孩子需要我，我必须留下来照顾她们，养大她们。”

十八

在家里，四姐在阿爸的鼓励下，现学现用，充当临时护士给阿爸输液，他半靠半坐在床边，悬挂的液体一滴一滴淌入他虚弱的体内，他用缓缓的语调继续讲……

“为了照顾孩子，我只好留在家里做木工，可是如果不出去劳动的话，挣不到工分的，没有工分就没有饭吃。我年老体弱的大妈只好出工，每天也能挣到十二个工分。我同父异母的大姐晚上代我照顾你二姐。乡亲们有些可怜我的，给我送些牛奶、麦乳精之类的东西，帮我养育那个可怜的孩子。有一个好心的大婶经常到家里来，给你二姐喂奶，她们那些好心人我至今还记得。你二姐两岁的时候全天都由我来照顾了。

“辛苦的一年又过去。

“你大姐五岁，二姐也三岁了。

“父母、兄弟、朋友、邻居人人看在眼里也都来劝我，让我再娶。日夜劝说，没有办法，我也开始考虑。

“后来得知以前有一个同学，二十七八岁尚未婚嫁，记忆中她是个心灵手巧的人且也有文化。我给她去了一封信，第二封信发出后，她不辞辛苦徒步八九公里，带了一瓶牛奶到我家看我和两个孩子，她对我的情况很是同情。第三封信后，她回信表示愿意考虑我，并约定当晚到镇上中学的操场上去谈。结果她答应了，并又约好了到她家提亲的时间。那天，在她家，她亲自下厨做饭招待我。她的家人有些表示十分同意我们的婚事，有些则反对，特别是她的母亲，她哥也不表态。后来我去了几次她们家里，她的家人提出让我把孩子带过去玩，那次我照办了，可是她特不高兴。我想娶她一方面也是为了能给我的孩子们找个妈妈，一起把她们抚养成人啊。知道了她的态度，我很担心婚后她会对我的孩子们不好，那样我怎么对得起她们的母亲！

“我说出我的顾虑，她就是很生气，我们的事就这样完了。

“又过了一些时间，我开始在村里重新找对象。

“我考虑了你阿妈水灵，感觉她人还很不错。她刚高中毕业不久。到她的家里提亲，你的外公知道我的为人，而且我们都是近邻，对我很满意。我和你阿妈虽然没有直接交集过，一直是知道有这人存在的，你阿妈听说过我的事情，她也能理解我。我壮胆向她求婚，她同意了。”

十九

庭院的槟榔树间，阿爸靠在躺椅上，我和阿妈陪伴左右，头顶的槟榔花在午后的清风中清香弥漫。

“你大妈去世三年后，我和你妈结婚。

“那年，你阿公阿嬷已经年老不能劳动了，你阿妈的到来为家里增添了新力量。

“村里为了增加收入，把会各种手艺的泥瓦匠、木匠，和一些‘山客’，即经常上山做木工的人都组织起来，成立了一个很大的企业队。我也被抽到。在企业队里，我是木工的师傅，谁家要盖房子就得找我，雇用我们。做木工的除了做木工还要上山锯木的。有一次，我们一位队员锯一棵树，用力太急，电锯发热，把我们连同那棵树木一下子推倒了，差一点就被树砸到，捡回一条命。

“还有一次，晚上八点多我们还留在山里，四周黑暗伸手不见五指。大家挨着一步步地向下挪，可还是危险重重。我急中生智，连忙呼唤大家：‘大家停下来，停下来！都蹲下来，在路边摸些树枝点上火。’大家都照办了，四周被火光照亮。接着，我们又找来了很多干竹，做成了火把，每人拿了一把，安全地下了山。同伴们都拍手称赞我。

“同年，政府号召大造猪栏圈猪积肥。于是又兴起了一股拆墓砖的风。被拆了的人家日日吵闹。

“别人家的猪栏已经建好了，检查团也要到了，工作队日夜来家里催我，要我不如拆了自家的围墙来造。挖坟这种缺德事我做不来，没办法，我想到了村后的老飞机场那儿有一些水泥砖瓦，每天晚上收工之后，我就到那儿去挖砖。有一次打好砖块拉回来已经晚上八点多了，你二姐在地上哭闹，你妈却在忙着做家务不哄她，心里真是烦恼！

“两个女儿，无论多么艰苦，我也要好好照顾好她们，教育她们，谁也不得欺侮她们，歧视她们都不行，我只要她们好好的，不然我就对不起她们的妈妈！”

“我当时哄了她，她不要我，哭喊要爸，我也没办法呀，而且还有那么多事还没做。”坐在一旁边的妈妈插话说。

阿妈是个不会表达爱意的人，几个子女都不喜欢跟她，只要我爸带。

“差不多两年后，你三姐出生。你妈生了你三姐，身体也是不好，住院了。这样一来，一家人都要由我来照顾。生产队的劳动，家务活里里外外，生活的担子太沉太沉，我苦苦地支撑着这个家。

“我给生产队当过会计。当时选到我的时候，我觉得自己对会计一窍不通，因为从来就没接触过这方面的知识。不过，转念一想，其他人的文化水平受教育程度都不如我，人家能做得来，我怎么不能呢？我给自己信心，接下了这活，主要是当会计每个月能有 100 份工分的好处。工作主要是每天收工后记好每个人的工分，月底公布，做些现金收支账目，日清月结，让社员们满意。

“在七年的会计工作中，我从来没有出过错，也没有贪污过一分钱，虽然生活很困难。在这项工作中必须为生产队留足种子和储备粮食，什么水利粮、饲料粮，等等。可是当时村民们的粮食都严重缺少，自己日日辛苦种粮，一年却有半年的时间需要购买口粮。我发现为生产队预留下的大部分粮食其实是被一些人私用完的。证实这点之后，我每次只留足种粮，其他以杂七杂八名头留的水利粮什么的，全部分给村民们，分光一点不留。这种做法造成生产队里有些为此再也牟不到私利的人对我的意见很大，很不满。一小撮野蛮人勾结起来处处为难我，想让我下岗，由他们来做。有一次的工分分配中，我用四舍五入法为他们分配谷子，他们什么都不懂，跟他们讲道理听不进去就只管吵闹。他们嚷嚷着不公平，几个人围上来就想打我。我虽然心里很怕，但我还是故意吓他们。我把竹烟筒往桌子上一摔，轻蔑地说：‘来吧，小时候没人打得过我，今天我倒想试试！’结果他们没胆敢往前一步了。大队重新组合，那些认为我当会计捞到不少好处的人一心想撤消我。后来公告栏里贴出的选举名单中没有我的名字，但在投票的时候群众却都给我投了票，我得到的票数比选举名单上任何一个人的都要多很多。工作队没有办法，让我做个人检讨，我说我没有犯错误为什么要做检查？他们说我没按组织的指示办事，自造分配原则。这个我倒了认了，针对这个写了检讨，之后又当了两年的会计。

“1977 年，恢复高考且是开卷考试的消息传来，有不少人劝我参加，但是，我连想都不敢去想。我爹病卧在床上，一旦我停下劳动，全家人就会饿死的。

“日子就是这样，无论如何它都是要过去的。一个人苦苦支撑着这个家，又过了两年。

“孩子多，我爹和大妈也越来越老了，你阿妈也体弱多病，我在生产队里拼命地干，可还是做不足一家人的口粮，有些人嘲笑，有些人歧视，日子很是不好过，生活的担子压得我抬不起头来。”

二十

我和爸坐在庭前的台阶上，日头已经落下去，西天边留下一些火烧云夹杂着几片乌云。阿爸继续给我讲述：

“年难留，日易损，光阴似箭啊！又过去了一年。

“一年一度的高考又来临了，兄弟朋友的劝说，村里考生的影响，我渐渐有了想参加的念头。回顾过去坎坷的成长，做人的艰苦，命运的打击，所经历的风霜，那种种的不幸，就如同自己正处于恶臭难闻的泥沼，想爬上来却怎么也爬不上来。心想着如果有人拉一把就好了，但没有这个人。有人帮你是幸运，没人帮你是命运。高考是命运递过来一根棍子，得自己靠它再爬一次！

“离高考只有短短的四个月了，我爹病情日渐严重，我还有为生产队造十二辆牛车的任务，村里有人要结婚，请我去做家具，这是生活的来源，我不能拒绝的，高考的事只能暗自思量。

“一天，从生产队出工回来，我水都顾不上喝一口便接着锯木，做柜子。村里有一位也要参加高考的朋友拿了书本，复习资料来找我，我一边工作一边和他谈论高考的事。他提到他拿到了一份报纸上刊登出来的高考复习纲要。我请他给我看看，看自己是否还记得点什么。1963年就高中毕业的我已经有整整八年没看过书了！古话说：‘三年荒进士’，何况我并不是进士！但我还是鼓起勇气去看一看，苦口婆心才取得那位朋友的同意，借给我看一个晚上。

“半夜，一切打理好，我点起海棠油灯，看起那份提纲。没想到那些尘封多年的知识还不曾把我遗忘，它们像明矾写在白纸上的字经了火烤，在记忆里渐渐苏醒，渐渐清晰。我很兴奋，也看到了希望。

“看完提纲的第三天，我出工回来四处找高中时的课本，才记起来那时我已经把它们烧光了！记起你阿妈也是高中毕业生，当晚我跑到她家去找。课本找是找到了，可是拿回来翻开一看，我的天！一页是课本内容，一页是毛主席语录，我没再看第二眼。我想村里一位读过高中的人，他一定有，我自言自语，一路小跑去跟他借。他也在准备参加高考，好一番的好说歹说，他才同意在不影响他复习情况下，把课本借给我用。当他学数学的时候，我连忙跑去拿来他的物理和化学，约定的时间到了又急急忙忙地给他送去，换另一门课本。

“每天，造牛车的空当，我就以牛车的轮板当草稿纸学习。算算时间，就是以最快的速度造完那二十辆牛车也需要大半个月的时间，时间如此紧迫，我除了日以继夜地干，别无他法。

“因为要夜读，我给当时住在县城的堂姐去了一封信，让她无论如何给我买点煤油。当时的煤油可不一般！要走后门托关系才可以买到的。

“我在那些等煤油的时间里起早摸黑打足了一个月的牛草。造牛车的任务完成不了了，我向生产队请了假，开始了真正的高考复习。

“你妈妈当时对我高考的事不很支持，她也是有原因的：一是，不出工就没有工分，一家人的生活马上更加困难了；二是，如果考上我去上学，家里的事里里外外都要靠她，她怕啊；三是，上大学之后，说不定会遇到更好的姑娘，把她抛弃了！

“一天晚上，有两个朋友到我家里共同商讨难题，走的时候他问我敢不敢考大专。我还在犹豫，我爹在房间大声说：‘当然考大专！’我犹豫是因为我毫无信心，我的两个朋友都是成绩很好的学生，低我三届，他们只报考了中专。1973年到1978年，学校恢复了正常的学习秩序，那时候的学生也都能真正学到知识了，他俩就是因为顾虑这个才考中专的。我的自信从何来？但是听了我爹那么一喊之后，凭他对我的信任和支持，我决定赌一赌。

“你的妈妈不支持我高考，每当我拿起书本，她就抱来你四个月大的四姐放在我的怀里。我就只好一边看孩子，一边学习。

“为了争取时间，我借来一只小闹钟，挂到柱子上，一天我只睡四个小时，二十几天后，要点知识都收回来了。听说有人得到一套1977年各个省市的高考题，我借回来，按规定的时间，老老实实地把题目做完了。成绩很不错。这些题做完后，考试时间也到了。”

二十一

中午，家里着急给阿爸补充能量，煮了甲鱼汤，阿爸刚喝了汤就流鼻血，他镇定地擦了擦，靠进躺椅，若无其事继续给我们讲述……

“高考前的一天，大伙结伴到镇上去看自己的教室，他们都没有牵挂，当晚就住在镇上的旅馆了，我一个人又返回了家。

“七月七日，开考第一天，公鸡打鸣第一回，你阿妈就起床给我做饭。公鸡打鸣第二回，我起床吃饭。你妈妈用事先准备好的一个铜盒给我装了些饭，用一个军用的布包包好。她一向不怎么会煮饭，那天早上的饭煮得又干又硬，没有菜，只做了几只很咸的大眼鱼。早上起来吃这些东西，真是难以下咽。勉强咽了几口，就像平时上山砍柴一样背上布包和水就出门了。

“夜高风黑，旷野间四公里长的沙土路上，就我一个人，脚穿木屐，借着星光一步步往镇上走。已经找不到更好的衣服，身上只穿单薄的破布衣衫，两只钢笔别在上衣的口袋里，军用旧布包挎在肩上。

“由于闹钟已还了人家，不知道时间。去得太早了，学校空无一人。在校园里找了棵松树，席地坐在树下等。长夜漫漫，我感到无比的孤独。天和地，天地间的一切生物都还在沉睡，唯独我一个人在这万籁俱寂的黑暗里。我在那黑暗里期待天光，也期待人生的黎明。夜露深重，腹中空空，坐久了，身心寒冷如泡水中。虽然困倦，但合不上眼。

“等啊等，很漫长的一段时间之后，眼前的黑暗坠入更深的黑暗，突然东方黑暗裂开，破晓了。再黑暗的夜，总归都会过去，之后迎来曙光降临。四周渐渐发亮了，看得清事物了，才有人陆续在校园里出现。

“问问经过的人说是差不多七点半了。我起来准备进教室，肚子不自觉地响了起来，觉得很饿，还有些困乏。我担心影响了考试，重新坐回地上，打开布包，把饭全吃了。肚子填满了，感觉精神好了许多。走进教室，看看在座的其他人，感觉自己很老……大家都穿戴整齐，唯有我衣服破旧不堪。不过，这些发现并没有影响我的情绪，我找到自己的座位安静地坐下来。

“不一会儿，考官拿着试卷也进来了。第一科目是政治，打开试卷浏览过，觉得并不难，答卷时间一到，我就迅速地做题了。两个小时的考试时间，我用一个小时就结束了。检查一遍没什么差错之后我就交了。我得早些出去，抓紧时间准备下午的物理考试。

“中午，我到市场吃了一碗汤米粉再返回学校。经过一群议论纷纷的考生，听到有人说：‘知道吗，知道吗，8 教室有一个老头提前一个小时交试卷了，好厉害！’我就在 8 教室，他们说的老头就是我。”

“可是爸，你当年也才三十二岁，”我说。

“孩子啊，那时又苦又饿，穿得破旧，精神又差，显得太苍老了。

“下午考完试，我又步行了四公里返回了家。

“我要求你阿妈明天的饭多放些水，做得软一些。她照做，第二天早上的饭好吃多了。第二天的考试并不顺利，以前没学过解析几何，偏偏数学全是这方面的题较多。考得并不理想。

“晚上，你二姐发起高烧，我一夜都有没有合眼。天还没亮，看她好了点我才又出门赶考。又困又累的我一脚深，一脚浅，跌跌撞撞地赶着路，脑子一片混沌，背在肩上的布包好像比平时要重好几十倍。

“最后一天考的是语文和英语。时间是三个小时，三个小时后，大家都没有做完，又延长了半个小时。越考，我的状态越来越不好，周围的一切迷迷糊糊像是做梦一样。我努力地睁着双眼，一次又一次地打起精神坚持做题。时间到了，钟声一响我用最后的一丝力气整理好那份试卷就再也撑不住扑倒在桌子上。半梦半醒中，感觉教室里的人都快走光了，我才努力让自己慢慢地站起来，也走出教室。

“校园里到处是议论声，有些人说，各科题目都太难，250分就可以考上了。我一听，心里暗暗高兴。因为，学生时代，这250分用不完我三科的分数，何况是五科呢！而且，时代不同了，我不再担心谁会以我成分不好为理由再剥夺我上大学的权利，想到这一点，心情一片明朗，疲倦顿时也减轻了不少。”

二十二

阿爸精神好了些，我和妈陪着他到海边散步。过马路时，阿爸在中间，两只手分别牵着我和妈，不，是紧紧地攥着，仅一分钟就攥得我手掌生疼……

海边椰树下，我问：“爸，那年的高考，您是考上了吧？”

“考是考上了，但还是难免波折……”

“日子一天天过去了，高考评分结束了，成绩也一一公布。别人的好消息传来了，我的心脏缩得紧紧的。从小到大，命运在关键时刻的捉弄已经在我内心刻上浓重的阴影！让我对这种时刻产生了一种莫名的极度恐惧感！

“又一天过去了，别人的好消息频频传来，我再也坐不住了，出门去打听。

“在我打听无果回到家门口的时候，听见你阿妈在大声骂我。

“唉，那天生产队分谷子，我在回来的路上，绳子断了，谷子散了一地，你因为高考把家里老老小小的事情全压在我一个人身上，我那是又急又怒又怨，便全怪到你头上来了，”我妈插话说。

“我知道，考试的那些日子，我把心思都放在学习上，的确辛苦你了，你怨我，拿我出气我是知道的。我本来心里就很不好过，你不仅不能体谅我、安慰我，反而这般骂我，我是非常伤心难过的。记得吧？当时气上心头，我崩溃地端起饭桌上刚做好的饭，把一整锅都抛到地上，孩子们全都吓得大哭了起来……

“我不甘心，找到钱就坐车直上县城。到了那里已经是晚上了。幸好，我堂姐夫认识一个人，他直接把我带到县招生办里去查。那个人刚翻开花名册，我就看到我的名字“张建中”这三个字的前面，用粗粗的红笔打了一个大大的“√”！我的眼泪顷刻就爬满了脸庞！

“第二天，有个人告知我录取通知书已经发到家里了。但是我先不回去，留在县城参加了第三天的体检。

“那一晚，我早早便睡了，睡得安稳踏实，那是我做人以来，第一次安安稳稳舒舒坦坦地睡了一个好觉！

“早上七点起来，我迫不及待地就要冲到人民医院去体检。‘且慢，且慢！’堂姐把我拉住，她说，‘你看看你的衣服。’我低头打量自己，一条满是补丁的棕色粗布长裤已经不知道穿了多少春秋了。特别是那件不知道原来是什么颜色的衣服，灰灰白白的，脱下一看，破得就像是一张网。但是这样的一件衣服，已经是我所有衣服里最好的一件了。

“堂姐出门去了，很快就给我买回了一件白色的衬衫。几十年没穿过新衣服了，我的心情格外地好，感觉自己就像这新衣服，变成了新的、更好的一个人。

“回家拿到通知书，分数清清楚楚的，我只差那么 0.5 分就到省线了。

“我想起那天晚上复习的事情。两个乡亲三公和四伯到家看我，他们都是老师，谈话中谈到了一些命题的猜测。三公谈到了一些我认为很偏的题，他让我也看看，我没有听他的，结果那道题考到了，我失掉了整整六分。不然，我可以去更好的学校的。虽然如此，我已经觉得很满足了，为了这一天，我苦苦等待了多少个年头！为了这一天，我苦苦煎熬了多少个年头！

“我被录取到海南自治区农林学院的牧医班。我强装高兴地把通知书拿给我爹看，我知道他的心情一定也如我一样地复杂……

“不管怎么说，我有大学上了！毕业工作后就能领工资了！一家人就可以不用那么苦，能吃饱，不用穿破衣再受人欺侮了！……我终于做到了，终于可以跳出泡了十几年的泥沼了……

“但是，高兴过后，我又开始发愁了。你阿公已经不能自理了，我大妈也已年老体衰，姐姐们都还小，你阿妈身体也不好。最主要的是，家里一贫如洗！怎么办？你外婆家，人人的日子也都不好过，指望不了谁来帮忙的。于是我请来了我心里最有威信的舅公，对他说了我的困难。他大声叱道："这学，你一定去上！！"他行动起来，为我凑来了几十块钱。这几十块钱买回一只鹅和一些菜，再杀了自家的一头猪，摆了十几桌的升学酒，请来了亲朋好友，四邻乡亲，用所得的礼金解决了我上学所需用的路费和必需品。我把心一横，辞别老婆孩子和卧病在床的爹，上学去了。"

二十三

阿爸想吃苹果，可是无论谁去买，去超市还是市场都买不到好吃的。苹果表面看起来色泽光鲜，去了皮，不是皮下坏了就是从果芯里坏掉了，不然便是酸涩或干粉无水。我骑了自行车去市场，每样买一个尝，吃到好吃的再买回来，爸知道了我这份孝心，乐呵呵地吃着一个稍微甜一点的苹果，他说，从前日子虽清苦，但他从不后悔生养我们几个，他感恩现在儿女绕膝，悉心照顾。他慢慢嚼着苹果，接着给我讲述……

"到了学校，我马上给家里写信。我们当时的大学，每个月每人有二十六块五的助学金和三十四斤粮。我每个月吃掉二十块五，还有六块钱作为其他的费用。我好像又回到了中学时代，因为那点饭也是不够吃的。一顿一小杯的饭，一小撮菜，吃完了再喝半杯水才勉强算饱，好在不需要用到家里的钱和粮票。有条件的同学整天大鱼大肉地加菜，大碗地吃饭，我看都不敢看。

"晚上，饿得睡不着了就等同学都睡了，才起来倒他们的开水喝下去充饥，因为穷，我买不起暖水壶。

"星期天，有同学拉我出去玩，喝茶，每次都是他们给钱，我没有钱，偶尔才付一两次，后来他们再叫我，我就不好意思去了，只好故意找借口推辞。有位同学知道我的困难，给过我几次钱和粮票，虽然不多，但是他的好意我一直铭记在心。

“转眼间，一个学期就结束了，我回到家里放下行李，就跑进大厅找我爹，我扶着他慢慢地坐起来。他很高兴我回来。他肚子不好，加重了他的病情。我两手空空没什么给他，我又想到了县城的堂姐，她的生活比较好一些。我给她写了信，让她给我爹买点补品，她寄回了一瓶牛奶和一瓶麦乳精。我很开心，每天冲给父亲喝。他看起来好像好多了，但是，那两瓶东西很快就喝完了，怎么办呢？他已经吃不下其他的东西了。我爹的病又重了，越来越严重。新年到了，家家张灯结彩，我的家却一片凄凉，我的爹眼看过不了大年初一，我只能昂头对天悲叹！！爹一向是坚强的人，在我的祈祷下，他捱过了元宵，又捱过了正月。

“那一天还是来到了，那一天他的情况很坏，我日夜守着他。我看到他的肉色和体温突然变了，我知道我再也留不住他了，我跪下来唤他却再也没有回应。他走了，眼睛却没有闭上！他走得不放心啊，不放心我，不放心这个家啊！七十六年来一生做人苦到底，我的人生刚开始有点希望，还来不及报答，他就走了！我千怨万怨没有尽头！只能给父亲写了这么一副挽联：勤劳简朴光明磊落儿敬爱，三朝难度未达心愿真可怜！

“父亲的事情还没结束但我不得不回学校，开学已经有三个月。我没日没夜地补课，考试的时候才没有落下。

“1980 年分田到户，家里一共七口人，分得了村前的水田九分半，旱田二亩半，还有园地，自留地。我大妈已经 78 岁，不能劳动了，我还没毕业，你阿妈一个人去做田，我只能利用假期的时间帮她了。这回，全家都能吃饱了，也不再受生产队一些人的气了。

“第二年的下半年，我就要考试了，但家里来了急电，我大妈病重。我赶回家，她已经昏迷不醒了，我叫她唤她，她听到了，但她说不出话。她虽然不生我，但她养育我，我亲娘走后，她待我如己出，我也敬爱她，视她如亲娘。她是一个好人，性格好，任劳任怨，她的病来得太快了，凌晨她就走了！

“三年的大学生活里，我的双亲相继离去，家里冷冷清清，你阿妈一个人带着可怜的孩子们艰苦度日。家里困难，我在学校也困难。乡亲兄弟姐妹在我上学期间资助过十二块钱，十块钱，一件衣服，一个棉被袋子我都记得清清楚楚，因为那是雪中送炭啊！

“我的困难渐渐地在班里传开了，老师和同学都深表同情。他们想出一个好办法，把好些讲义、提纲都交给我负责刻印，每写一张蜡纸，可以换五毛钱，我挤出时间去赶写，一天可以做出三到四张蜡纸，有些同学的字比我写得还好，但他们都不干，全留给我来做。有了老师，同学们的帮助，我终于度过了艰苦的三年大学时光……”

“‘文革’十年，大学生已经断绝十几年了，我们这一届是‘文革’之后的第二届毕业生，分配的时候选择的自由度很大。工作完全不受专业、地区的限制。班里的同学做什么的都有，进法院的、当老师的、进市委的、做本行的，我被分到了科委，姐夫听说后不同意，他说那是一个空架子，没什么事情可做的，学什么就做什么吧。于是我听了他的，选了畜牧局。之所以那样的坚决是因为那九块钱在作怪。因为我得知到畜牧局上班，每月可以多得九块钱作为传染病的补助费。穷怕了的我觉得那九块钱是多么的了不起啊！钱让我看不到前方，只看到眼前那九块钱如天般大的利益，哪有不去的道理！能够从泥沼里爬出来，洗干净穿上新衣服，吃上热汤热饭已经很满足，根本就没有去考虑发展和前途这样的事情。”

“八月中旬，我到单位领回了半个月的工资，县人大主任还想让我到他们单位呢，可是我觉得自己已经领了工资了，也就知足了！许多相识的人知道我从泥沼出来了，都替我高兴。但是多数的人在听到我所在的单位之后，那双热情相握的手马上就会冷却、放松。我心里也常常问自己，是不是选错行了？俗话说“男怕选错行，女怕嫁错郎”啊！每次这么想之后，我心里马上就有一个念头出来了，好不好不管了！每个月有钱领就可以了！最痛快的一次领钱是参加工作后的第一个春节前夕，有人让去办公室签到领钱，我去了问人家‘领的是什么钱啊’？出纳答道：‘有钱领你就尽管领好了，不用多问。’是的，未来太远我看不到，只看到眼前，只要有钱！

“春节，我们家第一次过了一个大鱼大肉的肥年，我稍稍尝到了一点生活的甜头。不久之后，我转了正，基本工资 65 块钱，加上其他的补助，一个月可以领到 84 块多。我真的太开心了。”

二十四

阿爸在世的最后一个清明节，弟回家祭祖，离家的时候，要带点特产给女朋友。阿爸非要陪着去对面超市买。阿爸当时已经很虚弱了，瘦得皮包骨，走路都喘大气。到了超市，他兴致勃勃，挨着超市货架挑选，一会拿来包咸鱼干说这个好吃，一会抱来几包烤鱼片。挑了几大袋特产买单刚出了超市门口，阿爸把遮阳伞铺在超市台阶上，扑通一下坐到雨伞上。弟紧张问他怎么啦，他回头冲着我们笑了笑，说没事，只是有点累了，想休息下而已。从笑容看出来，他虽然真的很疲惫，但是因为盼到儿子终于要娶媳妇了，心里非常的满足，是发自内心的快乐。虽然那已经是他最后几个月的时光了，身体很弱，但心态依然是非常坚强和乐观的。这天他给我们讲……

“我爹有我是中年得子，我有你弟也是中年得子。我以为我人生得意的时候应该到来了，票子、儿子都有了，但是，命里带的厄运似乎只是暂时停下来让我喘了口气而已！你妈生产后血流不止，住进了医院。你弟出生后第二十天局长来看，回局里就报告说我犯了计划生育！单位要怎么处理我先不去管，先照顾好你们的阿妈。住院十天，血还是止不了，输了两次血还是没有用，医生也都对我摇头说不行了，我真的很害怕，我怕她又离我而去，如我第一个爱人。

“我们只好出院。回到家里，我尽量使自己冷静下来，自己运用一些所学到医学知识，查阅医书，自己治疗。可是，什么止血药我知道的都用过了，不但不好，反而越来越严重！我一筹莫展！我痛心疾首！我因为害怕差点站不住了，心在抖，手在抖，脚在抖，冷汗一阵阵地往外冒，我得马上再到医院！可我钱用光了。父母过世后，我无依无靠跑不远，只能向左邻右舍借，我知道他们有五十块钱借给我的，可是任凭我怎么苦苦地哀求，居然没有人肯借给我五十块钱的救命钱！他们是觉得花再多钱也无力回天了。天求不得，人求不得，只好又返回求自己了！可我还能怎么做呢！眼睁睁地看着你们的妈妈昏迷着，生不如死的样子，我的心如刀绞！我打来一盆水，把头泡进去企图让自己清醒起来，头一抬，清水渐渐平静，照出我那张憔悴的老脸还有一夜之间多起来的白发，我告诉自己，一定要镇定！一定能想出好办法救她的，天对我不会那么绝的！我马上又把灯点上，找来医书仔细地查找，研究。天没亮，我就做出了个“九炭方”。拿着这个方子，马上跑到邻村的药店买回药材，我一边虔诚地乞求上苍开恩，一边精心细心地焙药材，让自己尽可能平静地去焙那些药，把药材都做成了炭，再用这些药炭煎好药汤。第一碗，让你阿妈服下，她说没有觉得不舒服，第二碗，她觉得心情有点轻松起来，出血量也明显减少了，第三碗的时候，血终于止住了！你妈妈得救了！

“等她睡着了，我找个角落狠狠哭了一场，让泪水把积攒在心底的恐惧、无助、痛苦痛快地发泄出来！

“你阿妈过度的出血，已经虚弱到不能够自己起床，更不会自己走路了，我留在家里照顾她，调养她，扶着她在床边开始第二次的练习走路。你阿妈恢复得差不多了，我才返回单位上班。

“听说我回来了，单位马上召开干部大会处理我。我是单位里第一个违反计划生育的人。当时严打，县里还指望出来个例子呢，正好我就撞枪口上了。局长就像是饿虎捉到了羊，非杀个痛快不可！他是这样处理的：一是每个月扣除 60% 的工资，还要倒扣，即从怀上的时候算起；二是撤销我的转正资格。我听了哈哈大笑三声！我是犯了，我承认，但是，文件可不是那样规定的。局长见我大笑，脸色很难看，他大声呵斥我：‘你老张笑什么！’我将中共中央的、省的文件有关条例背给他们听，场上一片安静。背完我问他是根据哪一条来处理我的，他当场窘得无地自容。说自己没看过文件，是别人这样说的。等他拿到文件再说，然后就散会了。散会后，他们没查文件，还是按在会上说的处理意见送到了县人事局，他们不想放过我，就想整死我这个出头鸟，就想杀一儆百。我不服，提笔给人事局长写了两封信。但是，没有回音。最后，我只好亲自登门。人事局长见到我的第一句话就是说，他们那样处理你，明摆着是要让你回家嘛！听他的语气，我知道，他也不赞成那样的处理，我的心中的石头才落地了。

“县人事局给我的意见下来是这样的：按文件规定，扣除 20% 的工资，在政治上记一个大过。局里没有照办，扣了我 35% 的工资。而且在接下来的三年中，罚我不得加薪，不发任何的奖金。后来的几年，奖金发得真是那个多啊，可我只能眼巴巴地看着同事高兴。罚款一直到你弟十四岁，上高中了，我才摆脱了。钱是失去了很多，但是你弟健康成长，又聪明懂事，儿子啊，你是个能让爸骄傲的儿子，怎样都值了！”

爸和弟两父子坐在床上，互搂肩膀相视而笑。

二十五

阿爸手术第三天了，刚开始吐得很厉害，打了止吐针才不吐了。喝了些汤，躺在摇椅上继续给我讲：

“我到县里工作后，你们的妈妈一个人既要照顾几个孩子，又要做所有的农活，可苦坏了她。早上天还没亮她就起床忙家务，上午的十点多才可以离开家里下地去。下午四五点钟得赶回来给孩子们做饭，一天到晚地忙。因此，我在外面工作也不能安心。每年的农忙，我都要请假回家帮忙。为此我屡次申请调到镇上工作，这样离家近了，可以照应家里。都没得到批准。生了儿子后，领导对我的意见更是不好。连每一次出差的时候都是安排我进山区去，不然的话我会利用出差的机会回家看看我的孩子们啊。那些人的心是如此的狠毒。世态炎凉……

“有一次，你妈在家忙不过来，我向局里请假，局长说他做不了主，让我去找工作组。可工作组只管党员，我还不是党员，与我有什么关系呢？再返回去找局长，他就只是说反正他做不了主就是了。我知道他是为难我，我只好去找工作组，我见到组长向他介绍了我自己，我说，相信你也听说过我的，我是畜牧局里最坏的一个人。那位组长说，哪里，哪里，他们是这么说的，可我不这么认为。我说明了来意，他说不用找他，找局长就行了，我照实说了，他说，那你就回去跟他说我同意了就是。我没再返回去说，收拾行李就直接回家了。一直到收割完，我才回去。局长见到我便恶狠狠地瞪着我，我也瞪着他。唉，得罪了局长，以后的日子啊，不好过啰！我原以为，上大学了，有工作了命运会有些改变吧，没想到，身上好像永远是零度一样，有永远剥不完的冰霜！我又一次想到了摆脱。我就想离开那个单位，好人太少了。

“正好村里的中学需要一位英语老师，校长每次见到我都说，让我回来当老师。只要我点头，一切手续由他们来办。我于是同意了。为了做准备，我还买了一本《初中英语教学法》。

“然而，人生无常，事物是不断发展变化的。局长换届的时候，下台了。新来的局长姓王，他才上任几天就把全部人的情况摸了个一清二楚。他找我谈话，表示很是同情和关心。他的到来，让我的思想产生了变化。我想，我去当教师，感觉自己的水平是有限，不想误人子弟，我选择当教师可能做不出成绩，本行却能。我想新局长人不错，于是便选择了留下来。

“王局长上任后，在我们镇上设立了第二个中心站，考虑到我的才能和困难，他让我出任中心站的站长。我既可以做好本职工作，又能照顾家庭的心愿达成了。

“我们一家的户口‘农转非’也是那个时候办到的。国家下了文件，凡是大专毕业有五年工龄的人员都可以申请办理，我赶紧申请办理。但当时犯计划生育的人除外的。好在当时的领导都是好人，在计生局也遇到了一个好人，一切办得很顺利，一生之中办事仅有这么一次没走弯路。

“我的工作渐渐出色，1992 年，我被评为全国畜牧站的先进个人，并入了党。

“1991 年，我得到通知，凡是有资格晋升中级、高级职称的人员都可以报考，考的是英语和业务。局里包括我去了四个人，先到省科技厅学习半个月的英语。考试结果是我得了最高分，是所有参加考试的人员中最高分。英语 87 分，业务 85 分。其他单位去考试的人差旅费都是全部报销的，只有我们单位吃饭由自己负担。

“通知书发下来了，一位同事并不考英语，但是他自己说，他有的是‘关系’。他也捞到了一个中级。我的成绩最高无人不知道，可通知书却迟迟未到。十几天后，局里才接到了另一个县畜牧局打来的电话，问是否有张建中这个人。一番周折，通知书才回到了我手里。

“倒霉事像上了有规律的链条一样，件件都得到别处去拐个弯才来。每一个人生的转折点都没有一次是顺利的，而每一次只有一种情况！别人出了差错！谁说这不是命啊？你说你不相信命运，命运却一次次地证明给你看。不算太坏的是，因为你的努力和付出，因为你还有坚持，你还有期待，最后它还是把你应得的回报给你。

“局里按规定给我们办，推迟了好几个月才给我们写聘书，发给了我中级的工资。

“好景不长，王局长只做了一年又调走了。他一走，副局长就撤掉了中心站。然后把我调到另一个镇的站当站长。

“他们在那建了一幢二层的小楼，下层办一个兽药门市部，上层搞招待所。我要求这一次调动必须带走我的老婆和孩子，到了那，给你妈妈安排工作，这一次，他们同意了。”

二十六

这后面的事情不用谁给我讲我都知道了。

我和我弟还小，爸妈先把我们俩带了过去，姐姐们留在村里继续上学。几年后全家都搬到一起了，我在那里上了学，直到小学毕业。

父母亲除了工作，主要责任就是抚养我们成长，供我们上学。从小到大，我也没见过家里缺吃少穿的。

在子女面前，父母总善于隐藏他们的一切快乐、烦恼和恐惧。我阿爸没有，他给我们讲他的过去，让我们懂得生活，更加珍惜现在的生活。也是因为了解他，理解他的一切，我们没有一个不深爱他。

“人都是带着苦痛生活的。很多事情发生了就只能接受，能改变的，就自己多找些乐。世事无常，生命脆弱啊！短短几十年，酸甜苦辣，历经劫数，但我从未做过损人利己之事，从没戴过面具做人，最终也算是有个光明磊落、清清白白的人生。再苦也好好活，活好每一天就是活着的意义，如此而已。”

这是阿爸跟我讲的最后一番话。

那晚，暴雨如注，雷电交加。

我亲爱的阿爸突然感到痛苦。阿妈把我们叫起来。

姐打电话喊来了救护车。医护人员把父亲抬上担架，他是那么弱小，那么无助。

家人全都跟着去了医院，我负责留下来看在酣睡的小外甥，没能跟去。

下午就听说，我亲爱的阿爸要回老家去，已经在送回老家的路上。

我在赶回家的路上，填满心房的悲伤如同不停歇的水泵，压得眼睛像失了灵关不上的水龙头，两个多小时的车程，泪水兀自就从心底往外流个不停。我不明白发生了什么，我亲爱的阿爸只是去医院，然后先回家了啊。

当我赶回老家，远远就听到痛彻心扉的哭声从家里传来。

进门扒开围得里三层外三层的人群，阿爸已经被盖得严实，躺在厅堂床上。

在救护车里颠簸了两个小时回到家，阿爸的神志已不清。姐说，回到家里，她唤他，爸应答了一声，呼出最后一口气，呼出最后一口气却没有闭上眼睛。因为他远在他乡的儿子还来不及回到他身边。

阿爸离开的前一天晚上，弟弟说睡觉莫名其妙就坐起来痛哭，他便买了机票，想着回家陪阿爸，把以后的人生规划，包括会生几个小孩，让爸给小孙子起好名字，让他好安心的。不料命运最后一次捉弄，航空公司航班调整，却没有通知到弟。直到起飞当天才知道错过了航班，耽误了一天……

握着父亲已经冰冷的厚实大手，我心颤了一下，泪水突然就停了。

一个深爱他妻子和孩子，有责任有担当，满身生活技能，乐天达观的普通好男人去世了。

三天后的一个清晨，天气阴冷。一片已收割完的玉米地围绕的家族墓场上，父亲的棺木被缓缓放入新挖出的四方土坑，葬在爷爷奶奶和他第一位爱人的旁边。当泥土渐渐盖过棺木，亲人们哭倒一片。我从已看不见阿爸棺木的四方土坑抬头，一轮红日凄凄惨惨地在云层里冉冉爬升，它升起来照亮父亲去往另一个世界的路。

父亲走后很长的时间内，遇到什么事，想哭却再也哭不出来，像所有的悲伤都已用完。全家人人几乎每天都梦见他，像是他不曾离去。而我们都终将永远铭记：再苦也要好好活。

八段旅行

给时光以生命

旅行的真谛，不是运动，而是带动你的灵魂，去寻找到生命的春光。

——梭罗

那时起，我就这么，爱上了旅行

一种是情感的崩塌，一种是至爱父亲的离世，两种痛苦吞噬着心，感觉身心不堪重负。我在这种前所未有的痛苦中，开始思考人生的意义。

父亲那个时代连基本物质生活都保证不了，很多事情他别无选择，而我呢？不用工作一年，我也不会饿着。但是我要上班，上班才有五险一金，有每个月的薪水，才能获得社会上听起来比较有身份的职称，才能买到房子和车子……你想拥有的越多越好，你付出的时间和精力就越多，它们不是你真正想要的，但几乎占据了你的时间和思想。

我不想要那样的人生。我想去旅行。我不知道自己能不能活得比父亲长，但我想比起父亲，来这世间一趟，可以见识这个世界多一些。

同样痛苦不堪的母亲对我说：想去你就去吧，去走走，如果那样会好受些。

父亲在的时候，他们从不同意我独自远行。这一次，应该觉得那么痛那么苦的事情都经受过了，如果独自远行这种事情有风险，那也无所谓了吧。

去就对了，人生难免会有痛苦，就是别让自己沉浸在那个漩涡里而忘记了人生的整个海洋。

省会海口的机票通常总比三亚便宜好几百，本着“花最少钱，游最多地”的原则，从三亚动车直达美兰机场。

19 号座，靠窗。我喜欢的位置。

旁边是一位高中女生，校服上看出来的。她正在生气地打电话责怪她妈妈没将她和同伴的票买在一起。后排有一名女生伸长了脖子贴着她的头，也在听电话。那边用焦急的声音哄着，道歉着。做父母的谁不宝贝自己的子女，何况只有一个。她们电话没打完，我却听不下去了，我示意后排那位女生，愿意和她交换位置。那女生二话不说兴高采烈地提了包就迫不及待地坐了过来。

着陆开机，弟弟来电话，告诉他人已在昆明机场，他很惊讶我的速度。

是啊，在家里天天捧着中国地图计划半个月了。这也说明一个问题，任何计划只有付诸行动必能实现，事情永远都是做出来的。

邻座的女孩和我一起去拿行李。她也是海南人，从海口飞来看自己的男朋友。在飞机上，她向我展示手指上的两枚指环，白金的是情人节的礼物，镶钻的是订婚戒指。她幸福地告诉我，她相恋十年的男友如何在乎她，她男友的母亲如何地疼爱她。说得我很羡慕，很羡慕。羡慕他们长久的感情，也羡慕她拥有的美好归宿。

拿到行李出来，她的男友就把她抱在怀里，接走了。我本打算到昆明先到青年旅舍住下，再选择感兴趣的地方参加一日或两日游，可是因为看到幸福的她们离开，内心顿生一阵史无前例的孤独和迷茫。

一个人，如同身处不见日光的无边旷野，孤寂冰冷。

我折回到达大厅，找了家旅行社，报了一个六天五晚的旅行团。

在一杯热气袅袅升腾的绿茶中签合同和交完团费，有人为你安排左右，内心的失落感和孤独感。

报团后，可以免费在市内使用车。客人只有我一个，旅行社安排了一名司机送我去滇池。

正值昆明的雨季，五分钟雨，七分钟晴。

晴的时候太阳很大，阴的时候雨点很粗。我说：“昆明人晒被子是不是很辛苦，晒了收，收了晒。”司机哈哈大笑，然后打开话匣子给我讲了很多昆明的事。司机告诉我，滇池现今没什么，只是一摊水。到了滇池，又下起了雨。滇池没有从前地理课本上的美好，特别是在这种天气中来看。阴暗的天空，阴沉混浊的水面，漂浮着水草还是绿萍。我请司机帮忙拍了两张照片，算是来过了中国第六大淡水湖，滇池。

已经是中午了，我请司机送我去吃云南特产，过桥米线。我请司机，他只接受好意点了一碗八块钱的，我点了二十三块的传统米线。

环顾周围，客人们吃米线的碗都很大，像我家做饭的电饭煲一样。我暗自思忖，那一碗粉在我家足够三个人早餐了。

不过，米线味道的确不错。司机说，还有最多六百元一碗的，我想象不出来，六百元一碗的米线长什么样子。

午餐后，司机把我送到官渡古镇，自己逛街。然后又送翠湖公园。

翠湖公园，曾经有名的景点，已破落了，只像是成了居民区的公园而已，市民在里面喝茶，打牌。

六点多，在附近吃了碗绿豆粥，太累吃不下别的东西。

司机在公园门口接我回机场。然后又撑着巨大的雨伞把我送上到大理的旅游团大巴，我在瓢泼大雨中离开了昆明。

团里有一位和我一样独自旅行的宁波女孩，巧的是她的名字和我差中间一个字。两人一见如故。八九个小时的施工路不好走，很颠簸，又下雨。还好有她，一路聊天也不觉得孤单。后来的行程中，她一直联系旅行社调整行程，然后跟着我一起玩。

晚上到大理已经是深夜一点多了，旅行团安排进了一家很破旧且不干净的旅馆，但为时已晚，又要早起，顾不了那么多了，我手机充上电，显示弟弟几个来电及信息，回了信息报平安后洗个澡，把大披肩往床上一铺就睡了。

第二天，宾馆出发到大理古城。导游只安排了一个小时的时间，逛得很匆忙，这就是跟团旅游的致命不爽。省下来的时间就是逛购物店。

洱海苍山，比想象中的差了百分之一百。

在洱海坐了一种毫无特色的小船漂了一下，在很不怎么样的水面上，没有什么特别的景色。还不如在三亚的任何一个码头坐个船呢，这就是我千里迢迢而来的洱海，后来再去洱海，才知道那是个假的。

苍山呢，坐索道上去，钻了个据说是《天龙八部》里段誉遇见王语嫣的地方，也是没有什么可取之处，景色也是一般般。

也许是心门紧闭，也许是跟团没有新意，苍山洱海走过后基本没有留下好印象，直到第二天看到大理古城，才觉得自己是一个适合古代的人，觉得古代的一切都是那么的美好、那么的有韵味。无论是建筑，衣饰、举止、礼仪……

大理，多么巧妙的一座城。户户有流水潺潺，杨柳依依。

在大理，难免会想到那位会“凌波微步”和“北冥神功”翩翩公子。还有他和王语嫣的爱情。

第一次看到麦田是第三天，在拉市海。金色的麦浪，是谁和谁爱过的地方？明净的天空下，人们在收获。走进有半个自己高的麦田，近距离地去触摸和感知这种听过无数次的粮食作物。一杆杆的麦穗，长得真好看。

无边无际的金色麦田，连着远处的青山，第一次觉得天地是如此的辽阔。那天，我就决定卸下所有悲伤，把它们融化在拉市海的云水间，扯一片高原的蓝，换掉心底的阴暗，给心换一片最明净的底色。于是，对离去的父亲的思念和爱得到了更好的安放。我放过了自己，于是感到了前所未有的轻松。

你有过初次远足就遇到和你名字差不多的人的经历吗？我们不仅名字相同，也趣味相投，两个人玩什么都开心。我们都特别珍惜这次缘分。

心打开了，眼前的世界因明媚而更明媚。在这从未涉足的地方，打开了对人生的另一种认识，对世界的另一种见识。

丽江古城的夜晚风情万种。第一晚我们一家家地逛着那些稀奇古怪的客栈。第二晚，我们遇到了一个想要艳遇的广西姑娘，为此我请她干了一瓶牦牛奶，庆祝这难得的相逢。

我绕过九曲十八弯的盘山路，去看泸沽湖上妖娆的水性杨花，静静停泊的猪槽船、船上等待我们的纳西老人、给我们摇船的摩梭女、迷离仙境般的里雾比岛、住宿的民居里硕大的玫瑰花……美得找不到词形容的高原湖泊，打开了我的眼界，打开了我的心胸。

整个六月，我都在旅行。从桂林，游到广东的深圳，香港和澳门……在旅行中的放弃和收获支撑着我在整个七月陪在母亲身旁，直到阿爸满百日。

那时起，我就是这么，爱上了旅行。

北京——永恒的北京

第一次去北京时，我在负氧离子每立方米高达3000个的自然保护区内工作。很多人从北京到那里去逃避雾霾天气，度假洗肺。而在那里工作了一年多的我却已经在计划着去首都看看。一样工作准点打卡上班，加班，重复了两年，即使在美景与别墅间，呆久了也会精神倦乏。像是人总不能天天吃鲍鱼燕窝一样。

工作是为了什么？我是普通得不能再普通的一个人，没有多么崇高的人类目标，工作只为工资卡每月增长的那点工资，靠它养活自己不给社会添乱。如今，只要还有工作的能力，工作随时都可以有，没必要把自己捆绑在一处，生无可恋。普普通通的人，普普通通的一份为了薪水的工作，到头来也赚不来多少财富，如果老了铺开整个人生，回忆全是上班下班就白来世间一回了。

不想背着工作去旅行，向领导请辞，没批准，却准了半个月的假期和一个条件：休假期间不负责任何与工作相关的事情。

年假、值班加班补休假，再加请假，拼了半个月上交请假单。鸟儿从不担心脚下的树枝，因为它有翅膀。

当天接待一位来自挪威的自然科学研究博士A先生，带他参观后，他为表示感谢，邀请我第二天共进晚餐。我告诉他第二天要去北京，刚好他过两天也到北京，便留了我的联系方式，期待在北京再见。

飞机夜班机准时降落北京机场，可行李却迟迟未到！很多乘客和行李部工作人员吵闹起来。这种事，吵得再厉害也于事无补，他们吵了两小时，行李才终于陆陆续续地冒出传输带。

不知道是行李车摔跤了还怎么回事，迟到的行李全有问题。有些人托运的酒洒了，有些人箱子开裂了，东西撒了出来，有些人箱子弄脏了，于是又吵。这一次我也懊恼了，我那漂亮的崭新的小皮箱被刮出了一道一道的深痕，皮开肉绽的感觉。不知道它到底经历了什么？

后来，工作人员根据每个人行李不同损坏情况给予赔偿，好像包括延误的赔偿。我的新箱子得到三百赔偿金，箱子的价格四百多，看来大家对赔偿都很满意，拿到赔偿的人都很快消失了。

如果是一个人，或许就等啊等啊，几个小时过去，箱子到了，就算没了一边，可能也就默默取走，快速离开了，后来想起来就会愤愤不平而已。这件事后来让我学会了有些权利还是要去争取的，不然只能默默地自己受委屈。

问题解决完，北京时间已经凌晨三点。同机有个女孩，到北京转火车到乌鲁木齐。她打算就在机场休息，明天一早直接从机场去火车站。从机场到市区的青年旅舍太远了，已经没有公共交通工具可以搭乘，于是就跟着女孩一起在机场的长椅上眯着，轮流照看行李，等天亮。

机场里依然热闹非凡，特别是国际厅。等待过程中，有刚入境的外宾找我问路，问我手机自动充值机的使用。对宇宙来说，我们是地球人，对外宾来说，我是中国人，对北京人来说，我是外地人，如果是对你们镇子上的人来说，我就是某村的，在某村还能分出个村前村后，东村西村人。这就是为什么走得越远，视野越大，世界更辽阔。外宾认定我是了，我当然力所能及，给他提供了帮助。他们才不管你是第一次从海南岛到首都来的。就这样看着夜里来来往往的人天很快就亮了。

每一段旅途都有可能遇到些麻烦、困难，那都是旅行的一部分。乐观地去接受，愉快地去经历，后来全是有趣的回忆。

到达北京的当天晚上要去看天安门广场，下铺的女生主动要求带我去，女孩叫珍妮，是旅舍的一名长住客，说是在北京工作，把旅舍当作宿舍。东北女孩，非常有性格，雷厉风行，风风火火的。有她在，我就不需要查怎么去，怎么回了。她说，受不了我说话，太嗲了。我说话嗲嗲的，之前不太知道，去了北京开口说话，旁边总有人这么说，自己也就认了。

虽然第一次见到北京天安门，但是感觉太熟悉了。从小到大，我爱北京天安门。倒是首都十月夜晚的风，不戴口罩就把你鼻涕给吹出来了。

在北京的那几天，天气非常好，天非常蓝，阳光非常明媚。等公交的时候问路，指路的北京阿姨说，北京爱你哦，第一次来北京遇到这么好的天气。北京爱我。感谢北京给我好脸。

租了北京大爷的黄包车，他慢慢骑着车，带着你从一条胡同逛到另一条胡同。锣鼓巷的胡同里，一砖一瓦都有丰富的中国文化，一草一木都有悲欢离合的动人故事。

博士先生用邮件给我发了一封正式的邀请函。我在王府井和平饭店找到了他一起去全聚德吃了北京烤鸭。

公司的北京客户辉哥十月底将带他自己的客户到海南度假，虽然只是在业务上电话中有过来往，没见过面，他却派了公司同事来接，还和同事迪姐一起亲自开车送我去八达岭、十三陵，陪我玩了一天。

坐着北京大爷的黄包车逛胡同，听他讲不完的故事；爬长城感受那感受不尽的雄伟；游故宫，浏览览不尽悠悠历史；在香山，在地坛公园追寻秋的多彩；皇城的绿意，花的世界；慈禧的房门口，白玉兰上歇息的喜鹊；颐和园目不暇接的美景。

我爱北京，爱她的古今。

北京，永恒的北京。愿她无雾霾，无沙尘暴，总有我看到的样子。

据说，大批北京人逃往深圳。

有人问我："如果可以选择，你择哪城终老？除了海南岛。"如果不除了海南，当然还选海南。不过，海南是我家，还真用不着选，想回去就回去了。

如果不是空气污染，我会选北京。

第一次去过北京，就一次留下的美好回忆太多太多，每一次想起来都是那么的明艳，那么的暖。那是一个万花筒般精彩纷呈的世界。

看到的，遇到的。

江西——李坑的油菜花和黄山的雾

我买了中国地图，把去过的地方画了个圈。只要时间允许，便会查机票，反正没去过的地方很多，哪里的折扣低便飞往哪里。

从一家公司跳槽到另一家公司，中间有意给自己空出一个月的报到期。一个月只有四周，在办公室重复的日子里也就像过一天，走出去却不一样，走出去的一个月，你可以每天都过得不一样，你能看到很多不同的风景，那一个月将给你的生命增添色彩，让你老有所忆。

四月婺源油菜花开得正好，便订了南昌的机票。

航班又准又快。九点半从三亚凤凰飞，十一点半我的双脚已站在昌北机场，那个冷冷清清的国际机场。

机场一号线去市区，不打算登“落霞与孤鹜齐飞，秋水共长天一色”的滕王阁了，可不想乘电梯，然后看高楼把那种意境给破坏了……那种意境只在当年，还是让它保留在想象里吧。

直奔青山客运站，路上还给两个问路人查地图指引坐车。这是到任何城市都会发生的事情，我到哪都不像游客，所以到哪都安全。

路遇一位大姐也是要去客运站，对方行李多，我搭手帮忙提拉，对方觉得还是太重，便打出租车前往，把我也给免费捎上了。

走进青山客运站，厅里一慈眉善目弥勒佛般的大伯问我，去婺源吗，加班车最后一个座了，我是司机！相信他，但还是先到窗口确认一下，最快出发的加班车 13:35，而且最后一张了！翻栏去找那个还一直微笑地关注着我的大伯去，窗口票价 105 元，大伯只收了我 100 元，还给了瓶矿泉水。觉得路途还远一瓶或许不够，又给了一瓶。

南昌高速公路，车少路宽景色佳……下午五点半才到了婺源，婺源是个镇子，想到其他地方去，还得坐车，景区车分了好几条线路。天快黑了，我选了最近一站，李坑景区。

定的是景区里的客房，还指望入住免门票呢！想多了，李坑门票60元。买票入园，在景区门口附近找到预定客栈。跟老板对了半天预定信息，居然没有记录，再看手机确认信息，原来是订房日期选错月份……糊涂了。工作中不知给过多少客人订房也从没搞错日期，自己给自己订的却……更不幸的是，全区满房！因为是清明小长假，正值油菜花开，周边地区的人都过来赏花，老板说平时几十元的房间这几天涨到三四百元还给住满了！

这家店楼上客房，楼下餐厅。不管，先吃饭，我说，就不信了，若大的李坑没有我一晚的容身之地。

老板，给我打半碗饭就行。

老板娘说，才半碗呀？

是的，没地方住，饭吃不下了！我说。其实我平时也就吃这么多。

结果，半碗饭打来上，饭量多得让我觉得可以吃两顿……

老板娘说就你一女孩子，要不去我姐家住吧，木楼单房，不收你贵。

那是多少？

一百。

好。

吃完饭，老板娘喊来一位十二三岁的小姑娘，打着手电筒，送我到住家去。路上两旁边似乎都是大片油菜花，天晚了，我只专注脚下的路，也没心思，明天再看。

小女孩把我送到之后，淳朴健壮的女主人把我带到房间。房子是当地的徽式民居，砖木结构。厅门很大，门闩是竖立的，扁担一般长。楼下是厅，楼上下由木板间隔开。上一个很陡很窄的木楼梯到二楼。十平方米左右的小房间，一张一米二左右的炕，床上用品都是很乡村的那种花布，一个长方形装衣物的木箱子，窗在床对面，窗前一张简陋的书桌，原木没上色。书桌上摆着一些课本，笔记本。

这是我儿子的房间，他上大学去了。本想让你住我女儿房间，她住他哥的，不过你住也一样啦。女主人说。

女主人出去之后，我翻了他儿子的课本和笔记，我是几何数学盲，但看到他的笔记，做得真的太好了，图文并茂，工整详细。字也写得刚劲有力，这样的男孩会在哪里上大学呢？清华？北大还是哈佛？反正一定不差。我躺在他的床上想。

早晨，在啾啾鸟鸣声中醒来，这种感觉像是在家里的闺房中醒来，接着听到隔壁房东叫闺女李丹起床，姑娘迷迷糊糊地应着呢，就是不起来，妈妈加大敲门声，原先柔声细语变成了粗声粗气。姑娘也生气了，娇嗔大喊知道了，知道了！我不禁一笑，这情景估计很多人和自己妈都有过……不一会儿，导游小喇叭的讲解声掩盖了鸟鸣，李坑景区也醒来了。

窗外，一些游客拉着行李从邻近的民宅里出来，正在道上和房东告别。楼下，我们的房屋周围全是油菜花田。

我的房东夫妇一早出门干活了，家里只有老奶奶和一只猫，猫舒服地躺在暖炉上，老奶奶坐在暖炉旁。跟她告别出门，老奶奶欲起来开门，我表示自己来，可……你自己不会开的，老奶奶笑嘻嘻说。是的，这扁担一般长的圆形门闩，我还真不知道怎么才能取下来。老奶奶也挺利索，一提一拉镶嵌在门里的闩就给取下来了，吱呀就打开了门。

从住了一晚的家告别出来，此时的李坑熙熙攘攘。

李坑是一个以李姓聚居为主的古村落，距婺源县城 12 公里。李坑的建筑风格独特，是著名的徽派建筑。给人一种安静、祥和的气氛。李坑自古文风鼎盛、人才辈出。自宋至清，仕官富贾达百人，村里的文人留下传世著作达 29 部，南宋年间出了一位武状元，名叫李知诚。

走一条古巷到状元家，他家里有棵痒痒树，抓一次一块钱，你抓树，你不痒痒，树痒痒，树叶会动，小小一棵树据说已经活了千年……

李坑村落群山环抱，山清水秀，风光旖旎。村中明清古建遍布、民居宅院沿溪而建，依山而立，粉墙黛瓦、参差错落；村内街巷溪水贯通、九曲十弯；青石板道纵横交错，石、木、砖各种溪桥数十座沟通两岸，更有两涧清流、柳碣飞琼、双桥叠锁、焦泉浸月、道院钟鸣、仙桥毓秀等景点在其中，构筑了一幅小桥、流水、人家的美丽画卷。

我的游览路线由村中到村尾再到入口。村尾大片油菜花田，就是这样的风景吸引了无数像我这样爱风景的人不远千里慕名而来。

花田里，双双对对的小情侣装饰了这片风景，一位漂亮女孩负责采了地上的野花，她男朋友给负责把花编成花环。看到我，他们请帮忙拍照，给她们照完，两人建议我用他们的花环取代我自己的帽子，也帮我拍了几张。

逛完离开李坑的时候，越往外走，人越多。景区门口的车跟交警绞成一团。长龙般的车，全是周边城市家庭出游，车进不来，走了好远路才坐上返回婺源的车。

李坑的中巴到了婺源西站，马不停蹄一路转到老北站。很幸运，买到下午一点二十分最后一张去黄山的票。

在车站小餐馆吃饱了饭，发车时间就到了。黄山的车上，旁边是位南京来的大学生，去过很多地方，他跟我说从南京到婺源转车转得好辛苦，不过很有意思。常遇到像他这样高中毕业、大学毕业就出来旅行的学生，他们比我幸福。上学的时候知道父母亲辛苦，他们给的生活费花得很节省，更不用说旅行了。

车上没闲着，在时有时无的信号里很辛苦地完成了酒店住宿和黄山一日游的预定。那个时候还不会住青旅，也不太会自由行。

节假日出门可真够呛的！为避开高峰期，必须很早起床！本来打算黄山顶上住一晚，天气不好，预报说阴天有雨，就放弃了。

早上五点半起床，退房。半小时导游来接，开始黄山之旅。阴天有雨。从酒店出发一个小时左右到山口，用5元钱寄存了行李，10元钱买了一件亮丽的黄色一次性雨衣，再备点干粮，在导游带领下去换乘景区交通车，穿过一片雨雾弥漫的小树林，十分钟左右到登山入口。

200米到玉屏索道的台阶就爬得我有快死掉的感觉，加上天气不好，心里猛打退堂鼓。雨雾朦胧了缆车，黄山的肌肉若隐若现。

十几分钟到了玉屏楼。

黄山上有人力的士，就是一前一后两人抬着一把竹编的高背椅。导游说起步价100元，之后按台阶算钱。

他们抬得动，我付得起钱，也不忍心坐。抬小孩子、行动不便的老人还行。

在上一个坡的时候，我的退堂鼓捶得更强烈了。雨雾很浓，感觉只是在辛苦登山，风景都包裹在云雾里。导游说，你这小身板还想走下山？我说，我就是能走，我下山容易，上山难！

旁边一位穿着“黄山欢迎您”的蓝色背心套装的挑夫经过，担子上的货物差不多和他的身高那么高，走几步换一次肩头！长年累月下来，小腿上的肌肉是呈块状的。黄山上，矿泉水十元一瓶，玉米十元一个，茶叶蛋四块一个，看到他们，东西也就贵得有理了。

在百步云梯，团里有位强壮的男士居然因为害怕而瑟瑟发抖！走下台阶的他像如履薄冰，战战兢兢，因害怕还呻吟着。引得路人无数奇怪眼神，有人甚至幸灾乐祸，带着些许嘲讽开口问他：你有这么怕吗？我顿时深刻地理解了一句话：世界上根本没有感同身受这回事，针不刺到别人身上，他们就不知道有多痛。

我也有怕的时候，就是爬这个差不多是九十度的一线天！不回头还好，一回头，只看到身下的万丈深渊！害怕前面的人掉下来，然后大家一串就坠入身后茫茫云海去了！回头往下看，可以说实在是胆战心惊！

旅途中，互助的我们渐渐相熟，我和两位女生、一位男生一起玩。大家越玩越开心，不管天气了，我们大笑，我们呼喊，我们奔跑跳跃，在雾气腾腾的黄山之巅撒了一把野！

光明顶之上，团队分两路，缆车下山的继续寻找风景去，步行下山的我们目标云谷寺。四个人蹦着下山，一路欣赏到奇松、怪石以及路上一树一树的各种花！洁白的玉兰花，娇羞的小桃花，等等。

一阵风吹去雾气，眼前就会突然出现一片山，犹如美女的薄纱突然滑落，露出酥胸，美腿，很是惊艳。拍了张照片，低头看相片，再抬起头时，那山惊艳又已没入层层迷雾……

说说笑笑，开开心心玩下山，用了两个半小时成功在预定时间内与导游汇合！

下山后去屯溪老街，爬完山太饿，饭量大增，居然吃掉一大碗饭！

吃完饭太累，没逛老街，第二天才再去。

屯溪老街被誉为流动的“清明上河图”，距今已有数百年历史，全长832米，宽5—8米，是目前中国保存最完整的，具有宋、明、清时代建筑风格的步行商业街，为全国重点文物保护单位。2009年6月10日，经文化部、国家文物局批准，屯溪老街和北京市国子监街、苏州平江路等共同当选为“中国历史文化名街”。屯溪老街街道狭窄幽深，我步入居民小巷，看见门口闲坐的白发老太，我看她们，她们看我。昨天饥饿，匆匆进来觅食再匆匆回旅舍没来得及品味老街，今天休息了一天，精神饱满，放慢了脚步慢慢逛。

一位背包客举着大相机贪婪地抓拍着老街美景，请他帮忙照相。照相时，旁边三个背包的小姑娘说，好美喔，然后叽叽喳喳不知道在说什么，照完相，看她们犹豫着好像有事要找我，我问她们怎么了，她们说，你刚才照相我们想要你拿着我们的扇子照，你穿的长裙子和它很搭。好呀，那我就拿着你们的扇子，请你们帮我照吧。

女生们与我反方向，因此没能一起走，我一个人继续慢慢逛。

街上好玩的、好吃的很多，现炒现卖的茶叶，徽州有名的石雕，我看到了木刻的笑弥勒佛，是我最喜欢的佛；瘦伯的酱菜想起就流口水，免费尝了一根金针菇，好吃极了，十元一小瓶，也是非常非常想带一瓶，但还是控制住了，就一个背包，这趟除了风景及回忆，背不动其他。反正他们有网上卖的，想吃再淘吧！

旅途中，总是有很多东西总想占为己有，但是都理智放弃了。背包客带走的只有经历的记忆。

想吃毛豆腐，没找到，还是去吃饭吧。拐个弯到了街另一头昨天吃饭的店，昨天冲进去再冲出来，今天才知道店叫溪岸。老板推荐了雷笋煲。

与昨天同样的一碗饭，今天只吃了五分之一，不过雷笋几乎吃完了。老板在我吃饭时来聊天，我呢，免费给他做了一次海南旅游推介。老板姓莫，黄山本土。要求加我微信，去海南可以找我了解资讯，海南欢迎您。

浙江——繁花四月雨西湖

离开黄山那天，青天白日的，如果按原计划在婺源呆两天再到黄山就能遇到好天气了！不过转念一想，如果不是这样，也不会看到她云里雾里的这一面，四时皆是景嘛！

从杭州汽车西站到旅舍可真远啊，从 NO49 换 NO318 足足跑了一个半小时。好不容易有个座位呢，那天似乎全杭州城的老人孩子有需要的人士都出门了，传统美德我自然是有的。刚坐下又得起来让座，背着包足足站了一个半小时，累死我了……

杭州，春花处处盛开，随处可见。

旅舍帅哥出来接站，订的旅舍位置在灵隐寺，那里青旅密集，形形色色的名儿，风格各异。我这家叫“侬之家”，很亲切，因为在我家乡，“侬”是对小辈的爱称。这也是为什么我会选她的原因。订的是女生四人间，给升级了双标。

青旅门口种着红的、白的郁金香在怒放，一朵朵饭碗那么大只！第一次见到真正的郁金香，之前还以为看郁金香得去荷兰呢！

早上起来，把几天的衣服分两桶洗了晾出去，然后出门逛西湖。从住处步行 15 分钟，还没看到西湖就看到路边公园里游人如织。看看去。顺着人流的方向往前，立即被成片成片五颜六色缤纷绚烂的郁金香给惊艳了！艳丽的色彩让人看出愉悦的感觉，蓝色，粉色，红色……美得那么不真实。

问了赏花的人，才知道这里叫太子湾公园，说是南宋庄文、景献二位太子的攒园。现在是有名的婚庆公园、郁金香展地、花的世界……公园里随处可见洋溢着幸福笑容、在拍婚纱照的新人。那天穿的是长及脚踝的白色长裙，在花丛照相的时候，一群跟着老师踏青的小学生经过面前，人群里有个稚嫩的声音高声问道：老师，她的婚纱怎么跟别人的不一样？我……

这是第二次到西湖，相隔几年……风景有同，心情不同。本来不走重复地，但路线串联，时间也允许，所以再来一次。阴雨绵绵，破了我准备骑小红车或小黄车环行的计划，改成原装11路，徒步。起点：苏堤。沿湖红的、粉的、白的杜鹃一丛丛，一簇簇，带着雨露，十分娇艳。路遇雨中樱花，满天落英缤纷。游船湖边静静的停泊，春花迷眼，芳草鲜美。

曲苑风荷还没有荷，荷花要在7—9月开。黄山一趟之后，11路神奇管用，从苏堤到杨公堤，再到白堤，面不改色，走完。西湖边的博物馆和美术馆，一个不落全部逛完！

上海一瞥

上海，中国第一大城市，中华人民共和国直辖市之一，中国国家中心城市，中国的经济、金融中心，繁荣的国际大都市。因为觉得大都市只有繁华，没有风景。

第二次出现在附近了，还是去看看吧。

为了省事和不耽误第二天返回海南的航班，在杭州报了个一日游。早上六点就被旅行社的小面包车接走了，一路接人，七点才把人员收齐出发。

有意挑了非周末和晴天到上海。上海给的第一印象就是，果然是个好天啊，家家户户都在阳台上晒被子……第二印象是导游喊看的，黄埔大桥，他讲了关于埔字那一点邓小平为何点在一横下面的说法很有意思。第三印象就看到东方明珠塔了。

对比较古老的东西或自然的美景我才能产生情感。现代与科技没有，就像对待一束鲜花和一台电脑，后者你想到的只是使用。

在等导游买票的时候，来了位印尼人要求合影。问我从哪来，说是海南，他不认识海南，也不认识海南国际旅游岛，他只知道中国有北京和上海……

安检上塔。

就是乘个电梯上塔而已，队伍却紧凑地排了几圈。几部电梯以每秒七米的速度接送游客，电梯里有漂亮的礼仪小姐用双语介绍目的楼层。

一群外籍学生玩得很嗨，十几人趴在玻璃上做飞翔的动作合影。坐着，趴着不会怕，走着呢，心就慌了，不敢上去的老少青都有，场面各种搞笑。

由于是散拼团，大部分人的行程里没有的景点，旅行社安排我少数服从多数，回到杭州后补给我一个景点：西溪湿地公园。

四月的湿地公园就是一个水草青绿的世界，还有几株高大的白色的绣球花。但作为补偿景点，和对同行的理解，我也满足了。

贵州——壮观瀑布到精巧苗寨

我旅行的目的非常简单，就是去没去过的地方看一看，关键是那个地方有风景。

贵州有亚洲第一瀑布，黄果树瀑布，地理课本上认识的时候就很想亲眼看看。这条线机票太贵，于是选择火车旅行，想想列车员吧，他们一样在火车上过夜。就当值个夜班省下的是好几天工资呢！

三亚动车到海口，海口转火车到贵阳。火车过海的时候真是太难过了，空调一关，车厢成了烤箱。男人们，一个不落全把上衣脱了，人人大汗淋漓，小孩子不安地哭闹着。我感觉自己要被闷死了，跑到车厢连接处，企图能找到一条能呼吸的缝隙！看到相邻的车厢里居然有空调，还有一位工作人员，我用求生的欲望拍打着车门，列车员给开了门，然后也有旅客打开了车厢的窗户，大家这才重新活了过来。

贵州的山尖尖的，树也尖尖的，烟雨中，就是一幅幅水墨画。只有在中国，才有这种水墨画般的景致吧。

第二天下午抵达贵阳。入住的太空舱青年旅舍很特别，而且舒适卫生。

贵州未来几天都是阵雨天气，但我还是义无反顾按计划进行。到黄果树瀑布的交通复杂，报了跟团游。早上迟到十几分钟，导游没等，果断在线上订了门票自己去。

冒着瓢泼大雨赶到火车站，车票只有中午发车的，放弃火车赶汽车。常言说，欲速则不达。因为着急，在前往汽车站的公交车门口，被拉客的黑车说动了，花75元，然后兜兜转转，到一条偏僻的街上去坐车。说好是大巴，其实是一辆12座面包车，20人挤在车里，在我的所有旅行经历中，最黑暗的是这一时刻了。

所以奉劝各位，出行可千万不能选择非正规交通工具。

路上陆续有人下车走了，最后剩下一对从重庆来、赶去参加亲戚婚礼的母子两人。男孩大学刚毕业，也喜欢旅行，但他选择的是搭便车的方式，这个我可玩不来。因为最近有新闻报道说重庆有个女孩搭错车被杀，重庆母子很是担心一个人出行的我。对于安全问题我一直相信一条，不对别人有企图，就永远不会上当受骗。因为心急做了这个错误的选择，感觉很冒险。黑车在加油站把我们三人转给一辆顺路车，司机是个漂亮的小青年，但有些忧郁，也很沉默，就叫他高冷哥吧。

按照高冷哥和黑车的口头协议，在黄果树景区路口我就得下车了，看到纵横交错的、荒无人烟的高速路口，我忧伤地哀叹：这地段都不知道怎么到景区。重庆男孩听完帮我央求司机说："哥哥，她一个女孩子你就送一下她好了吧。"高冷哥也是心善，他听完，不置可否，但是一踩油门加速准备停下的车子，把我送到景区门口。

过高速路收费站，需要付的 40 元，我抢在高冷哥掏钱的时候付掉了。那么大的雨，别人好心相送了怎么能让他付钱。高冷哥把我送到景区门口，很长的一段距离，可恶的黑车。坚持付车费，高冷哥坚决不收，还终于打开金口嘱咐道：自己要小心。说时，仍是一脸高冷。下车后，车上的母子两人还一再开窗好心嘱咐着：自己一定要小心啊！他们是那么着急赶路去参加婚礼，却还让司机送我到景区，出门总是能遇到好人，感恩。

这也许就是为什么我不管走多远，都不会觉得艰难，是因为不管到哪都能遇到亲人朋友般的陌生好人。

进入景区雨居然停了！第一眼被一景区竹林里的大竹笋给吸引住了，那竹笋有大腿粗，半米高。不少游客在赞叹拍照。

远远就听到瀑布声啦，心里随着水瀑声激动起来。

游人很多，瀑布万练飞空很是壮美。一路逛，一路震撼。

穿好陪我爬过黄山的亲爱的黄色一次性便携小雨衣，穿过水帘洞，想象着大圣突然蹦出来喊一声："俺乃花果山水帘洞齐天大圣孙悟空！"

黄果树门票为三景联票，黄果树—陡坡塘—天星桥。

到陡坡塘路上居高临下，看到的黄果树瀑布从绿色中奔流而来，倾泻而下。黄果树瀑布高度为 77.8 米，其中主瀑高 67 米；瀑布宽 101 米，主瀑顶宽 83.3 米。世界著名瀑布之一。黄果树瀑布出名始于明代旅行家徐霞客，经过历代名人的游历、传播，成为知名景点。

陡坡塘瀑布，1983 年版《西游记》片尾曲取景地。瀑布高 21 米，宽 105 米。看到瀑布就想起电视剧里师徒四人踏瀑而过的画面。

去西江千户苗寨是报团的，因为公共交通不便利。

之前看到过千户苗寨的图片介绍，是她的景、她的故事让我向往。

能够吸引我的地方总会给我惊喜，包括这样一个“让美丽回答一切的地方”。

出发当日，仍然是一个雨天，我知道，我到了景区，雨会停的。果然如我所愿。

早餐没吃好，一进门看见一些苗族老人在现打糍粑，把糯米蒸熟后倒入长方形木槽中，用木锤将饭粒砸成糕，吃的时候可以加芝麻、花生等馅或直接揉成饼沾红糖吃，糍粑一点也不黏牙，口感清甜软糯。一边吃一边看苗族大娘打糍粑比在《舌尖上的中国》看到的还过瘾。

吃饱去广场看歌舞表演，演员们的山歌唱得跟宋祖英有得一拼。

午饭在农家吃简单的“长桌宴”。进门先喝拦门酒，以示欢迎，米酒很清甜。每个人分一枚红鸡蛋，鸡蛋要在头上敲开，寓意“鸿运当头”。餐桌上，苗寨阿姐劝酒：喜欢喝两三杯，不喜欢三四杯，管你喜欢不喜欢都得喝八杯。大家跟着唱，欢声笑语一片。

午餐后，慢慢逛到电瓶车站，坐车直达观景台。站在高处，鸟瞰苗寨，真佩服苗寨祖先的智慧。层层叠叠的吊脚木楼，从白水河两岸依着山势，迤逦向上展开，左边两座山上吊脚楼星罗棋布、错落有致、层层相叠、鳞次栉比。

我穿上苗族特色服饰，把自己融入这道有千年故事的风景。

慢慢往出口逛出，天空又开始飘起毛毛细雨。

就当西江的雨在与我这个观光客作别吧。再见，寨路、吊脚楼、风雨桥、米酒苗歌，甜甜的糍粑……我想下一次会再来看看千户苗家的万家灯火……

四川——我的成都慢生活

“钱是可以储存的，而时间是不能储存的，你怎么花时间，决定了你一生的生活质量。被房子、车子、票子充满的人生，和被孩子、妻子、园子充满的人生，北欧男人选择后者，因为他们要的是品质，而不是物质。”

不记得什么时候在哪里看过这么一段话，但却记忆深刻。我不知道品质生活怎么算好，但通过自己的劳动，在衣食无忧之后尽可能过得自由丰富些就是理想生活吧。

旅行会让你到了跳广场舞的年龄回想起来，曾经年轻的生命里可以有些鲜活的美好回忆。

每一段旅行都是送给自己在这个人生旅途中的一份美好时光。这段时光镶嵌到生命中，装点苦短人生。

在细雨中抵达成都，来到这座号称来了就不想走的城市。

在旅舍稍作休息直奔附近宽窄巷子。天下着雨，跟驴友在巷子里逛着，戴望舒的《雨巷》就吟了起来：

撑着油纸伞，独自
彷徨在悠长、悠长
又寂寥的雨巷，
我希望逢着
一个丁香一样地
结着愁怨的姑娘。
她是有
丁香一样的颜色，
丁香一样的芬芳，

丁香一样的忧愁，
在雨中哀怨，
哀怨又彷徨；
她彷徨在这寂寥的雨巷，
撑着油纸伞
像我一样，
像我一样地
默默彳亍着
冷漠、凄清，又惆怅。
她默默地走近，
走近，又投出
太息一般的眼光
……

宽窄巷子里，发现三亚市花三角梅被蓉城人种在大陶盆里，成另一种样子。

在巷子口就看到肥肠粉店，认识肥肠粉是因为电影《好雨时节》，肥肠粉选用的是上等红薯粉、菜子油及干红辣椒、花椒等原料，锅汤则是用肥肠、猪骨头等以及多种佐料熬制而成。红油飘香，霉干菜、榨菜末星星点点，炒黄豆焦黄浑圆。粉条糯软，满口留香。夹起颤巍巍的肥肠送入口中，只觉卤香细腻，滑爽耐嚼。

经常有人问我，有没有爱吃的东西，我总回答不上来，吃过肥肠粉，总结一下这类食物其实有三样自己觉得好吃的：三亚的伊面汤，南京的鸭血粉丝汤和成都的肥肠粉。

第二天参观伟大的都江堰，初中学历史时李冰父子花八年时间建都江堰的故事印象深刻，这个工程把一个让人随时成鱼鳖的地方成为天府之国，几千年过去沿用至今，造福一方，千秋万代，何等伟大！

都江堰出来直上道教发祥地青城山。

道家崇尚朴素自然，天地人合一。天然阁等取材自然，不假雕饰，与山林岩泉融为一体。

六点多回到琴台路，刚好欣赏到夜景。当时就想象，要全中国都是这类富有中国特色的建筑，该是多么美好的一个国度。从琴台路走到宽窄巷子，去看看它晴天的夜景。

拐角发现肥肠粉店，当然不会错过，吃完一碗，喊老板再来一碗，老板说打烊了明天再来吧。钱赚不完，该打烊就打烊，有姿态。

宽窄巷子一路逛下来小吃那真是既饱眼福又饱口福。有一种叫三大炮小吃的制作方式特别有意思，看上去年纪不大的一位少年掌柜，从锅里扯出一团糯米糍粑，分摘三坨，丢进一个特殊的车子里。糍粑弹跳着，发出“碰、碰、碰”三响，如三声炮响。等他从一个容器里拣出三团糍粑的时候，糍粑已经包裹上一层黄豆粉，他在糍粑团上浇上红糖，撒上芝麻，盛到纸碗里就成了。我也来了一碗抢手的“乒乒乓”有声有色的三大炮小吃，边逛边吃。

成都第三天，在旅舍纠结了一天，也计划了一天，最终决定克服对高反的恐惧，去黄龙，去九寨沟！

决定好了就出门吃饭并准备干粮，听说九寨沟物价高，而且沟内饮食不易。

在旅舍的门口发现一种叫不上名字的漂亮大型喇叭花。

生活就是这样，决定了的事情就去做吧，打开的就是全新的一页！当我沉浸在黄龙梦幻仙境，之前的担忧已在爪哇岛。自然景观，其他没得说，就是美，极其具有视觉、听觉、感觉等冲击力的美。所有的语言描述真是苍白无力的，不及亲眼一睹，不及身临其境一分钟。黄龙让我有了依恋的感觉。九寨沟还在召唤，赶到沟外酒店已经晚上。

好好睡一觉，很早就起床，只有美景最能把我唤醒！

从原始森林往下逛，有人出租服装，我又变身藏族。我妈看了说“又变装”……不知道公主和卓玛的扮相，她觉得哪个更像呢？

黄龙九寨的山水就不用文字表达了。对美极了的自然，词穷。

以成都为大本营，起早摸黑追了五天风景之后，已经来到了九月。暂时停下脚步，慢慢品尝成都生活。成都人的生活幸福指数应该会高一些吧，所见所闻都那么如诗如画。

海南人民也爱喝茶，但我们不用盖碗。成都茶馆，这碗盖一拎一拨就多了几分闲情逸致。

有些老宅子的门，那种会变化的，生动有趣的百变门神第一次见到。把家门设计成这样的人家得有多么热情的生活态度和高雅情怀！

老家具装饰的一堵街墙，成一道永恒的、有着浓郁生活气息的怀旧风景。

宽窄巷子的半浮雕墙，好像在告诉每一个经过成都的人，这里的人是最懂得生活艺术，最懂得享受生活的人。

成都各种有名的小吃被拼成一样一小分量的套餐，吃量再小的人也可以一次尝尽！发明这种吃法的人，太聪明了！好奇了好几天的“龙抄手”原来是一种云吞。

街头有酒吧老板门前发呆，白日的悠闲时光：猫耍一天，我陪一天。

卖特色小商品的小木屋里，有个大胡子掌柜在琳琅满目的小商品里露出一张怡然自得的脸。特别想知道这个大胡子掌柜的小店日营业额多少……他的神情天天如此，满意而悠哉。

成都动物园，虽说是西南第一动物园，还是不如相比在电视机前看《动物世界》舒服。各种动物生长在各自该生长的地方，自由自在，物竞天择。动物园感受的只是压抑，大大小小的动物被关在狭小的空间里，发出难闻的气味……不喜欢动物园。

都是动物，人渴望自由，犀牛、河马和狐狸不渴望吗？

重　庆

动车成都到重庆相当于海口到三亚的距离。

在房间放下行李，照着百度地图，穿过几个红绿灯，找到一家号称老火锅领导的店。然后泪流满面地开始重庆之旅。

重庆酸奶味道太正了，而且对消化极好，可惜了，此奶只有重庆有。在这一天一夜一定尽量多喝几瓶。

晚饭后逛逛附近的龙头寺公园，是一个比较有文化气息的大公园。公园北大门进去，有一条长达 400 米的浮雕墙，将中国上下五千年的重要科学事件几乎一网打尽。在大门后方的广场上，由四条青铜巨龙托起的浑天仪雕塑给游览者极大震撼，四条青铜巨龙也是中国目前体态最大的铜龙，最难得是除了这是一座雕塑外，人们还可以根据正午太阳光线的变化，清楚知道现在所在的农历节气，具有非常实用的功能。公园景色不错。

天空一直下着雨，雨点很大，不过很稀，重庆人根本不在意，公园里跑步的，散步的，广场舞也热火朝天照样进行。

本计划船游三峡，时间和天气原因，改为市区一日游。

作为历史文化名城，而且下雨，市博物馆当然成为首选目的地。

相对地铁，我更喜欢地面交通，因为可以看到窗外的景色。轻轨同时综合两种优点，很喜欢这种交通方式。

重庆轨道交通票上印着：“效率成就未来”。

候车的时候，桥下是静静的嘉陵江。

参观了美丽的重庆三峡博物馆。

博物馆对面是人民大礼堂，人民政府也在附近。

逛博物馆的感觉在历史的长河中经历了一回，最触动自己是那些长江上的纤夫们苦役般的劳动景象。

博物馆看到重庆火锅的起源，餐桌和昨晚吃饭的老火锅店的摆设一样。

解说员说，火锅是船夫和纤夫发明出来的，一格格的他们可以拼吃，有人吃一格，有的人吃两格。

博物馆里还原了旧石器时代的生活场景，很逼真。

博物馆出来，还是轻轨到解放碑，看一眼中国唯一的一座纪念中华民族抗日战争胜利的国家纪念碑和西南第一街，街上各种奢侈品店都有，像香港海港城某角落。

每个地方几乎都有老街，古镇，磁器口是古老重庆的缩影，必须去逛逛。

40 分钟轻轨到重庆古镇磁器口。

没有让我失望，古色古香又不缺文艺范儿。

古街上，看到成长在架子上的奇特的苦瓜。

街上有无人摊。想喝茶，自己泡，钱看着放。各种稀奇古怪的小店，看到就从心底笑出来了。“人笨点不要紧，只要脑壳不进水。”光这个就让我笑了好几分钟。

前面有情侣牵手慢慢逛着，和爱的人手牵手逛上一圈在古老的街巷里，相恋的时光就似乎能更加久远。

甘肃——初见苍茫大西北

早上和妈妈抱着新生的侄儿下楼晒太阳，下午陪妈到老街逛街，晚上离开火热的深圳飞兰州。

和家人呆在一起的时间幸福短暂，一晃都给侄儿洗半个月尿布了，因此，这次出门心里头多了一份留恋，不舍，慵懒……

三小时后，我从夏天来到冬季。着陆前广播说地面温度 10，下机之前赶紧换了靴子，系上围巾，穿外套……

中川机场离市区太远了，机场大巴一小时路程。

飞机上睡得东倒西歪差点扭到脖子的我上车又睡着了。梦里见到兰州的夜景，睁开眼看到的夜景和梦境只差了黄河！

“长江长城，黄山黄河，在我心中重千金。”

见过了黄河，祖国的河山就不只在梦里了。

黄河之都，金城兰州。黄河在这座城市穿过。

机场大巴上，旁边座位的男士给我看他荷包上的字，让我在开怀大笑中开启甘肃之旅。

袋子上写着：“我只有两件事不会，这也不会，那也不会。”

抵店洗漱完凌晨两点了，第二天中午才醒来。在旅舍看到余秋雨的《行者无疆》，看着想起大姐跟我说的：去过那么多地方别人都能写本书了！好吧，大姐，我去过的地方也许还不够多，或许以后我也能。

兰州特色，各种面。

早餐吃的叫“手工菜拌面。”味道不错，不过吃惯了大米的胃刚开始只能接受了五分之一碗的面。

中午还是吃面。品牌面，电影《牛肉面的故事》里拍的：马有布！名不虚传，我吃见了碗底。

晚上还是吃面。换份“手工浆水面”尝尝，唉，不是每种面都叫马有布……吃了两口，推一边，吃不惯。

晚饭后，到黄河岸边走走，看不清楚，只知道记事起就听说的母亲河——黄河就在那团黑暗里。

兰州人的广场舞音乐舞蹈跟其他地方完全不同，有些像藏族的锅庄，又像维族的舞蹈……

终于找到兰州酸奶，果然，内陆城市几乎都有属于自己的酸奶，兰州酸奶比其他地方喝过的甜味稍淡，但奶味浓郁。

晚上的火车到敦煌，有一整个白天可以再逛逛兰州。

城关的城隍庙隐藏在繁华的步行街里，古今鲜明对比。

终于见到白天的黄河，水流很急，市区的黄河没有想象中的磅礴气势。首次见面，你好！母亲河。

晚上，在牛肉面的回味中，带着不舍离开兰州，前往敦煌。

第一次坐火车软卧，乘客不多，所以一个人一间厢房。软卧有充电插座，很方便。早早锁门睡觉。

乘务员早上六点就来换票了，提醒 20 分钟后到站。

起床觉寒气逼人，穿上加绒马甲和薄羽绒服。北方的冷，只要衣服穿对了就暖和，不像南方，衣服、被子总是冰凉凉的。洗漱完，收拾好，火车刚好到站。

晨曦很美。蓝天，朝霞，月牙，车站广场飘扬的国旗。

有不少接站的车，几乎全是十二座商务车。我们当天的团队刚好十二人。敦煌的路很直，很平。朝霞就在路的另一头，看惯海上日升日落的我在见到从地平线上升起的太阳时，心中涌出一股巨大的感动！

玉门关是第一个目的地。

路上经过拍摄过多部影片的影视城。八点半的阳光照耀下的城门，明媚恢宏。我在门口大大的投石器上留下在敦煌的第一张相片。

前进玉门关的路上，一望无际的戈壁景象在车窗外幕幕上演：无草戈壁，骆驼草戈壁，黑土戈壁……汉代留下的烽火台给我很多的想象。路过见到的几只野马沸腾了全车的人。能长出不同叶子的胡杨偶尔经过我的车窗……车上大部分的人都已经闭目养神，虽然疲惫，但还是乐意清醒着，享受这处新鲜的风景带给我的奇妙感受。

对玉门关的全部印象全在王之涣的《凉州词》里："黄河远上白云间，一片孤城万仞山。羌笛何须怨杨柳，春风不度玉门关。"

如今的玉门关只剩下这么一个小小的土城，感觉触碰都会簌簌落土。而不远处的汉长城，残留的英姿尚在，但也一年年在消减。千年的光阴千年的风沙，几乎带走她们。时光仍然川流不息，难道若干年后，她们就不复存在了吗？

我在风里飘飞我的丝巾，春风来度玉门关，愿玉门关长存。

又一段长长的车程后到达雅丹地貌公园。

热，衣服一层层脱下还是感觉多呆一分钟就会爆炸掉，这温差还真不是一般大。早晨八度到中午的二十八度，二十度的温差。

景区"南海舰队"等风蚀地貌惟妙惟肖，大自然鬼斧神工的杰作让人赞叹。经过景区的柏油马路从脚下似无限延伸过去天际，让人的思绪随它的延伸，飘去很远很远……

第一天行程结束回到酒店是下午五点半。

放下行李出外觅食，街上找不到一个可以让我吃到米饭的地方，我想吃大米饭……好几天没吃米饭了！

蔬菜、米在这奇缺，只好找酸奶，吃面吃面。夜市还没开始，很多店铺还在闭门休息。随意走进"老王臊子面"店，只有老王一个人在店里看电视。他的面条做得不错，对人热情笑得很真心。我说我会帮他推荐他的面，有人去敦煌，去他店里吃面，可得提到我！

没菜吃，恶补水果吧！老王面店的后门出去，就是一个水果批发市场。跟一位戴瓜皮小白帽的可爱老人买葡萄，便宜得我不敢相信自己的耳朵，一块五一斤。买了四块二，可爱的老人家说只收四块，我连忙给五块不用找了……已经便宜得感觉自己占太大便宜了，都不好意思买少。

老人家说，他的葡萄是长在自家院子里的。要不是跟团，明天跟老人家摘葡萄去！

敦煌的晨晚是冬季，按导游约定的时间，把自己包裹好到大堂等着。

早上八点到达鸣沙山。

进入景区，淡淡日光下，线条流畅的沙漠，沙漠上的驼队，令人眩晕的唯美画面冲击着我的视觉感官。

旁边的团友连连喊美。而我已经被美陶醉了。

鸣沙又叫响沙、哨沙或音乐沙，它是一种奇特的却在世界上普遍存在的自然现象。鸣沙山的沙子有五种以上颜色的细沙粒，红、黄、蓝、白、黑五种颜色，晶莹透亮，微捧一把看，不止五种颜色。细细的小沙粒有微微的孔隙，风吹到就像许许多多的小音响，共振共鸣。

一百元买了张骆驼券，就可以根据券上的编号去找自己的骆驼了！

队友要和同伴在一起，换走我的548号骆驼。

茫茫驼群里找到我的小伙伴，576号驼。跟她问候一下，她居然扭头回应了我一声。她乖乖趴着，等你骑好，脚搁好，她就分两次起立，先是膝盖跪起，然后稳稳当当站立起来。

出发咯，坐得高望得远，又是另一种视觉享受。

驼铃声声，想起小时候听姐姐唱过的她很喜欢的一首歌，《梦驼铃》：

攀登高峰望故乡
黄沙万里长
何处传来驼铃声
声声敲心坎
盼望踏上思念路
飞纵千里山
天边归雁披残霞
乡关在何方
风沙挥不去印在历史的血痕
风沙飞不去苍白海棠血泪
攀登高峰望故乡
黄沙万里长
何处传来驼铃声

当时觉得这歌好听，现在觉得这歌好美。

近午，敦煌的冬天过去，夏天来到，脱衣！

暖暖的沙漠朝日里，骑在沙漠之舟上，缓缓前行。放眼大漠，长空万里，沙丘绵绵延延，起起伏伏。任何形容词都已形容不出我对这种美的感受。

鸣沙山顶有滑沙体验，滑沙 15 元慢滑，20 元快滑。为拍照纪念，选择慢滑，团友莉姐抢着帮我付了钱。爬沙山，走一步滑半步，聪明的商家在沙上装了个木梯子，有了这样一个梯子，就能一步一步，爬上山顶。脚下的沙子晶莹松软，我们兴奋地在沙地里打滚。

坐在滑沙板上，双手是自带操纵杆，扶着沙子慢慢往下滑。

男女老少，欢声笑语，沙地成一片只有欢乐的海洋。

滑沙结束，下来找到我们的骆驼，靠在骆驼身上，等待其他玩沙的团友的集合。

莉姐给我留下我最喜欢的一张相片：茫茫沙海中，我依靠着乖乖的骆驼回眸的脖颈。这份美好定格成难忘的记忆。

告别骆驼，我们步行寻找那唯美浪漫的沙漠绿洲：月牙泉。

还是有姐爱唱的另一首歌：

就在天的那边很远很远
有美丽的月牙泉
她是天的镜子沙漠的眼
星星沐浴的乐园
从那年我月牙泉边走过
从此以后魂儿绕梦牵
也许你们不懂得这种爱恋
除非也去那里看看
看啊 看啊 月牙泉
想啊 念啊 月牙泉
每当太阳落向西边的山
天边映出月牙泉
每当驼铃声声掠过耳边
仿佛又回月牙泉
我的心里藏着忧郁无限
月牙泉是否依然
如今每个地方都在改变
她是否也换了容颜

看啊 看啊 月牙泉
想啊 念啊 月牙泉
……

听过这首歌，就一直向往这神奇的月牙泉。景区铺了很宽的砖道前往月牙泉，之后走一小段沙路到泉边，十几米的距离却让人觉得举步维艰。可以体会，人在沙漠里长途跋涉，烈日当空，脚下散发灼人热气，他们渴求水，这是一种多么痛苦的煎熬……走在前面的莉姐惊呼“我们到了！看哪，月牙泉。”放眼望去，沙丘倒映泉水，颜色有些暗淡，越靠近，泉水越发碧绿澄清，越发光彩照人。我们都难以遏制沙漠看到绿洲的激动。我小跑向前，把这一湾如新月落在黄沙里的梦幻之泉尽收眼底。就这么小小的一湾泉水却千年不枯，形状不变，不得不感叹造化之神奇。想象中它既神秘又神奇，见过后既神奇又神秘。月牙泉啊月牙泉，希望你永远也不要改变你的容颜。

导游电话提醒集合时间，依依不舍离开神泉……

午餐后，去莫高窟。

自费 30 元一位的团队餐，有来有往，我也抢着给把莉姐餐费付了。这天，我吃上了兰州到敦煌几天来的一次大米饭。吃了一整碗，吃得心满意足。

饭后一个小时左右，到了莫高窟数字展示中心，参观莫高窟之前，要先分别在 1 号主题影院，2 号球幕影院观看两场主题影片。

坐在柔软的椅子上，疲惫的我闭眼就想睡去。

第一场主题电影《千年莫高》主要讲述莫高窟的历史文化背景，片长 20 分钟，场面震撼，我都忘记睡觉了。第二场转到球幕影院。球幕电影《梦幻佛宫》则是敦煌莫高窟经典洞窟虚拟漫游，片长亦为 20 分钟，逼真的画面，让人身临其境。享誉世界的洞窟佛教艺术以 180 度超新视，让人感觉自己好渺小。

电影之后，坐摆渡车前往真实的洞窟参观。

因为需要保护，洞窟开放不多，每个窟都能让人深切感受到中华文明的源远流长和博大精深，佛教文化精彩纷呈。可惜，这么辉煌的文明扛不住时间的沧桑已经在渐渐氧化褪色，愿它能如白杨挺拔坚韧。

早上八点司机师傅到酒店接我，我是最后一位上车的客人，大巴没坐满。找个空位，一人占两座位，枕在背包上补充睡眠。背包的用处可以很多，可以抱着睡，车上抱着背包，头搁在上面睡觉，可以当作腰垫，座位多的时候可以当作枕头，也可以放座位地下垫脚，那样可以坐得很舒服，减轻旅途疲劳。

车子要在茫茫戈壁行驶 5 小时到达嘉峪关。

车窗外闪过的白杨树在阳光下，叶片反射着耀眼白光，像开在树梢上的朵朵银花。

经过一大片新能源基地，在一个叫瓜州的地方过一个关。

一会起来看看，一会闭眼养神，半梦半醒中就到了嘉峪关。

走进嘉峪关，一进关就看到巡城的古装士兵，瞬间感觉穿越了。

团里有一对紧紧牵手的老人。最浪漫的事情是你满头白发时我们还能十指相扣，周游世界。

嘉峪关是沙漠里最强大的堡垒，号称“天下第一雄关”，建于 600 多年前的明朝。传说专门制作用于建造嘉峪关的砖，最后仅剩下一块没有用到。古人的建造技术已经如此精密。

当初，修建嘉峪关城时，需要成千上万块长 2 米、宽 0.5 米、厚 0.3 米的石条。工匠们在黑山将石条凿好后，却人抬不起，车拉不动，且山高路远，无法运输。大伙儿边凿石条边发愁，眼看隆冬季节就要到了，石条还没有从山里运出一块，若要耽误工期，没有工钱是小，这脑袋可就难保了。大家正在长吁短叹，这时，忽然山顶一声闷雷，从白云中飘下一幅锦绸，众工匠赶紧接住，只见上面若隐若现有几行字，大家看后恍然大悟，按其行事。等到冬季到来后，众人从山上往关城修一条路，在路面上泼水，让其结成一条冰道，然后把石条放在冰道上滑行运输，结果非常顺利地把石条运到了嘉峪关城下，不但没有延误工期，反而节省了不少工期。众工匠为了感谢上苍的护佑，在关城附近修建庙宇，供奉神位，并成为工匠出师后必须参拜的地方。庙宇一角在蓝天下让人感觉当下是那么的空灵。

嘉峪关还有戏台，庙宇对戏台，财源滚滚来。

嘉峪关是长城的西端起点，坐标为东经 98° 17′ 、北纬 39° 47′ ，在嘉峪关市区西南 6 公里处，位于嘉峪关最狭窄的山谷中部，是长城西端的第一重关。地势最高的嘉峪山上，城关两翼的城墙横穿沙漠和戈壁，向北 8 公里连黑山悬壁长城，向南 7 公里，接天下第一墩，是现代万里长城西端主宰，自古为河西第一隘口。

天空明镜般。六百多年前，驻守边关的将士们看到的天空也是这样的吗？那时刀光剑影，那时战马嘶鸣，他们有注意到大漠阳光吗？

移步换景，景景大气、古朴。

天下第一雄关，一夫当关，万夫莫开！

真想在这塞外边关，像只孤雁般飞起来。

但我没有翅膀，只能依偎着城墙，感受他的雄浑，厚重；登上城墙，感受他的崇墉百雉！

陕西——从兵马俑到华山如画

风水宝地，十三朝古都。

我从兰州坐了绿皮火车到西安——古今巧妙融合的历史文化名城。

这一趟的绿皮火车条件太差了，害我了一晚上没敢去厕所。听工作人员聊天说，这列火车即将完成使命光荣退役啦！想不到赶上这车的历史时刻。

出站匆忙找厕所时也不忘拍下第一眼印象：西安晨曦。古城墙镶嵌在渐渐发亮的天空上。

本来已预订了车站附近酒店单间，但酒店宾馆就这点不好，有人没人总得12点后才能入住。下车后就很想热水澡加暖被窝，果断搜索附近青年旅舍，找到一家可以马上入住的旅舍。老板娘下楼来接，很快实现了热水澡、暖被窝的愿望。老板娘说，我是她旅舍第一个来自海南的客人。

中午起来吃了饭，直奔博物馆。出门前，给附近的店铺、公交站台拍照先做个记号，给自己定个位。

陕西博物馆免费，但每天发票数量有限，下午四点前排队凭身份证换票。

走一圈，西安是见到外宾最多的一座城市，特别是在博物馆。吸引外宾的肯定不是现代文明而是厚重的历史。

如果说，重庆三峡博物馆是一本图文并茂的画册，那么西安历史博物馆是一本白皮书，内容丰富厚重但单调刻板。很灰暗的灯光似乎要营造时空隧道的感觉，可惜我感觉不出来。西安之旅必须是一场文化之旅，如此厚重的历史，只有具备一定的历史知识才能更好地游览。逛历史名城才知道历史、地理的知识早还给了书本。那么，从前万卷书没读好，借万里路补一下吧！

博物馆出来直奔古城墙，已经下午5点就不再打算进去。

已经登过的南京瓮城，北京八达岭还是几天前的嘉峪关，都需要时间把你所见转换成某种对历史的感受，而不仅仅只是为了俯瞰西安。

原路返回在附近找吃的，环境不熟悉但能确定广场楼上一般会有吃的就去了。

因为想吃米饭选了家大些的火锅店，悲催的是菜上齐了却告知没米饭……孤单单地吃了顿羊肉煮茼蒿。

从博物馆回来就没有再动，卧床休息，养精蓄锐等第二天登华山。老板娘又说，房客来过很多，到西安第一站就去华山的我是第一个。

华山，五岳之西岳，天下险山。

火车有很多班次到华山，但考虑汽车比较直接，选择汽车。

网络上查询到7点最早一班游1路从火车站出发到华山，清晨起床赶路，赶得上气不接下气，花容失色。7点前赶到火车站根本没有游1的影子，打听说因为修路，游1取消了。雀跃的心情一下失落。软绵绵地打算到火车站坐动车，路上也问了两三个人，没人告诉我还能坐什么车。因为动车时间都比较晚，坐动车需要重新计划，并取消西安当晚住宿，改宿华山。

一路走，一路纳闷，心想如此闻名天下的华山不可能，也绝对不会只靠一个游1路吧！于是，顺口问了一下貌似在等人的一位大姐，“大姐，除了火车，游1路，还有什么车到华山？”“到华山车很多啊，你一直往东广场走，就看到车了。”大姐一边答一边为我指路，救星啊！大姐，您功德无量！谢过大姐，我连蹦带跳就东去。妈妈呀，红旗带着华山的招牌在前方招展。边上就是车山车海全去华山去兵马俑的绿色大巴。

人坐满买票，买完票开车。单程36元，往返60元。早7点发车，晚7点收车，这段时间下山，凭票随时可坐班车返回。

大巴两小时到华山，会先在一个小店停留，店家介绍地图上几条登山线路，无非就是向游客推销2元钱的手套、矿泉水等，都是必备品。也给自己准备了一套。

网上购的门票和缆车票，总共节约了20元。售票厅到缆车站还得坐摆渡车，票价40元。差不多30分钟的摆渡车之后，下车走几分钟远远就看到山门了。感觉去华山一趟，不停地花钱买票，手中已握着一把花花绿绿的票据山脚下都还没到。

在小店帮助一对韩国留学生情侣翻译了线路，他们表示要跟我一起走。对他们来说，有个中国人一块同行很有安全感吧，但对我来说，一个人走在手拉手的情侣旁边心里别扭的。不过走着走着也散了。

去黄山也是坐缆车上去的，华山天下险，更不敢冒险。悬崖峭壁悬崖峭壁，俯瞰体会到他的险。

西线缆车修建花了 15 年。

山壁上凿出一个隧道，缆车穿山而过，通往山的另一头。

二十几分钟才到达西峰顶。

山顶的风光，我想到“如画”，但是，那些画师笔下的长长中国山水画画卷上风景不正是眼前所见吗？是画师把这些风景搬到纸上了。

我继续登高望远，看不尽这般壮丽山景。

眼睛不够用，手机多拍些带回家慢慢欣赏了。

我知道缆车上山并不能真正体会爬山的乐趣，也体会不到华山之险。可是，要就自己的小身板，量力而行，看看风景好了。

5 点不到，我已经跑到最后一峰顶：北峰。

原计划下山不坐缆车，像登黄山时一样，自己走下来，因为在山上帮两位大哥照相，他们极力邀请，说相遇华山有缘同行，一定要一起下山吃个饭。盛情难却，游完北峰买了缆车票跟他们一起下山。

两位大哥的司机在山下等着了。沾光跟他们去吃了好吃的当地特色“BiangBiang”面。面很宽，很劲道，也很好吃。

𰻞𰻞面名字有一个有趣的故事，关于秀才，关于状元。回西安路上，我在副驾驶和西安司机聊天，后座两位大哥微微打鼾已经睡熟。回到西安市，到一家公司和大哥们的朋友会合之后去吃饭。福建人就是能干，办公室高端大气。餐厅包厢豪华气派，晚餐丰盛美味。

我不知道别人出行会不会像我一样总会遇到一些人，对你很友好。他们完全可以不用这样做的，萍水相逢，景点走完就可以曲终人散。但每次我这样说了，他们就会说，我们觉得你也很好呀，而且跟你一起玩，很愉快。因此，我要记录下来，记下旅途中对我友善与照顾的人，感恩。

晚餐后，大哥们要赶飞机，他们的朋友安排另一辆车把他们送往机场，安排从华山送我们回西安的小磊师傅送我回旅舍。

路上，小磊给我讲了很多关于西安的历史故事。他说，西安人大部分对关于西安的历史都耳熟能详。他给我讲的两个关于“BiangBiang 面”的传说更有意思：

民间传说有一位贫困潦倒的秀才去咸阳赶考，路过一家面馆时，饥肠辘辘，听见里面“Biang—Biang—”之声不绝，不觉踱将进去。只见红黄绿白、色香俱全的裤带宽面条，煞是馋人。秀才要了一碗裤带面，一阵狼吞虎咽，直吃得酣畅淋漓，到结账时一摸兜，囊中早已空空如洗，无以付账，只好求店家以书代之。

按照店家所言“BiangBiang 面”的字音，秀才触景生情，感怀伤时，略加思索，笔走龙蛇，一边写一边歌道：“一点飞上天，黄河两边弯；八字大张口，言字往里走，左一扭，右一扭；西一长，东一长，中间加个马大王；心字底，月字旁，留个勾搭挂麻糖；推了车车走咸阳。”一个字，写尽了山川地理，世态炎凉。从此，“BiangBiang 面”名遍关中。

也有一说“Biang”字成型始于秦始皇。传说秦始皇有一日吃厌了山珍海味，加之当时内忧外患，毫无食欲，急坏了皇宫上下，一太监急中生智到街上买了碗平民小吃回来，不料秦始皇一时饕餮下咽，胃口大开，吃毕惊赞：这是何物？竟比山珍海味还味美上口。宦官答：BiangBiang 面。始皇觉得既然已成为“御用”食物，再也不能令平民如此轻易吃到，就御赐一个字形复杂的名，有意令平民难以写出此字。

瞧，就一碗面，有趣的故事就层出不穷，所以要旅行啊。

洗漱完，在网上把第二天去兵马俑的票订了。

第二天早上出发前，宿舍住进一位刚下火车，从北京来的女生闻景。听说我要去兵马俑，赶紧也在网上订票跟我一起去。

闻景长得很清秀，齐耳短发，白白净净，瘦高个，戴很大一副黑框眼镜。她是数学博士生，却有着开一家小店卖东西的志向。我开玩笑说，可不可以说你这博士算是白读了呢？因为开一家小店根本不需要一个数学博士生呀，那你不想当个老师什么的吗？不想，她斩钉截铁回答我，不喜欢！一个人活在世上，必须有自己真正爱好的事情，才会活得有意思。我就喜欢自由散漫。有道理，不愧是博士生。

闻景的话实在是太多了，口若悬河。摊上个不爱说话的我，懒得理她。她便生气，生气我也不理她，以为不理她，她就不和我说话了，没想到，她讲得更多！逼着我听她说，可以说喋喋不休，没完没了的。很有意思的女孩，我还是挺喜欢她的，真性情。

去兵马俑的路上，在跟电话里的什么人讲她很庆幸，到西安就遇到我了，很顺利到兵马俑去。

而我庆幸自己先去华山这样的安排，因为去兵马俑的今天是个阴雨天。

进入兵马俑景区大门，经过一个绿化带，被浓郁的桂花香吸引住了，我惊讶地发现，居然有橘色的桂花！之前见到的都是白色的呀！浓郁的芳香让我像蜂蜜一样围着桂花树绕，连兵马俑都忘了去了。

一个阿婆在摘桂花，已摘了一半保鲜袋了。她告诉我白色叫银桂，这叫金桂，她摘下来做桂花糕用的。

跟阿婆摘挂花，被闻景一把拉走。继续往入口走，又一惊喜：草地上怒放着大片五颜六色的玫瑰花！我以闪电速度扑向花的海洋。

我在给花拍照的时候，闻景跟一位正在打扫的阿姨就聊上了。请她给我照相，阿姨咿咿呀呀不知道说什么，听不懂，不理她，继续摆拍。阿姨干脆放下手里的工具，跑过来就解我的两条辫子，闻景翻译说，她说你披着头发跟花一块照相会比较好看。之后阿姨一直热心地跟着我们，闻景帮我照相，她就给我整理一下头发……我都怀疑这阿姨上辈子是不是我亲娘？

兵马俑从一坑逛到三坑，让人惊叹的是，那么大的地方不过是秦陵一角。秦始皇在地下再建了一个王国。此刻，秦始皇先生在做什么呢，是否还能在他的地下王国里为所欲为？一个那么有才的王，为长生不死的荒唐谗言坏了下半生，可惜。

闻景说什么也不愿意帮我在秦陵拍照，说活人不能跟陪葬品合影，不吉利。我说，刚好我缺男朋友，他们要是有人跟了我回去是好事啊！说什么她也不答应，一有要求她甩头便走，不理我。我只好自拍。

逛到中午饿了，出来找饭吃。

闻景买兵马俑的票有加一元送肉夹馍的，她把券转送我。我们想先去换肉夹馍。这其实是夹馍店引客上门的手段，可惜他店位置太隐蔽，不太好找，我们找不到肚子饿已经先把饭给吃了。闻景不吃牛羊肉，一个人吃德克士去了。我本来想吃牛肉面，发现店里有米饭改吃炒菜加米饭。在一个以面食为主的地方，有吃米饭的机会不能错过。

不得不说，买票加一元送的肉夹馍真心好吃。

午饭后，我们坐几分钟摆渡车到秦陵地宫。

地宫还埋在地底下，我们在地面上就着方位听景区导游讲故事。那位男导游不是专业的，却口才极佳。临时集合起来的十几人紧随其后，向着龙脉骊山的方向边走边听。故事动听的程度让每个人完全沉浸其中，津津有味。由于跟得太紧，入迷了，当导游停下时，所有的人都多次因为惯性差点撞到导游身上。但，每次都不会中断，导游没停下来，大家在精彩神秘的故事里调整自己的步伐一切还是继续。

虽然我们都租了导游仪，但是比起人导，差多了。导游仪里读的资料，兵马俑牌子上大部分都有。下次去旅游的朋友可以跟别人一起拼导游，90 一次，如果是 9 个人才十元一人，比 30 元一次的导游仪好很多了。

结束景区游览出来，门口很多小吃，我被金黄黄、香喷喷的火罐柿子饼吸引，闻景被有名的临潼石榴吸引，我们各自买了一起分享。

给卖饼阿姨拍照的时候，她说好多人说拍了帮我做宣传，我说，我也会的，但是您的饼看到就想吃，根本不需要宣传。乐得阿姨两坨黑黑红红的苹果肌鼓起来，开了花。

我连着吃饭，饭后吃肉夹馍，馍后吃柿子饼，而且每样都说好吃，被闻景冠以吃货名头。

订了飞厦门的票，在西安休息了一天。睡一大觉，不紧不慢起床出去剪头发，吃饭，找西安酸奶。西安酸奶好吃，一次要连喝两瓶才过瘾。

凌晨，离开睡梦中的舍友闻景，上气不接下气赶机场大巴，离开古城长安。

福建——有爱的地方就是家

去一个地方，不过是一张机票或一张车票的事。

西安到厦门的航班经停常德，小小的机场。张家界就在附近呢，不过，这次就算了，流浪计划已经超时，该回归好好工作，赚下次出行路费了。

在外流浪的日子，消耗太大，食量增大，飞机上刚吃了点心，着地又饿了，门口有米饭，赶紧去吃。习惯是个可怕的东西，不吃米光吃其他的食物感觉像没吃饭一样。

饭后出了空调地带，明显感觉热浪袭人。广播有说地面温度 32，可是太高估了自己对热的忍耐力，没换掉从西安穿来的长裤、针织衫。

订了曾厝垵的青年旅舍，机场有直达大巴，十五分钟一趟，坐满也可发车。

车上浏览到的厦门海景，经过海大的大桥有种穿梭异时空的感觉。

再后来，跳入眼帘的风景就太熟悉了。阳光、沙滩、椰林……班车的终点就是曾厝垵大门对面，游客进进出出络绎不绝。才下午三点，没下车前计划逛完再回旅舍，下车马上打消念头，热，太热了！

在三亚时，总听外地游客喊热，觉得太夸张了，人总是这样，自己没经历，没体会过的感受根本是不能理解的。旅行不仅能增长见识，还能消除偏见。如果我不是从几度的西北来，而是从同样 30 摄氏度的海南岛来就不会感觉到这么难受的热了！

热，热，热，得马上脱掉靴子，换上人字拖！刻不容缓……

等车时候差点被热哭了。到旅舍换了衣服，吹着空调感觉好多了，靴子不能再穿，得出去买拖鞋去。但吹着空调就没有想要出去的念头，连朋友家都不想去了。

在海南的福建朋友小彬看到我发的动态，知道我来福建。他打电话来，说到了他家的地盘，让个兄弟带我去玩。和他兄弟东坡约了第二天中午。

休息一会儿，慢慢适应了天气的炎热，也开始挂念起那一个个名词：曾厝垵，厦大，中山路……穿着旅舍的拖鞋，步行了十几分钟去曾厝垵。

曾厝垵是一个小文艺街区，适合逛吃逛吃，但在这么一个炽烈的夏日，觉得烤肉摊加重了难耐的暑气，烟熏火燎的。买了一份冰淇淋，吃着走回去。

旅舍的小猫跳我床上还挤我怀里。像是认识我。

第二天早晨在旅舍门口吃沙茶面，面条做出来看着没胃口，喝了些汤，也不那么可口。

本来已经找好去厦大的路，多跟老板娘聊了两句，意外获得去厦大最简便快捷的路。

旁边吃早餐的男生听说我去厦大，表示可以载我一程。他骑摩托车去他另一家客栈，会经过芙蓉隧道。男生和早餐店老板娘认识的，我便放心坐了他的车。男生到厦门帮姐姐打理客栈半年多了，但自己却从未去过厦大。

为什么不去，这么近！

要看店，没时间呀。

我：哦。

每当听到别人说忙得没有时间去想去的地方的时候，我觉得他们才是正常的，因为大部分人是这样，我才是不正常的，旅行就像兼职的一样。

如果旅行不用花钱，我会一直在路上……

男生决定和我一块进去看看再出来，但隧道不让机动车通行，我建议找个地方先停车，他说算了，还是赶紧回去看店，要是没有什么事情再说。谢别男生，我步行进入隧道。门口立着游客止步，谢谢，两位保安也没拦下我。厦大学生三五成群骑自行车进入隧道。

是的，厦门大学很文艺，连隧道都很文艺，隧道满壁涂鸦，风景画、漫画、人物花鸟鱼虫，很有水平的各种涂鸦。

听说厦大有两个湖，情人湖和芙蓉湖，也不知道走到哪一个湖了，垂柳依依，碧波荡漾，凉风徐徐。一位男同事在我动态评论说他的初恋就发生在这里，在这样的环境里发生的初恋很美好呢，一定加倍难忘。

约定的时间，东坡迟迟没有出现。心里不安，感觉发生了什么不对的事情。打电话去，说是在来接我的路上，车被一新手刮了一下。还好，只是被蹭了一下车皮，人没问题。

逛完厦大回旅舍退了房，东坡就到了，是位皮肤黝黑、有着像兵马俑那种单眼皮的帅气男生。我给他看兵马俑人像，问他是不是从西安跟着来的，他看了哈哈大笑，说的确像。

朋友微信问："两导游接到你了吗？"

我们自拍一张给他发过去。

东坡说带我去吃最正宗沙茶面。经过演武大桥时东坡给我讲了郑成功的故事。这才是本地人该有的样子哦，对家乡古今了如指掌。

拐过好几条巷子，在很旧的骑楼里找到厦门最拽沙茶面——乌糖沙茶面。这店上午才做生意，下午就打烊。正宗的味道果真与别处不一样，我在面里加了爱吃的小生蚝，这次，我吃光了。

如果不是东坡，我见不到厦门另一面：厦门不只是一个现代化城市，隐藏在都市里的还有古色古香的原色厦门，比如：沙坡尾渔港。

东坡说，某著名画家曾经住在这些老房子一段时间，人们通过他的画知道了沙坡尾。

有沉淀的风景最有故事，有故事的风景最有吸引力。越来越多的人慕名而来，追寻这个古老渔港的不老传说。

离开沙坡尾，东坡说带我去体验一下现代化停车楼。曾在微信公众号见过了不起的德国停车楼，没想到厦门也有。

如果说，德国停车楼是梦幻版的，那么厦门停车楼就是现实版。为什么不建成一道景观呢？和写字楼没有区别的楼，车子开进闸门，人赶紧撤离，之后你的车子会自动停到楼里的某个角落，回来再插卡取车就好。停好车子，我们要穿过中山路，乘船到鼓浪屿去。

东坡特地带我经过厦门新街礼拜堂：中国第一座基督教堂。教堂已经被密封作为文物保护起来，只能观其外观。

中山路的白天与夜晚有很大不同，夜晚流光溢彩，白天琳琅满目。

我喜欢这样的步行街。粉的墙，白的墙，骑楼，散发浓浓神韵以及各种小吃的香味！

东坡极力推荐黄则和花生汤，手里还握着大半杯甘蔗汁的我于是尝了一下。也许喝过甘蔗汁，感觉花生汤实在太甜了，我吃了花生剩下了汤。

为避开正午耀眼的阳光，东坡带我走老巷子到轮渡码头。现代厦门城里还隐藏着不少富有韵味的老街。

中山路走到头，到了轮渡码头。

东坡说，除去船启动和停靠的时间，两分钟就到鼓浪屿。

看到满满一船的人准备上岸，有点诺亚方舟的感觉。

逛了半天，困乏了，闭眼马上就能睡着，心想着船能过两小时再到就好了。但眼睛刚闭上，就该上岸了。

长假前夕，游人不算多，但也络绎不绝。

我认为，鼓浪屿不适合一次的观光。在这个只允许步行，一步一个故事的岛屿，适合经常来，常常来。她有看不完的万国建筑，听不完的动人故事，尝不完的各种小吃。

随处可见拍婚纱照的新人，她们幸福的笑靥，华丽的装扮成了鼓浪屿上一道道甜蜜的风景。

郑成功纪念馆去时已经临近闭馆时间，匆匆浏览了一下。

走到海边，夕阳西下。落日的金辉洒落鼓浪屿，脱鞋坐上沙滩上，换个地方看看海，海是海，却也有不同的风景，不一样的感受。

要不是还得赶着去泉港朋友家，静静地呆在沙滩上无比惬意，不舍离去。起来挥手作别渐渐西沉的斜阳，去码头。

插着吸管的百香果是鼓浪屿上特色小吃之一，虽然并没有吸到什么。

鼓浪屿的音乐盛会每日上演，而且免费欣赏！鼓浪屿人的生活太美好了不是吗，美景，佳肴，音乐！

华灯初上的鼓浪屿像是佳人换上晚礼服。多了华贵、高雅、神秘与浪漫的气质。

逛到冰淇淋小店，东坡停下来不走，眉飞色舞给我描述冰淇淋的有趣做法，一定请我吃一个。他说这次是他上岛第二十一次，每一次他都会买一个。

“我不为冰淇淋，只想看店家做冰淇淋的有趣表演。”

不明就里的我，傻乎乎抓了半天看得到却抓不住那个老外递过来的冰淇淋，冰淇淋握在店家手里，在的身边飞来飞去，渐渐成形。

我的傻样和搞笑的店家惹得旁观者阵阵笑声，坏坏的东坡把我的囧态全程记录下来。

再美好再不舍的时光都会成为过去。回到市区匆匆吃完晚饭，东坡送我到动车站去。要去泉港朋友家珍家做客。

厦门到泉港不到三十分钟，可市区到动车站却要一个多小时的车程。没赶上末班车，东坡开车把我送到朋友家的时候已经零点。朋友夫妇都是我最早的同事。缘分让我们成为同事，再成为多年朋友。缘分更让一个来自河南的她和一个来自广东的他结为夫妇，并生下一对可爱伶俐的双胞胎女儿。

孩子的身上就能体现“教养”二字，欢欢和欣欣把两个字体现得很好，他们的父母庆幸拥有这么好的一双女儿，孩子们也很幸运拥有那么优质的父母。

家是单位房，三室两厅的大房子，打理得窗明几净，住了五六年的房子洁净如新，可见，女主人有多贤惠。

早晨，有人打开我的房门，睁开眼，看到长大了的小欢欢，她见到我的第一句话是“妹妹还在里面睡觉呢”。两三年前第一次在三亚见过她们。孩子们跟他父母的朋友都能很亲。原本以为小孩子，见过的人那么久了不会记得，没想几年后，她们真的对你不陌生。

泉港楼房不少，奇怪的是街上总有行人稀少的感觉。泉港特色菜味道不错，五谷杂粮的餐厅特别有趣，墙上印着毛主席语录：“吃饭是一件大事情。”

有爱的地方就有家。朋友一家四口，离开亲人朋友在泉港工作，生活了这么多年。我相信，像这样相亲相爱的一家子，勤劳善良的一家子，无论到哪都会生活得很好，很幸福的。早上邻居送来一岁多的小男孩托付看管，孩子的母亲要送姐姐去学校，善良的她给邻居带孩子时都能视为己出。她丈夫是厨师，她自己厨艺也不错。她做的早餐鸡蛋卷饼是我吃过最好吃的卷饼。两个孩子饭后一娃负责擦桌子，一娃负责收凳子。不小心弄脏了地板，一人负责拿拖把拖地，一人负责拿垃圾桶收垃圾……她们的小奖状贴满墙壁，这样的孩子，无论现在还是未来都会是了不起的好孩子。

这是一个有爱的小家庭，我永远的朋友，你们一家会永远幸福美好。

陪母亲看一看香港和澳门

因为没有带父亲去旅行的经历，所有的遗憾都用在母亲的身上。只要她愿意，总想带她到处去走走看看。

记忆中，大部分的中秋都是在家过的。2014 年中秋节，带母亲去逛香港。

老人家对旅游这种事最不屑，觉得哪个城市都一样，有楼，有车，有一样要生活的人。她说的没错，后来答应去香港的理由是：好吧，去一次吧，好歹去过一次香港。她的决定惹笑了一家人。

有人对旅行的定义是：从自己活腻的地方去别人活腻的地方。这么定义旅行的人一定是生活得特别无趣的人吧。就是很熟悉的地方，会生活有情趣的人总会在活着中发现新鲜的事物，新鲜的美好，而不会腻。而别人的地方，不去北京，你见不到气势磅礴、宏伟壮观的万里长城，不去神奇的九寨，你见不到那么梦幻的山水……

自己一直坚持，去过的地方不再去的原则，因为没去过的地方太多了，有生之年想让自己尽可能多看更多不同。

但这次不同，是有任务的。考虑母亲腿脚不便，选择跟团观光一日游。可以下车逛，逛完上车，不用走很多路。说是纯玩观光，散拼团还是避免不了进购物店。珠宝店，巧克力店，免税店。

午饭后才开始看景。第一个景点是每日香火不断的黄大仙庙，香港地贵，那么著名的庙宇才那么小的地方，在内地算缩小版的了。

母亲没有兴趣，要求拍个照留念才停下来照了张相片。妈其实不算老，镜头里的她却老多了，像导游说的，需要调整心态及保养，香港导游 50 岁了，还像个小年轻上蹿下跳地带团旅游。

不过在看到别人在月老神像下求姻缘时，母亲兴趣来了，催我也去拜一拜，给自己求一段。我闪人……迟早都得嫁出去，可不想到时候还惦记着提香果千里迢迢回来还愿。第二个点维多利亚港。妈说，海？海有什么好看的。对啊，海南岛人，对海太不稀奇了。我说，不一样，那是香港的海港。

三年到这里时已经晚上，天气原因，白天似乎没晚上美。

同一地点，3 年前来看到是晚上，3 年后看到是白天，想着也挺有意思，日月如梭……

星光大道，喜欢明星张柏芝，在她的手印拍了张照片。

香港会展中心旁边，小小但意义非凡的金紫荆广场，我妈说，香港回归时她在电视上见过，主动要求要在“永远盛开的金紫荆花”雕塑下照相，抢拍到飞行服务队的直升机。

蜡像馆，母亲说假人没什么好看，就不带她进去了，在门口跟李小龙合个影吧！

站在凌霄顶，登高望远，形形色色的房子里住着金庸、何鸿燊、李嘉诚、郭晶晶的夫家……这样的景色实在没有在三亚鹿回头、凤凰岭看下去美，不同的是三亚没有价值一百多亿的私人住宅。

下山时经过那些名人家，外观房子也只是房子而已，不如有些小地方土豪的在宅子建得震撼人，也许因为是在一寸土地几寸金的香港，以及见不到的室内装修，住在房子里的人的身价、故事让住宅多了一道神秘的光芒吧。

喜欢这停在山顶广场的绿皮小火车。到哪我都喜欢拍拍那些特别的车。

夜游香江是最后一项。此时的母亲已经疲倦到一点心情都没有了。母亲让我更加坚定自己的选择，趁年轻，有多远走多远，老了就做个经历丰富的老太太，在家种菜养花，坐摇椅看书，哪也不去。

把母亲带回车里歇着，船就开了。妈在船舱坐好了，我和团里的年轻人到船头看风景。香江十五的月，被两岸的灯夺去了光辉。

十一月，广东天气凉爽，天高云淡，阳光和煦。

挑了个周末，起个大早和我妈出门，两个边走边聊，步行去坐澳门的车。

妈那天穿了件玫红套头针织衫，容光焕发。去过一次香港之后，她似乎对旅游这种事情产生了兴趣，对澳门之行充满期待。

在珠海拱北口岸过了关，有免费巴士把游客直接送到澳门威尼斯人度假村。我们不赌博，就当做一个景点来参观。威尼斯人度假村以意大利水都威尼斯为主题，整个度假村的天空都是人工制造的蔚蓝色的天空。不论外面天气如何，里面永远是蓝天白云。度假村里有人工运河，别具威尼斯特色的贡多拉船泛舟运河之上，统一着装的男女船夫们一边撑船，一边给乘船的客人唱歌。运河上拱桥也是威尼斯特色，四处可见在桥上照相的游人。

前往大三巴牌坊，经过小小的，有些陈旧的澳门市区。看到路上的汽车都是小型的。

晴朗天幕下的大三巴成了游人的背景板。妈鲜丽的红衣、灿烂的笑脸在明艳的阳光下定格成一张她最满意的纪念照。

澳门金碧辉煌的英皇酒店、回归纪念馆里展览的全国各省赠送的纪念品让阿妈大开眼界。

澳门一日游，主要景点基本都看到了，第二次到澳门，对小小的澳门也有更多了解这是其次，重要的是，母亲此行开心满意。而我，能给她新鲜愉快的一天更加开心。

母亲说，最算是拿了通行证才能来到的国土，人们也是一样的生活。

普通的我没有惊天动地的大事情可以做，唯一的心愿只是能给父母做孝顺的儿女，遇到一个爱的人，给他做贤惠可爱的妻子，给一两个可爱的小孩作好母亲，有一个简单幸福的人生如此便好。

乐游惠东梁化梅园

匆匆忙忙下了楼，居然下雨！果断返回，取雨伞，换外套。

从前的经历让我对天气丝毫不担心，我知道，等我到了景区，太阳会出来为我照亮我来看的风景。

去梅园的车上热闹非常，大家在轮流介绍自己。这是一个由户外群组成的年轻团队，大家都能找到自己的老乡，唯我来自海南岛。9 点出发，路上再接人，到梁化中午了。

下了车，走几分钟，快到梅园时，亲爱的太阳就露出他俊美、灿烂、千古迷人的笑脸。

团队安排吃了农家乐，因为排队解决内急，跟丢了团队，山里信号差，买了当地人在园子里出售的各种地瓜饼吃，正合我意。妈不知道何时在我包里放了干粮和苹果，我的午餐也很丰富。小摊还出售去年的青梅，免费品尝味道不错，25 元买了一斤。

在梅花树下的石头上坐下来，看看树上梅花，远处青山，天上云朵，不骄不躁，一遍遍拨打领队电话。终于接通，报告了我的位置，领队认为我们离得很近，在电话里大喊我的名字，然后问我："听到我在叫你了吗？"我大笑，"听见了，在电话里。"

找到领队了解了集合的地点和时间，我一个人先溜达走了。阳光普照，我的手机也很争气，拍下了让自己喜欢得不得了的梅花图。阳光真是好啊，照在身上暖洋洋的。舒舒服服地在风景里游荡，空气新鲜，看到竹与梅相依。300 亩梅花没开完，只有小丽，没有大美，不过已经不枉此行。选个角度拍两张，自拍的时候，一位吊着大相机的先生主动帮忙拍一张。他说我选的景像极了富士山。我一看，还真有些像图画上见过的富士山。

给我拍过，他们继续留在那里拍"富士山"。

看到一卖蜂蜜的老头，瓶子盖上还有蜜蜂叮着。尝一点，像真的，100 元买了一瓶，说有两斤。一个人过来看，两个人过来看看，老头的蜂蜜摊子人一下多起来。每个人都会问老人家一个问题：“多少钱一瓶？”看着老人家无暇顾及，就暂时不走，帮忙应答。看完梅花再返回的时候，看到老人家蜂蜜和梅子酒都差不多卖完了。在老人家的摊子边注意到买蜂蜜忽略的葱花，第一次看到葱花，才知道葱花也能开那么大，开得很清白，很纯美。

回到梅花下，溪流边的大石头上时，太阳也像是完成了照亮的任务，隐身了。我也回到车里结束了我的赏梅之旅。返程的车上，遗憾想着来时路边的青枣树，想亲眼看看这树，更重要的是，家里还有特别爱吃青枣的妈妈和弟媳。正默默想着，领队突然宣布停车买枣，哗啦，一半人下车。大家可以亲自到路边的枣园去采摘，7 元一斤枣，我买了枣，顺便买了个南瓜。

和阿妈的湖南之旅——张家界、凤凰城

三姐说，妈心情不好带她出去走走吧。那还不简单，看了看在地图上画的圈，在三小时能到达的范围内，而且还没去过的地方，锁定了湖南。此次由于来不及做攻略，且带着60岁的母亲，所以选择跟团。

旅游团唯一的好处只是省事。好在对比很多行程之后，选择了一个相对比较自由且有充足时间休息的行程，半自助跟团游。跟团游的好处是，逛完景点就可以上车，这样的行程不会累到腿脚不便的妈。此行目的只为带她散散心，接触一下新鲜事物，至于如梦如幻的张家界美景与那个心向往已久的“边城”凤凰城是次要的。

行程确定后才记起查看目的地天气预报，湖南一周天气预报看完顿时泄气。不是阴就是雨啊，再看看其他地方，也差不多。那段时间，几乎全国都是阴雨天气。转念一想，听说张家界一年365天当中就有180多天阴雨呢，碰碰运气吧。跟妈说了情况，两人到杂货店选了两件雨衣，有备而去。

进入张家界森林公园之后，先游览金鞭溪。从城市进入溪水潺潺的森林的感觉一级棒，终于可以无所顾忌地大口大口深呼吸了。森林里没有过敏源，患有过敏性鼻炎的鼻子此刻是无比的舒畅！

虽然天气不好，但从水气中隐隐约约露出的奇石还是让阿妈惊叹不已。都说世界是一本书，我们都没读过这一页。

从入口坐了20分钟的环保车，然后需要走些台阶再换环保车这才到了缆车站。几十米的台阶对我妈来说，是个艰难的挑战，一步一步地慢慢走。缆车上山后，天下着雨，不大，飘飘洒洒的，我们母女俩各自穿上了雨衣。

导游带着交费的团友前往袁家寨子，不去袁家寨子的人则在休息厅等候。妈看了寨子图片，不感兴趣，况且她刚走了一段台阶去坐缆车已经很累，需要休息，这个自费项目我们选择了不去。大厅等候的一半是老人，一半是带小孩子的。多亏选择了半自助，不然走完行程一定很累。山上很湿冷，我带着妈到景区肯德基吃了点热的土豆泥，坐了一会儿返回大厅。

午饭后前往袁家界，经过迷魂台时，导游没停下，妈一听说还好几千台阶要走，心里惧怕，想想那样的天气，上了山也是云里雾里看不到景，便跟导游说了，我们提前下山，不去袁家界了。返回迷魂台，让妈在路口等着，我进去看看，风景好再喊我妈。来的时候百度过张家界图片，从迷魂台看出去，景点险峻而华美，可惜当我站在台上，下面的每一寸空间都填满了浓雾，只是白茫茫的一片，人就像站在云上。返回去找阿妈，她一个劲儿自责，因为带了她来，拖累我，还去不了袁家界，我连忙安慰她，给她看迷魂台的小视频："您看，这天气上去就是这样的。我们下山去，去看十里画廊！"

我们自行购买了百龙天梯的票，慢慢往百龙天梯方向走。路上遇到一个四五岁的小男孩正在雨中兜售野生猕猴桃，一袋十个八个新鲜的果子仅售五元钱，他只穿了件连帽衫，在雨中奶声奶气地招呼着，游人匆匆而过。阿妈很佩服这么小的孩子，已经会做这样的事，而且是在这种天气里。当时我们都没有意识要去买一袋，走过之后一直想，为什么不帮他买一袋呢，五元钱而已，小孩子该多开心呢。不知道后来他在雨里多久才卖掉那三袋桃子。

百龙天梯垂直挂在山边。时间在中秋前，人不多，但电梯还是攒了一波人才往下走，人挤在电梯里面，只有最先几个进去的人能透过玻璃看到外面的景色了。几分钟观光那部分就滑完了，再几分钟密封的部分下到天梯出口。就这样却需要支付一百多的电梯费，只因为它不是上下楼的电梯，而是上下山的电梯。

电梯出来，天色晴朗了些，看到的山景也很震撼，但很有限，云雾心情好的时候给你掀开一角。可以肯定，如果是个晴天能看到张家界全景，那是美不胜收的。

百龙天梯出口有台阶往下，左边是台阶，右边是几台电梯，听说平时电梯还是收费的，今天开放，我们坐电梯再往下，出了电梯门口有板凳，坐下来先休息一会，喝喝水，吃点东西补充能量。休息了十几分钟，有老人旅游团过来，把板凳让给他们休息，母女俩出去坐环保车去十里画廊。

天空又下起雨。《捉妖记》刚热播过，大大的胡巴塑像在画廊欢迎游人。阿妈说车坐够了，就不坐小火车了，走走看看吧。十里画廊实际只有五里，我们也没打算把这五里走完。后来听坐火车往返的团员抱怨，坐在火车上旁边都有人，根本看不到景，那么，走走看看是对的。

看着雨中踱步的妈，我想，如果阿爸也在该多好，现在只看到远远走在前面我妈孤单的身影。画廊如画。逛够十里画廊，返回到环保车站，车站有很多卖纪念品和小吃的店铺，看过别人的游记，知道这边有一种叫葛根粉的好东西，问了店家就有现冲泡的。在雨里逛了半天最需要来碗温暖。店家用小勺子舀了一小勺白粉，冲上滚烫的白开水，不停搅拌就出来了一小碗淡黄色的，透明的啫喱，尝了尝，觉得不错，好吃，又再加一碗。听说葛根粉还能降三高，我妈花 20 元跟店家买了一包粉回家自己泡。一快餐汤勺就能泡一碗，卖五元一碗。葛根粉本身没什么味道，加了糖很好吃。把身体吃暖和，我们坐环保车到武陵源售票口等导游。我们应该听女店家的，每个团都会经过她家档口，可以在那坐着等着，有吃的喝的。下雨天，门口集合点坐的地方都没有，我们往前走了点，找了一家房产销售中心，里面有沙发还有洗手间，给导游发了信息后就在那里等着。

下雨天虽然看不到向往中的清晰美景，但还是亲身领略了张家界犹抱琵琶半遮面，也算领略了一份神秘之美。

第四天，早上进一叫张家界印象的购物店，妈花了 198 元买了两瓶治风湿的精油，感觉就像是什么挥发性的东西，无色无味，倒在手上辣了一阵挥发掉了。里面有号称老院长的孙医生给游客看病，他嚎叫着运气可以隔空点穴。我问他，他管这个叫“气穴脉冲”，也不知道运用了什么原理，总之皮肤上真感觉有轻微电击。他先夸我漂亮孝顺，说，只要每月 1000 多元吃一副他的药，我妈就能一辈子不中风。一方面我妈单纯善良，一方面希望孙院长的药能通她经脉，一辈不会中风，她十分豪爽地说，没问题。其实在她心里，要是真能治好她的长期的风湿关节，别说 1800 元了，就算是 18000 元谁会嫌多呢？我知道不过是个局，但是看着阿妈满怀希望的样子，就当给她买了个安慰。

购物店出来，导游又要带大家去自费坐缆车上山或再游金鞭溪，我和妈不去，在车上休息，好心的司机没关车门，还给当地山猪肉尝。我妈四处走动，跟当地卖特产的人聊天，买当地水果八月瓜吃。这本来就是旅行的一部分。

下午再去一个自费景点土司王宫，参加半自助团时，先了解行程中每个景点，再选择性参观，没必要每个景点都要走到。下午三点半才出发凤凰城。

张家界行程结束后，导游换人了。张家界一共有两名导游，一位至始于终极力推销自费景点，负责软硬兼施让游客们往外掏钱，不去的他便对人家冷嘲热讽的；另一位全程陪伴，做导游该做的事。

导游也挺不容易的，每天重复的一条线路，风里来雨里去陪同客人，但是，当他们赚钱赚成那样的嘴脸，让人觉得十分不美好。会给游客整个旅程留下阴影，让游客对那个地方留下不好的印象。虽是自费，既然出来玩，相信人们都会根据自己的情况选择一些项目的，比如说我妈腿脚不利索，电梯索道肯定是会买的，比如说，谁对某个景点有兴趣，别人是会想去看一看的，特产什么的，总会有人想要买一些带回家送亲朋好友的。做导游的，只要负责把有吸引力的东西告知游人就好了，没必要一副强制别人消费的样子，让人看着怪难堪的。我妈大部分人生是一个家庭主妇女，她接触的人不多，看到那种现象挺惊讶的，她说，钱而已，怎么有人能为钱成了那个样子……

同一天中，随着时间的流逝，张家界成了过去。在凤凰古城的路上，途经芙蓉镇。在那里一幢古色古香，服务人员还挺体贴的木楼里吃了行程里的最后一顿晚餐。晚餐比前几天的丰盛了些，还提供了不太好吃的，但能有助于减肥排毒，美化皮肤，养颜美容的米豆腐和甜甜的包在树叶里的绿色蒿子粑粑。干饭装在竹篮子里，很好玩。街头米豆腐店老板在现场做豆腐。路边卖八月瓜的阿姨笑容很好，先尝后买。没见过这种瓜，我不愿意吃，我妈接纳新鲜事物的兴趣比我浓，她连吃了两个，问味道如何，她说还不错。

晚饭后继续开往凤凰城，差不多11点入住酒店。老妈躺下就不想再起来，可怜的老人家，累坏了。

我一个人出去逛逛夜景。置身于看不到江水的沱江边上，看着凤凰城的夜景，脑子里怎么就涌出“隔岸观火”这个词。往远了看，灯火……往近了看，酒吧……太喧嚣，太风尘。

有些失望，感觉不到什么特别之处。江边卖水灯的妇人的民族特色的装束提醒我已到湘西。感觉对不起此行的舟车劳顿，还担心明天醒来会同样失望的妈。在小吃摊前买了碗煎豆腐，跟一直用渴望而慈祥的眼神看着我的大叔买了些他担子里新鲜的猕猴桃就回酒店了。

一觉醒来，妈精神抖擞，对新一天的旅程也很期待，我顿时松了一口气。她是我带在身边的老佛爷，她开心我才放心。

早晨的小城热闹，丰富。来来往往各种挑货的人民就很有特色，水果挑着卖，腊肉也挑着卖，整齐码在担子里的腊肉，一根根的，就像新鲜劈开的柴。来来往往不少背着竹篓，编花环卖的湘西老人。花环美，水果新鲜，腊肉看上去很可口的样子。不知道为什么，看着卖花老人的和水果叔的脸顿时心生怜惜……虽然不想把花戴头上，还是让妈给了三元钱卖了个花环，再买点水果。知女莫如母，妈说，感觉你好像看到人家卖东西可怜他们一样的，什么都要买一点。可是你没必要吧，妈说，那是人家的生活方式和工作，他们能在这么美丽的风景里卖东西，比你上班也没差吧，不需要你的怜悯的，女儿。我笑，她说的是有道理。

白天的凤凰，看清了她原本的样子，这样的小城，才是我心目中该有的模样。我没有白来。她真的美，幽静的美。我妈玩得很愉快，那天是她整个行程中笑容最多的一天，在边城凤凰。

妈呀妈，如果旅行能让你开心，我愿意带你去更多的地方！

中午，在导游的带领下逛了特产街，姜糖，银饰。我和我妈没逛，进来的时候，看到街边有很多当地人在卖猕猴桃，我们记下集合时间和地点，就去买猕猴桃了。妈妈吃了很多鲜甜的猕猴桃，连声叫好。她说好东西都长在深山里了。

下午 3 点钟结束凤凰之行，6 小时的车程返长沙。在长沙的酒店好好休息了一晚，第二天是中秋节，中午退房之后乘地铁去长沙南站，动车三个半小时后在 6 点钟回到深圳北。

在长沙动车站，凭票可以免费拍摄照片并给装进钥匙扣小相框里作为纪念品赠送给旅客，我妈把她的系在钥匙上。很开心。

把这几天的旅行记忆带回家，希望能够陪她抵挡一阵的郁闷情绪吧！

西藏——心向往之，行必能至

一　坐着火车去拉萨

2016 年跨年旅行，选择坐上火车去拉萨。

每次写游记的时候总会想到有意义没意义这回事情，关于旅行的意义。

旅行，从一个地方奔波到另一个地方享受风景的同时承受辛苦，还有那么一点点的冒险。之后回到原来的生活，看过的风景见过的人渐渐淡忘。但是看电影，喝酒、k 歌或者读书看报、健身跑步又有什么意义呢？其实，都不过是调剂不长不短、重重复复的人生几十年而已。

征得母亲的同意后，下决心不跟家人自驾回家过春节，提前一个月做好的春节计划：洛阳—郑州—开封。提前一个月，好不容易抢到一张卧铺票，没想到当天因为大意，觉得下午赶火车时间充足，洗洗涮涮迎春节而赶不上火车。查看再去河南已无回程票，那也没关系，计划 A 不行，还有计划 B，字母表 26 个字母呢，一定浪费不了这个假期。没去过的地方查了一遍，果断改道余票充足的拉萨。

奇怪的是这次对高原反应并没有十分担忧。反复查询了拉萨和黄龙的海拔，显示黄龙 4000 米以上，拉萨不到 4000 米更放心了，去黄龙的时候可是一点不良反应都没有的呢。心想，最坏的打算就是抱着氧气瓶坐下一班火车回来吧！

对我来说，只活一次生命太珍贵，我不喜欢挑战，所以绝对、坚决不会像《转山》里的他们，以有限的生命挑战生命的极限。

坐上最早一班从深圳到广州的班车，一个半小时后到达广州省站，省站的旁边就是火车站，不用倒车，很方便。

大年三十，该回家的人都回家了，人特别少。豪华大巴上三三两两的人。班车车座位底下还能充电，科技带给人太多的便利，但人的心还是喜欢青山绿水，蓝天自然。11 点左右在自动售票机买了车票进站，时间刚好。

同车厢的是回青海的一家人七八口，带两个小孩，一男一女，三四岁，小孩子很懂事不吵闹。

漫长的火车旅程开始了。但是不要紧，精神粮食和物质粮食都准备好了。一本书，一本词典，电视剧 20 集，电影 8 部，还有喜欢的歌曲以及一背包零食，54 小时的车程可以很充实地打发了。

如果在家过除夕，年夜饭后，家人一起玩麻将，或者看春晚，半夜 12 点前准备好爆竹、烟花，12 点准时开年。这个时候，家乡的上空火树银花，烟花爆竹声此起彼伏，连绵不断，甚至通宵达旦热闹非常。开年仪式后，我们都要给父母亲等长辈拜年，互相祝福之后再继续玩或者去睡觉。当夜的灯，是要通宵亮着的。这样的年过了几十个，没有改变，但人们还会一直这样过下去，这就是传统。

当下，不少人家选择旅行过春节，对于我家乡人来说，那是不可能的。春节与清明节是一年当中最重要的两个节日，外出务工的人们无论走多远，在这两个节日都必须回到家里去。特别是男性。

而这次，我吃不上家里丰盛的年夜饭了。过年之前我妈都会特地圈养十几只黄皮小种鸡，除了初二那天，每天杀一只，整鸡白煮。供奉先人之后，小鸡白切，黄皮白肉沾上鸡汤、蒜泥、盐和小青桔特制的酱汁，满嘴喷香……今年，只能在火车餐车点个菜，草草填了个饱。

一直不明白，同样的食材，为什么火车上的餐食就一定是难吃的。坐火车的人永远首选方便面。火车上也可以做好吃的包子，好吃的面条吧，很难吗？为什么一定必须是难吃的盒饭呢？

在车上跟家人通几次电话，再看看窗外的风景，一觉醒来除夕已过。新年的第一枚金色朝阳在车窗外冉冉升起，温暖的晨光照在我的脸上。第一个电话打给母上大人，她今年的祝福没像往年祝我快快嫁人，嫁个好人，她只要我健康，旅途愉快。是啊，有什么比这个更重要呢——平安喜乐！扎西德勒！

趴在窗边看着火车窗外感觉车开得好慢好慢呀，但是，去拉萨，坐火车绝对是比飞机好非常多的出行方式，青藏线上沿途的各种不同景致在窗外幻灯片般在你的眼前一一展现！

我看到了冬季毫无生机的村庄，像未上色的素描画；我看到了还有残雪的人家，就三三两两的房屋，坐落在枯黄的草原上，屋外有厚厚牛粪墙；我看到吃草的牛羊。这样的风景对于生长于长年满眼苍翠，没有冬天的海岛的我来说也甚是稀奇。可以想象，当夏天水草丰美的时候，这里将是多美的另一番景致呢。

广州到拉萨的火车，在抵达西宁后需下车换乘另一段的高原车体列车。换乘西宁至拉萨的接运列车，很简单，下车到对面上另一辆车而已，车次号在换乘后不变。同车厢的青海一家人已到了终点站，西宁站没上客，车厢里只有自己了，六个铺位全是一个人的。换车的原因是为了保证进出藏旅客在高海拔地区时的安全，进出藏旅客列车必须使用带有制氧设备的高原型车体。普通车体不能在格尔木至拉萨段运行。

列车上，每个铺位上都有供氧口。

开车了，一片清静，我刚好可以看看书。一位瘦小的男生走过来串门，他递给我一颗香梨，说去高原要多吃水果。谢过他我想他准备还真充足，知道去高原要多吃水果多喝水。男生叫阿俊，也是一个人从佛山去拉萨。我才发现，整个车厢留下来的人屈指可数：一位年轻的母亲带着一个三岁左右、有两坨高原红的小男孩；一对年轻的广东夫妇；我；阿俊和一位也从深圳来的男生。相同的目的地，让我们聚到一块聊聊彼此都想去哪些地方玩。

第二天，6 点多醒来，昆仑山已过了，窗外天还是黑的。满天的星星啊，让我想起去年九月在敦煌专列上那个同样深邃的夜空，只有远离都市，才能见得到。差不多八点的时候，再放眼窗外，高原的河流山川这才隐约出现。

火车供应的早餐还不错，比前段列车好多了，还有酸奶。25 元一份。

刚准备吃早餐，一束金光打在我脸上，转头，就看到车窗外从远山中升起来的朝阳。

去打开水，看到一位男生在制氧机前看看，又拍拍照，好奇问他在做什么。他说在看仪器上海拔最高可以达到多少米。我也好奇地凑过去看。

我拍的时候，仪器显示 5066 米，后来都往下降了，海拔最高点在昆仑山口，已经在睡梦中过去了。不知过了多久，广播说那曲站到了，停车 6 分钟，大家都跑出去透透气，我也赶紧下来，让阿俊帮忙在那曲站留个影。

大年初一，我在自己那张用了几年，已经破破烂烂的中国地图上找到那曲标上足迹。

下午 4 点 50 分，顺利到达拉萨站。

到站后，大家拍照留念就各自分散了。

车站门口有一层昨日留下的薄薄残雪……冬季，大家都怕冷不敢来西藏，我只穿了一件毛线衣和一件加绒卫衣外套，并不冷啊。

我倒希望拉萨可以下一场鹅毛大雪让我看看！

二　日光之城初体验

和同车厢的旅友们在拉萨站相互拍照之后，在站外各自找公交前往各自的旅舍。

蓝天，白云，远处有雪山。明媚的阳光照在身上暖暖的……在深圳的回南天中湿嗒嗒闷了一个多月，此时此刻，身心干爽舒畅。

手机上的天气显示在拉萨的日子全是金色的小太阳，看来想要看下雪没戏了，那就尽情享受这日光之城的冬日暖阳吧！

我慢慢推着箱子，担心走快了灵魂跟不上，高反找上来。

车站外的两位警察可真帅，铁色的面孔立体刚毅。这是整天挤公交上下班365天也不会见得到的另一种精神气质的男性面容。

13路直达我在雪一巷的客栈。公交车陆续上来很多穿藏袍的人们。

从前以为，藏族同胞的衣服只有一边袖子呢，原来是有两边的。只是另一边袖子吊在后面闲置着，我想，应该是觉得冷了再穿上另一边吧。每个人的手里，几乎都有佛珠，嘴里不停念着经。他们根本就不会无聊，不会烦恼，不会忧愁吧！哪有空！

有些小姑娘的衣服特别隆重，头饰跟画上见过的一样。

哦，想起来，火车上聊天时有说到，今天是藏历新年第一天。

车窗外，蓝天白云下的苍松雪山，霎时感觉有些像图画上见过的瑞士。

突然，视线里出现一幅似曾相识的画面……

“那，是布达拉宫吗？”我激动地问旁边一位藏族姑娘。她肯定地告诉我“是的，这就是布达拉宫。”

我兴奋拍照，发给家人，发到火车驴友群，驴友们在群里喊着迫不及待自己马上也能看到。

客栈老板帮忙拎箱子了，空着手上三楼居然也累得感觉要倒下死掉，那种感觉就像是学生时代体育课跑800米之后，心胸沉闷，喉咙发干，呼吸困难！

冬季人少，老板给升级了房间，还体贴给铺上电热毯，装上房间加湿器，虽然都没用上。洗手间有暖灯，洗澡打开不会着凉。老板一再叮嘱，洗澡要小心，一定不要着凉感冒了。

安顿好发信息报平安，一位来过的驴友发信息建议头三天还是别洗澡了，很多资料也是这么建议的，头一天不要洗澡……

下午五点半，出门觅食。还好选了一条有很多川菜馆的街区，很多外地人们不回家过年，也不用过藏历年，所以餐厅都营业。

晚饭回来后，开始纠结洗澡的问题。火车上已经两晚上没法洗澡了，现在有着这么舒服的洗手间，热水……而且，高反没找我啊，正常着呢，洗吧？别洗了吧，高反怎么办！洗吧？洗！

习惯是可怕的，还是洗了。舒舒服服躺进被窝，迷迷糊糊睡着了……

不知过了多久，头疼醒来，真真切切头疼……像是身体和灵魂突然意识到自己已经来到高海拔地带，开始做出反应。……疼，不是头壳疼，是里面的脑子疼，好像颈后那根筋更疼……不过还好，不是“欲裂疼”，也不是“生死疼”，只是比正常稍不太正常而已，还在可承受范围。

抱头闭眼继续睡。睡不着，纠结要不要找客栈拿点止疼片……但是，自我感觉，这样的疼还不至于会夺命，又起来补习一下高反知识。确定情况真的不严重了，才踏实闭上眼睛努力睡觉。

闭眼和跳起来冲进洗手间，然后胃排空应该是在同一秒钟完成的。

总之，吐完之后好舒坦啊！

头突然不疼了！一点都不疼了！感觉似乎比原来还正常点，就像是把之前进了脑壳的水蒸发掉了一般，清醒多了。

看手机，凌晨两点。今天加的驴友群静悄悄，心想不知道他们都还好吗？

三　转经八廓街——唵嘛呢叭咪吽

知道拉萨的太阳没那么早起床，醒来了我也不着急起床，等天亮。

火车驴友群里有消息了，原来大家昨晚也都不同程度头疼。听说那位广州姐姐比较严重些，今天不能出门，她的丈夫在酒店陪她。

能出门的约了10点布达拉宫见。

客栈是选择过的，去市里任何一个景点都十分方便，且有公车直达，市区的景点都不超出40分钟车程。

出租车很多，且便宜，市区任何地方车费在20元内。

在入口找小伙伴时发现公告，布达拉宫放假过年，三天后才对外开放。

通知了大家改集合地点。我穿了厚厚的长及脚踝的民族风棉衣，衣服上镶着毛边的帽子戴上，外加防止冷空气刺激脆弱鼻黏膜的医用口罩，把自己打扮成蒙面大侠，如果我妈看到还不一定能认出我，只有过一面之缘的伙伴们当然找不到我了。我在人群中找他们。

一见面阿俊就拿出准备好的50元，让我给他拍照，他是准备走遍人民币上的景点吗？别傻了，祖国河山，比人民币上值得去的景点多了！

布宫进不去了，他建议先看看外观，好主意！

开心绕布宫一圈，顺便在遇见的旅行社订好第二天的行程——羊卓雍措湖，简称羊湖。

还有大半天的时间，我建议去八廓街。

八廓街又叫八角街，位于拉萨旧城区的中心，较完整地保存了古城的传统面貌和居住方式。它是拉萨的宗教、经济、文化、民族手工艺乃至西藏的风土人情的集结地，也是旅行者到拉萨必去之地。大昭寺也在那块。

拉萨几乎每个景点都需要安检进入的。大昭寺广场有浓浓的节日气氛：桑烟，花坛，每年一换的崭新经幡，悠闲自在的人们……

我想我真是累了，一到广场先坐下来。

广场上很多原地磕长头的人们，我前面的红衣服女士每完成一个动作就在面前小小仪器上按一下，不知道她是要磕多少次呢？ 108还是10000次呢？

大家拍照一通。把此时此刻都记录下来吧，记忆淡忘了相片会还你清晰记忆。

学着人家把头顶在经幡塔上念经，不知道他们念的是不是我仅会的六字真言：唵嘛呢叭咪吽……一只黄色的小狗来到我脚边，也像藏族人们一样，把脸埋进经幡里，静默一会儿才离去，难道小狗也会念：唵嘛呢叭咪吽？

跟在磕长头转经朝拜的人们后面，我们也转经，步行转经，绕着大昭寺转了一圈。

唵嘛呢叭咪吽……

四　羊卓雍措

在同为三大圣湖的羊湖和那木措之间，选了羊湖是因为去纳木措路途较远，要很早起床出发，羊湖却时间充足，一天的时间，休息好了再去。身在高原，任性不得，身体一稍有不适，再美的风景也没有起死回生的作用。

第三天的行程普姆雍措却是看了送我们去羊湖的师傅手机里的相片之后决定的，普姆雍措在旅行者之间流传的并不多，但师傅手机里的普姆雍措就像是传说中的天空之镜！大家都决定非去不可。

师傅说，去普姆雍措的路上要经过羊湖，也就是说，当时我们只需选择去普姆雍措，羊湖这一趟便可省了。虽然如此，我们对羊湖还是充满期待。

羊卓雍措，海拔 4441 米，是有神力的湖。

自然醒来，再到巷口四川阿婆的早餐店美美喝了一碗黑米粥加土鸡蛋和香脆的油条之后，站在路边等车。

晨光里的巷子明媚温暖。总感觉西藏的阳光和海南的不一样，同样看起来很强的日光，西藏的阳光照不到身上，是软的，而海南的阳光是聚焦在你身上一样——是硬的。而冬日的阳光总是比较轻柔有质感。

七点半，车准时来接，上了车一看，还真是巧，火车上同一节车厢的广州夫妇俩也在，加上阿俊，我们一共四人，拼了同一辆车去。

常听说，别太在意结果，过程同样精彩，在旅途中，特别是在西藏的旅途中这样的话更贴切。两个小时左右的车程上，一路饱览高原的冬季景色：路边光秃秃的树木，白杨、杨柳，不时出现的那么一片或一条的碧水，这些因素排列组合成不同的风景。我赞叹着所见，旅友们赞叹着我。他们说，师傅拉到我这样的客人太有成就感了，而我看风景的热情也让他们一路上不沉寂。

路过一个未名湖，湖里居然还有鸳鸯，师傅体贴地打开车窗，让我拍照更清晰。后来干脆停车，把我们放到路边上去。

一路上，你认识的那些文字词语具体化了：雪山连绵，白雪皑皑，雄伟、险峻、广袤无垠……关于大的，宽阔的，高的，有了一些具体的认知，以及，多了一些你无法用文字表达的，因为从未有过的一些感受。

车子在绸带似的公路上转啊转，开进一个挂满风马旗的山口，羊湖就在眼前了。名副其实的碧玉湖，如一片碧玉镶嵌在山间。羊湖的风，还是大的让人无法面对。山口的五彩经幡在劲风中哗哗作响。把几件外套中最厚实的黑棉服穿上了，帽子一戴上，对风与冷就完全无感了。师傅主动借我他的酷墨镜。虽然如此，我还没法在车外呆上一分钟。风大得把知觉都刮跑了。跑回车里幸灾乐祸看着外面被风吹得凌乱狼狈的游人。师傅安慰说，这里是山口，也是风口，一会儿把车开到湖边上，那里的风不会太大。

湖边上风稍微平息一些，可还是吹得让我甚至忘记了一亲羊湖水的打算。这一次，应该是看风景最费劲的一次了。

在羊湖石碑观光台那块，很想和藏獒合照，不过需要五元钱，可包放在车上，就离湖边 20 米左右，如是平常，一溜小跑就好了，但当时困难得只能选择放弃。心想着明天到普姆雍措的时候再补上吧。

在湖边的平台玩了一会儿，兴奋起来上蹿下跳拍照，忘记了高原不能大动作。给同伴拍完照，几分钟下来突感疲倦，那种累，就像是一坐下去就起不来了一样的，心里突然有了一种死亡的恐惧。心里默念着冷静，自己慢慢地往车走去，听到阿俊在喊着要我帮忙拿东西，他上洗手间，可我连回头和停下的力气都没有了。看到一辆车，明知道不是我们的车，拉门就要坐上去，可惜里面已经坐满了人，也不管对方是如何诧异，关上门，再向我们的车摸去。寸步难移。空气流动得太快，把微薄的氧气都给带走了，深呼吸也只能吸到风，没氧气的风。脚下像踩着云，意识渐渐模糊，还好，在倒下之前，我拉开车门，用仅剩的一点精力一把坐上去，师傅问话我无力应答，只是微微喘着，喘着，等着魂魄归位……

师傅已经对着我说几分钟的话了，恢复正常后我才把这种感受跟大家说了，大家都说，当时应该先停下来，可我怎么就觉得一停下来风就把我的灵魂从身体里吹出来，吹跑掉了呢！我的心只告诉我，回到车里，回到车里就没事了！真是冒险啊！可是，世间的一切不都是这样的吗，要得到点什么，总得付出点什么。

看个风景，也这么不容易。

五　普姆雍措

普姆雍措比羊卓雍措多一半路程，担心自己早起不来，把闹铃提前了一个小时。闹铃没响自己倒是清清爽爽起来了……

神清气闲地梳妆打扮，找阿婆吃早餐，车准时到，还是我们四个。知道他们还没吃早餐，介绍阿婆店，在车里等他们吃了早餐再出发。

7 点多，拉萨天还没亮。从来都不是“晨型人”，晚睡可以熬，晨起会犯困。车一开闭眼又睡了。第一次睁开眼睛的时候已经到了雅鲁藏布江，第二次睁眼是听到同伴们在赞风景，抢拍……这次一睁眼，瞌睡虫全灭了！这是多神奇的景象！

山在前方，在冉冉日出里就这么一点，一点，一点地红亮起来！我们隔着窗玻璃，相机，手机咔咔响。师傅找个合适的位置把我们放下了。这应该是有生以来，拥有过的最美清晨了！是什么原因山会变成红色呢？

是每一个清晨还是机缘巧合？继续往前走，扑面而来的美让人差点忘记了呼吸！顿时相信了让人窒息的美在这个世界是存在的！有幸，身临其境！苍穹之下，橙红的山，碧蓝湖水，橙红的山倒映在碧蓝的水……迷醉，梦幻般的不真实……路上朝拜的人们把我拉回现实，那么漫长的路，坐车都辛苦，他们却一路磕过去，千里不遥。这精神，这力量……我在心里为他们的虔诚磕一个五体投地。

业障会消除，佛祖一定会保佑他们的。

还是昨天那个山口，开进来后停下来再看羊湖。她文静了许多，大家照了相，补上昨天的遗憾。如师傅所说，普姆雍措的路上很长的一段路在羊湖边上开着的，一路饱览她的风姿。车上，看到昨天那只小藏獒和他的主人走在上班的路上。问师傅说，回来还会经过，小藏獒，等着我。无论是去平原还是在高原，最爱的还有那地平线，路，遥遥延伸去，望不到尽头，在那里消失……每每见着，心会变的无限宽广。

去普姆雍措需要办边防境，因为和不丹交界。经过一个小小的简陋的边检站，师傅下车去接受检查。在这个越来越复杂的世界里，大部分的人类争先恐后制造这个那个，拼得头破血流，怎么就不学不丹坚定地保持着他们的自然简单幸福呢，怎么人们觉得世外桃源好，上天入地什么都能创造就是不造世外桃源呢……

一路观景，不觉已过去了4个多小时。目的地快到了，此地海拔已经到5000米。跟同伴下车解决大自然的召唤问题，往返不过几十米却累得要命！上了车不敢乱动了，到了目的地也不敢马上下来。虽然，绵绵雪山，水晶般通透无垠的冰湖，一片从未见过的纯净冰雪世界就在眼前！

同伴们像看到溪水的鸭子噗噜噜兴高采烈扑向冰湖，在冰上撒欢，我坐车里保持淡定，打算默默欣赏就好了！因为想起昨天在羊湖还心有余悸。

广州情侣走远了，两个人相亲相爱的背影点缀了风景。遇见情投意合的彼此，携手最爱的人，看世界上最美的风景，多好啊，羡慕啊。

看着看着，那是一片蔚蓝水晶的诱惑呀！我也滚下车去，小心翼翼往湖里挪。那时，本以为勇敢的自己原来是多么贪生怕死！脚下不时发出咔咔咔的冰裂声，心里很害怕，一瞬间就自己如何掉进冰湖里，挣扎、冷冻、无救、升天的视频在脑子里就放映完了，咔咔咔，再一阵冰裂声，视频又放映一遍……

阿俊跑过来陪我，在一旁鼓励不怕不怕。我说，怎能不怕呀，绳子都没一条……

拍了几张相片后，玩嗨了，脑子里的恐怖视频也不放映了，美美的感受上位，最后也可以大胆撒欢儿了。内心的那个小孩一放出来立刻一发不可收拾，又上蹿下跳起来，车顶也上去照相了。这就是典型的好了伤疤忘了疼，玩累了回到车里开始头疼，比刚到拉萨那天晚上还要严重。难道是海拔每上升1000米，就加一级疼痛？

回到羊湖的石碑那，小藏獒还在，可我动不了了，不吃，不喝，不说话，不思想，默默忍耐着疼，虚弱得像一条奄奄一息的虫子。人如果真有三魂七魄，估计我只剩下一魂三魄了。后座的同伴和我讨论相片，我无法应答。师傅说，没事，到了拉萨，你又是一条龙了……果真，晕晕乎乎不知道过了多久，突然间，感觉头疼像取走了一样，奄奄一息的虫子被狐仙送了一口真气，成了可以展翅的蝶！魂魄全体归位，我又活了。坐直了一瞧，拉萨市区到了！

六　神奇的布达拉宫

藏历新年过完之后，雄伟壮丽的布达拉宫终于开放。以为淡季人少，所以9点才出门。错误，去了看到参观的队伍已长得看不到头。

从入口开始，走走停停，不知道走了多少台阶，已经喘气需要停下来休息了才看到高高在上的售票处。停下休息时，身边经过的人无一不边喘着，边要死要活地嚷着累，快死掉。

淡季，门票半价，100元。

这也是淡季出门的好处吧，门票都能省下一半的钱。其实风光有四季，旺季是可以看到更多的繁花绿树，但我更愿意这个时候来，人不会太多的时候，风景更纯粹。

在宫里，不停上下梯子，信徒们都用家用大花热水瓶带着酥油来，每经过一座佛，他们便把热水瓶递给围栏里的喇嘛，由他们帮忙给长明的酥油灯添上一些。或者，往功德箱投放供养，信徒们手里握着大把的零钱，有一元的，有一分的，佛堂的地上，堆满零钱，也有不少50元的，100元的。

有些人会把硬币或零钱塞到门窗缝隙里，觉得不好，太影响美感了。佛应该不会高兴这样做的吧。

在一个佛堂，投了枚硬币，不求什么，只想体会这种仪式感。不懂得敬佛的礼节，也不认识佛，看到信徒都是虔诚的，庄严肃穆的，自己那样做不知所以然，感觉很不好意思，还是看着吧。

身在布达拉宫，看到这种林石与木结构的建筑，居然想起小时候住过的老屋，也是石木结构呢！

从神圣的香火里出来，居高临下，俯瞰拉萨日光之城。

如此清晰明朗的城市风光只有拉萨有吧。

目光所及，皆是景。

感觉在这样的画里游荡，人都能变美了呢。

布达拉宫只开放一部分，入口进，出口出，不用一小时就逛完了。其实，人们更多的是去朝圣。

喜欢那些色彩鲜艳的高墙。

喜欢那些虔诚安详的老人。

七　八廓街的夜

第二次到八廓街是两天后，到拉萨的第四天。早上逛完布达拉，中午休息好，晚饭时间打车去天海夜市。查资料看了很多关于天海夜市的图片，图片上各种美食让我这种对食物兴趣不大的人也感觉胃口大开。也许是淡季，或许是店家大部分还在休息，夜市显得有些冷清，也没见着图片上排列整齐的牛头、羊头……夜市像展厅，每个区域悬挂着分类牌：服装区、烧烤区等等。

对我来说，有店开门就足够了。

挑了一家当地人开的店吃羊肉串。味正，香。橘生淮南则为橘，生于淮北则为枳。肉和肉在不同的地方吃还真不一样。

吃饱又到八廓街，拉萨人休息得早，经过的巷子都熄灯了，三三两两的人背着光走来。安检过后，走了几分钟才看到灯火通明的主街。几个小女孩互搭着肩膀走来，经过我身旁的时候，一个小女孩轻声清脆地说：“你好，姐姐。”我回头，她冲着我甜笑，我也笑笑，她摆摆手，走远了，我原地停了一秒，感觉很奇妙，脑海闪过一首诗：“在那东方高高的山尖，每当升起那明月皎颜，玛吉阿米醉人的笑脸，会冉冉浮现在我的心田。”玛吉阿米的笑脸属于雪域最大的王、世间最美的情郎，而小女孩的笑脸属于姐姐我。

夜晚的八廓街，有一轮明月悬空。

仓央嘉措遇到玛吉阿米的夜晚或许也是这样的吧？

一家男女老少虔诚地转着经，虔诚得好像这个世界只剩下自己和装在心里头的佛。

人们，街灯，花朵装饰的房子都耐人寻味。

我跟在他们身后，安安静静地走着，不经意间，六字真言在异常平静的心里默念起来。此时此刻，我不是一个闯入别人世界的观光者，我也是虔诚的转经者。

八　夏宫罗布林卡

我一般选择那种就算是看了再多相关的图片，对自己依然有很大吸引力的，能激发亲眼目睹好奇心的景点。罗布林卡不是，因为刚参观完西藏博物馆，而它就在附近，一方面也是为了验证自己的判断，以及到此一游的游客心理，还是去了。

淡季门票 60 元。

游客稀少，空旷的购票广场只有我一个人。售票厅里倒是挺热闹，几个人在聊天。藏族售票员给我票的时候顺便问我今天是春节的初几？初八，我说。他转头和同事继续叽里咕噜。

藏语也挺好听的，也许可以学一些，扎西德勒！

门票很别致，票面的图案是三维立体的。

安检进入景区，果然没有太大惊喜，就是一个大公园。不过，那些色彩鲜艳的墙倒是很艳丽。黄色的，在阳光下像贴了黄金，和蓝天枯树相衬出艳丽的景色。

不，罗布林卡还是和图片上的不太一样了，其实挺美的，虽然是在这料峭的季节，有一种特别的韵味。有叶子的树木见得多了，这里没叶子的枝丫像画到了蓝天上。

走着看着，荒凉里生出风景来，怎么随手一拍就是一张张的，富有色彩层次的醒目画面。

一对夫妇在园子里出租藏族服装，边吃盒饭边热情招呼踽踽独行的我。一个人安安静静逛了大半天，有人搭讪感觉还挺亲切的。摊主给我挑了套少女装，虽然在九寨沟有穿过类似的服装拍过照，但还是乐意再多穿一回。

会有不同的回忆。

去一个地方，最少停留 5 天，最理想是 7 天。

走马观花的旅行是没有必要的。有时候在媒体上看到报道说，某某人几天去了几个国家，或者欧洲几国游，每个国家停留几个小时，我就会想，干吗不直接 PS 就好了呀，把自己 P 到世界地图的每个角落。

在拉萨的七天里，我还知道从客栈出来，右手边有一家藏式餐厅，餐厅就算是开门营业的时候，门口总还垂着厚厚的一块蓝色棉布帘。我还知道，左手边的超市老板是苏州人，也让他知道我是海南人，因为每天都会去买一瓶当地的鲜牛奶。没有客人的时候，他有时候和朋友一人在柜台内，一人在柜台外，打扑克牌玩，有时候，一个人搬了把椅子坐在门口晒太阳。找他换零钱坐公交，他掏钱包，眼睛还是闭着朝着太阳的；我知道几路公交经过，都会去往哪里；早上出门的时候，总会看到一位挂着粗长齐腰辫子，穿着藏袍，脸颊有两坨高原红的姑娘，手里提着一个古老的大花暖水瓶，拦了一辆的士，匆匆忙忙离开……去一个地方，除了看看当地的风景也要看看当地生活的人们，看了他们的生活之后，就会知道，无论在哪里，人都是一样生活的，有人选择悠闲，有人选择忙碌，但见过最多安详面容的是在西藏。

拼假去河南

一百年，九千个月。生命多么短暂，况且还不一定活得那么久。衣食无忧的人们终日奔忙以拥有的金钱数量向在乎和不在乎的世人标榜自身的价值。可曾经拥有天下的帝王，留下的是一座座日渐消弭的陵墓，海昏侯已化泥，而他成堆的钱币和黄金在今天成了历史的展品。纵观上下五千年，能作为榜样的是来世上一趟千山万水走遍的徐霞客，把简单日子过成诗的苏东坡。

每天白衬衫黑长裤早出晚归，在挤得透不过气的早高峰人墙里，常常绝望怀疑人生，在公交站台望穿红尘，戴着口罩仍然被经过的汽车臭屁熏得上呼吸道感染时深深地对不起自己。这样的日子日复一日，又匆匆忙忙。

因此，我想让活着的过程多些自由和美丽的时光。

抱着对这世界的好奇，去漫游，反正花得起这个时间。

六月的中下旬工作将很忙，把休息日调到端午节前，连端午一起请假拼假有了 8 天假期。

独立，孤单且独立。

这是说走就可以走的条件。

河南，一直想去的地方。

河南有少林寺，杨家将的家天波杨府，包公开封府，等等。从小耳熟能详的历史故事相关的东西，有十几个朝代，一代代沉淀下来的，那些故事，那些人物足以吸引我亲眼去看一看。

下班后就赶回家，收拾行李，晚上的航班到郑州。

天气原因，航班延误，凌晨两点半才到新郑机场，为了抵达酒店之后能够迅速休息，特地订了一家有接送机服务的酒店。

下飞机半小时后就已在酒店安然入睡。梦里错过早餐了，醒来梦想成真。可惜了房含的双人自助早餐。

郑州下雨了。其实是这整一周，到处都在下雨。

计划先去少林寺的，因为下雨，开封的景点大部分是室内，雨天游览不受影响。

返回机场搭班车去开封。酒店送我去机场的司机说，这几天郑州空气算不错了，平时更差。

我心一紧，可别让我遇到雾霾，呼吸道敏感脆弱，稍有烟尘都感觉要窒息。新郑机场有柜台和自动售票机，售前往郑州周边各市镇的票。

郑州到洛阳两个半小时，票价40元，中巴车。在包公府附近下车，听参观出来的人说，里面是为了纪念包公的一些陈设，犹豫了一下，到门口留张相片，打个卡，直接去开封府。开封府也是包公的呀，河南名胜古迹多，只能选择性游览。

问着路，从包公府步行到开封府，隔着包公湖远远就能看到巨大的开封府照壁。

包公湖，传说是包公额上那个像第三只眼一样的，能放映善恶的宝镜沉入湖底变的。做了坏事的人都不敢从湖边经过，因为所做坏事会被湖水放映出来。

沿着湖边走，不知道是因为天气原因还是水质，湖水浑浊。湖边栏杆处，有三三两两垂钓的老人。

已是中午，早晨的《开府迎宾》仪式已经错过了。

门票窗口售票60元一张，网上订购电子票51元几角，直接在窗口买了，纸质票可以留作纪念。在游客中心存了包，轻装走进这座千年的衙门（如果忽略重建这回事）。

“公生明，偏生暗”当官的人上任之前应该安排到开封府来参观。

又一次在游览古建筑的时候想到，中国特色的建筑真是好美的，看着有味道，有温度，有情怀，有艺术，有生命，是风景！不像现在的房子，就是做饭睡觉的，太功能，太冰冷。

如果你去过紫禁城，去过颐和园，你的眼里，小小的开封府就不会再有太多的风景。但是，开封府的经典故事真人秀登场了，他们虽戴着无线麦，但生动的表演还是让人身临其境，恍若置身北宋开封府。

演武场，欣赏到了少林功夫的表演和宋舞表演。整个过程重现的是当时包公宴请他国使臣观看表演的情景，余意未尽，看得过瘾，也很震撼。游开封府，品大宋文化；拜包龙图，领略人间正气。

开封府出来，一路的奔波已经很疲倦。

就在门口当地小饭馆要了个驴肉汤泡馍当晚餐。

搭公交回河南大学南门对面的青旅，河南第一天的行程结束了。

开封街头树木太少了，空气很差。但我很喜欢这里的房屋，大多数都是仿古建筑，几乎见不到高楼大厦。

除了空气差，更糟糕的还有水。在旅舍开水机接了杯水，洗澡出来灌了一大口之后感觉，好咸！！！一看杯子，水里漂浮着白絮状的东西。倒掉，重新再接一杯，还是一样。查了一下才知道，当地的水含氟含砷。天啊，不说有毒有害吧，这么咸这么脏的水，河南人们就天天喝这个吗！问了旅舍老板，他们就喝这个水的。

那做菜是不是不用放盐了。

老板嘿嘿笑，也没和我多说。也许对他们来说，这是一件太日常太正常的事情，没什么好说的吧。

我没敢再喝。

手机天气显示，开封空气轻度污染，对我来说，污染就是污染了，轻重都是要命的。

空气污染，水质差，佩服在这里还能如常生活的人们，难道他们已经百毒不侵了吗？

第二天早晨，目的地清明上河园。

为了赶上开园仪式，早餐都没顾上吃。

仪式太有感觉了！

开园时间一到，大门打开，一队宋装的士兵们骑着高头大马冲出大门，很震撼！可惜，仪式只有短短的几分钟。

仪式结束，大门重新关闭。售票窗口和通道打开，我也去买票进园。票价一百元。检票口的姑娘们全身着宋服，真好看。我也想穿。这个想法很快实现。进大门，参观了刻着清明上河图浮雕的照壁之后，依依柳荫下，有出租宋服的快照点，十元租一套。摊主给我推荐了一套宋朝皇亲国戚家富家千金的紫色衣裙，相片拍出来，好喜欢自己穿宋服的样子，前世，也许我从那里来。

园里的情景，与清明上河图里的繁华相比，一片冷清。

有卖摔碗酒的摊子，摊主人吆喝着：喝了摔碗酒，家里什么都有。什么都有可不见得就是好事啊，挺吓人的。十元一碗，酒缸的旁边一堆的破土碗，挺浪费碗的。

木制小房子的酒摊，黑得发亮的酒缸，缸口扎着红布，卖酒郎也穿得像酒缸，黑色无袖短装，扎红头巾。卖酒郎和他的摊子成了园中一道风景。

最有意思的是园里的实景演出，随意逛到哪看到哪，所以错过了一些表演的时间，只看了一场梁山好汉劫囚车。

园里的工作人员均着宋装，可惜游人不是，如果给入园的客人都配一套宋服装饰，景区吸引力会更大的吧。

早上还是小细雨偶落，午时却艳阳高照。把防水风衣收包里了，没东西遮阳很晒，机智地买了个岳飞焦馍，焦馍是薄薄的一张米色大薄饼，足球般大小，可以遮阳又可以啃着吃。

仿古小吃街上都是各种好吃的特色小吃，十块钱买了份杏仁茶。品尝了几样小吃，就把自己喂饱了。

往城门走，城门有威武的宋兵在把守。一位穿着黄色僧袍，背着古代书生背的那种书架的行脚僧，从城门飘然而过。我恍然如梦，梦里身在宋城。

喜欢这种古今结合的地方：走进城门，穿越朝代；走出城门，回到现代。

从开封到登封车少得可怜，还分西站、总站。为赶 8 点 20 分西站的车，早餐都顾不上吃。好不容易赶到车站，被告知刚出门那辆破破烂烂的中巴车就是去登封的车，下一班得下午 4 点，并且只有这个站有去登封的车。

记得昨天查询的时候，明明有显示总站也有一班 9 点多去登封的。虽说路在嘴上，有时候也不能全信他人，要有自己的判断。

灌了瓶矿泉水，打车赶往总站，总算买到 9 点半唯一一班车票。开封两个车站都很小，总站混杂在路边成排的商铺里。

有了票安心去找吃的。没想发生了惊险一事：在车站杂货店里买完干粮到柜台付钱，一转身，当！什么东西掉下来，低头一看，有一只翡翠玉镯连同盒子被背包刮擦，掉到地上了，镯子只差一点点就从盒里蹦出来。我赶紧蹲下捡起来，“好险呵，还好没碎！”我庆幸地感叹着捡起来，这才注意到柜台边有一张玉镯的陈列台。在柜台里啃瓜子看电视的老板走出来，面无表情喃喃道：“碎了碎了，有裂痕了。”我忙指给他看：“细微的裂痕里塞满灰尘，明显不是刚摔的，不是吗？”我说。那店主两指夹起镯子翻来覆去地观察，还是那句话：“碎了，碎了……”“您看好啊，东西没摔坏，我车要开了……我得走了……”看那人没什么反应了，我赶紧开溜，怕迟了被讹脱不开身了。

离开车还有半小时，我也不再在候车室坐了，直接验票进了停车场，还回头看看那个人有没有追上来。

镯子标价 1888 元。

好险。

登封，阴天下了点雨。决定先去看嵩山书院。

进书院门口是一片竹子林。除了售票员，没见其他游人。

书院不大，藏书楼也不开放，印象最深的是两棵千年古柏树。汉武帝刘彻游嵩岳时，书院有三株柏树，高大茂盛。汉武帝遂封为“大将军”“二将军”和“三将军”。三将军柏毁于明末，见不着了。剩下的两棵柏树高有十几米，虽然树皮斑驳，老态龙钟，却生机旺盛，虬枝挺拔。柏树树龄有 4500 年，是我国现存最古最大的柏树。巍巍将军柏，给嵩阳书院增添了历史的沧桑感和浓郁的感染力。

我给古柏拍了一些照片，包括合影。传说，出门游览，不与百年古屋，千年古树合影，说得不明觉厉，我倒想看看，这几千年的树精会不会来找我，他洞悉世间几千年的故事，那就好玩了。

拍了个小视频上传，挺多人对这些植物界稀世珍宝感兴趣呢，上传两三天就有超五千的阅读量。

书院出来打车前往少林寺，订了少林寺内的客栈，售票员说，进去要么 6 点后景区下班再进去，要么凭票进入后第二天再游览，但第二天票就不能在需要验票的寺庙使用了。

感觉有些不舒服，应该是空气原因导致鼻炎犯了。按经验，晚上肯定会发烧，当务之急是先买药吃。问了售票员和客栈，少林寺里都买不到药。只好决定退了寺内客栈，去市区往。离开少林寺大门走到路边，有位当地阿姨过来招呼住宿，说她家就在附近，问了说有诊所可以打针吃药。

跟着她走十分钟到一个家庭旅馆，开好房间就在旅馆餐厅解决了晚饭。按照店家告知的路线，去村里找诊所，诊所找到了却没人在家。回房间躺下，就真烧起来了，烧得发冷。入住时特地要了旅馆老板的名片，独自一人，人生地生，如有不测起码还有个电话可以打的。照名片上电话打过去，请求老板给找个医生，老板一口河南方言，要求了也不切换普通话，勉强听懂只能等晚一些医生回来了再去诊所。

想着两个月前烧过一次，那次有母亲在旁边看护，醒来就有热粥吃，人呐，还是不能一个人生活的。健康的时候觉得人可胜天，一旦生病就听天由命了。

昏沉沉闷被子里睡着，晚上客栈老板怀孕的女儿来敲门，她说自己也不舒服，约我一起去诊所，赶紧爬起来跟她去。老板女儿的老公牵着她走在前面，我跟在后面，开着手机手电筒，摸黑去间隔几户人家的诊所。

诊所开在医生家里，一间屋子是办公室兼药房，一间摆几张输液台，几把椅子，坐满了正在输液的老人、孩子和男人、女人。医生给老板的女儿诊断完，让她在办公桌旁边椅子上坐下来也挂上了输液瓶。

医生建议输液，我拒绝了，一进门发烧的脑袋里就闪现自己因为输液倒在这里的预感了，平生就怕扎针，何况在这么简陋的诊所。

拿了退烧消炎药先回来，也不洗澡，就矿泉水把药吃了下去。躺了不一会儿，感觉到体内的不适感一点一点渐渐消失，又活过来了。

一夜无梦，没有耽误第二天去少林寺。

进了大门口，首先经过个塔沟武校，满操场一片片身穿红色训练服的少年燃烧着校园的每个角落。这种充满阳刚的武术气氛深深吸引小时候曾经有过武术梦的我。从前只是从电影电视上去感受武术，现在，武术就在身边，坐在练习场旁边的椅子上看了好久，甚至萌生了以后生个儿子送来学武的念头。

旁边一位胖乎乎的小先生正看得如痴如醉。父母千呼万唤他仍然不愿离去，他母亲打趣说："别看了，宝贝，我们去找校长看看收不收你吧。"

大烧刚退，由于虚弱走得很慢。感觉走了很长一段路，方才看到古刹牌坊。再继续往前走，右转见到了慕名已久的少林寺大门。

站在少林寺门口，眼前浮现许多电影情节，这是一扇从未亲眼见过却很熟悉的门。

千年古寺，古色古香，古迹斑斑。验票进入，映入眼帘的是两株郁郁葱葱的古银杏，树与寺同龄，已有千年。少林寺不大，香火不熄，最后一殿为练功房，塌陷的砖地板无言昭示着天下武功出少林。

练功房出来后，在银杏树下看到一位小和尚在和两个人对着树上焦躁不安乱叫着的大鸟在说什么，原来呀，一只小鸟从鸟巢里掉下来了，落在低枝上，鸟爸爸鸟妈妈很焦虑，飞来飞去，上蹿下跳。

小和尚挽起袖子，把长衫扎进裤子，想爬上去帮忙把小鸟送回巢去，可大鸟误会他了，发出更加凌厉的叫声，似乎警告着靠近鸟娃的人。

小和尚跃跃欲试，却迟迟下不了手，不时转身"师兄、师兄"轻声唤着站在院门的另一位小和尚。他师兄正给客人讲解，没能帮忙。

“你不会飞檐走壁功吗？”我天真地问他。

小和尚仰着头看着树上哇哇乱叫的大鸟，不好意思地摸摸光头嘿嘿笑道：“我不会。”我在树下的石凳上坐下来找他聊天。小和尚法号延诺，河南焦作人，问他为什么出家，他说小时来习武强身，与佛结缘就在这出家了。问有没经常回家，说不常，没什么事不回去。家里有父母兄妹，也不常探望。那你用手机吗？用的。你会给家里打电话吗？没什么事也不会打。你的日常生活是什么样子的，能说说吗？练功啊，还要修禅。像今天这样游客多的时候，我们也会帮忙做些事。小和尚挺愿意和我聊天的，问什么答什么。可惜我还得赶时间，待他详细地给我指了登嵩山的方向，便告别了。

离开少林寺时，大鸟还在号叫，他们已经放弃帮助，在等大鸟自己把小鸟叼回巢。

坐缆车上了嵩山，可惜时间不够，走到吊桥返回了，没有拜访吊桥那头那个半空中的著名寨子——三皇寨。

要赶在服务中心下班前取行李，不然要等第二天他们上班才能取到，得赶紧下山了。山下有晒油菜籽的人们，油菜籽在水泥路上推开了晒，他们坐在路边草坡上聊天。再往前走，发现一个无人的水果摊，摆着红黄两种李子，硬纸板上写着价格。李子颜色诱人，自己扯了挂在一边的塑料袋挑好水果。等了好一会儿才看到一位阿婆提着个空水桶从花果园里姗姗行来。跟她买好果子，发现路边盛开很多不知名的漂亮花朵，直挺挺的茎秆上一串串白的，粉的，红的，红粉拼色的。阿婆告诉我，那是蜀葵，她邀我进她家的园子，说园子里花更多更美。果然，不仅花多果也多，第一次见到硕果累累的李树，李树下满地蜀葵姹紫嫣红。

老阿婆说，她的孩子们都进城了，偶尔回来。她一人打理果园，唉，就算整日呼吸着被污染的空气，喝着被污染的水，大部分的人也都无法彻底摆脱物质化的城市生活。

这是多好一处仙境……

山西——最美是红尘的修行

喀什到吐鲁番再转晚上的火车，第二天到达山西太原。

没在太原停留就直接又转了火车到平遥古城。费时一个半小时，票价16.5元。

我爱极了祖国的古城，每座城都是一件艺术品。十分喜欢在那充满着古意沧桑的城池里漫无目的地游荡，像能在那里找到我前世的身影。

现代人都要到古城去寻找美，为什么当代人不学学古代的居住文化，建造这么美好的居所？一百年两百年过去后，除了现在留下的古城，还有什么可以留下来供后世缅怀的吗？

我的宝贝小侄儿两岁，在十四层高的单元房里成长，每天只能扶着加固加强的防盗网静静俯瞰着窗外喧嚣马路上的车水马龙，林立的高楼。

古人建设居所，不仅安放身体，还能很好地安放灵魂。留在中国版图上的各个历史文化名城，古镇，一块砖，一扇窗，每一个细节都体现深厚的中国文化，无一不彰显着古代人诗意栖居的情怀，都能吸引着人的亲近。

古代的住宅，每个宅子都有故事。他们把自己的需要、感情、审美、希望和追求都体现在房屋上，所以，留下的宅子是有灵魂的，一草一木都会说话，动人的话。

如果一样商品得到众人的拥趸，早就是很好的生意。我不明白，为何不计其数的人们喜欢古城古镇，甚至我们要看一看还得买门票，但就是不再会有人在建设人居环境的时候再去找一块依山傍水的土地，建一座有浓郁中国味的城？

居住在农村的人们还有个院子，城市人都只能呆在冰冷的四方盒。

我曾幻想，会有一个国，全是中国古建筑，全是故宫，西塘，凤凰古镇，镇远，平遥，乔家大院，北京四合院，朱家花园………

城在风景里，风景就是城。

很不幸，这是一个房地产空前繁荣建筑却贫瘠无趣的时代，所以要旅行啊，不想一辈子住在盒子里，看不到世界和自然的样子。

我又想，其实在很多的古城里，不给开酒吧，夜店，只给开中国茶艺、刺绣、陶瓷、扎染、书法、画廊、京剧等一些有中国特有的文化艺术，像宋城一样，人们着古装，像日本樱花节赏花要着和服一样，人们入城参观可以提供可租赁的古装参观，根据城的朝代，多美好。

我就喜欢坐在这种缓慢的火车上，看着窗外变化的景象，天马行空自由想象。

一个半小时过得很快，列车员大喊报站，提醒乘客下车。

出站经过每个城市几乎一样的商品街道，在旅舍老板的指引下找到平遥古城的城门。脚踏上散发着历史气息的青石板路，心里就莫名高兴起来。

我的旅舍在古房子里。前庭为咖啡书房，经过书房一个花草繁茂的四合院。

先洗个澡去去乏，睡一觉。醒来到咖啡书房喝一瓶当地特有的沙棘汁，安安静静看会儿书，和店里的大狗玩一会儿，安抚一下奔波的灵魂。

晚上 8 点出门觅食，古城的夜晚，灯光温暖。

不经意转头，看到一位在古装剧见过的勇字士兵拿着勇字小红旗巡逻经过一幢挂着红灯笼的宅门，发现他的那一瞬间感觉自己穿越了时空。

第二天，下着毛毛细雨。穿上连帽的防水风衣照样出门去。

这样的天气再逛古城别有感觉。

有个老人守在一个热气腾腾的大锅前，锅里整齐地码着一只只眼镜袋大小的草编小篮子，小篮里是黑米红枣葡萄干蒸成的饭，饭上都插着黄色的一次性塑料小勺子。7 元钱一份，买来当早餐吃。吃完了，精美结实的小篮子没舍得丢，留着带回家在里面种上花草。

在古城住了几天，一次看够它的晨昏晴雨。也爱上了在夕阳西下的时候，找一条无人的小巷，听着自己的脚步声面朝夕阳慢慢走。这个时候，夕阳下的古城的每个剪影都是画。

第五天，从古城出发，跟一日旅游团去看了小时候就在地理课本上认识的壶口瀑布。

早晨 7 点出发，中午才到达吉县。

进入景区，走上木道经过一段裸露的河床，就听到瀑布的轰鸣。只是听到了，却看不到。不像之前见过的其他瀑布，你可以老远就看到他飞流直下三千尺的白色身影。

经过两头穿红披绿，头戴大红花的美驴之后，循声便看到翻滚着、奔腾而来的滔滔黄河水，在壶口倾斜直下，形成气势磅礴的黄色大瀑布。

黄色的瀑布湍流急下，激起的却是洁白的水雾，像烟。洁白的水雾上，随着日光的忽明忽暗，彩虹若隐若现，引得有些游人一惊一乍的。

这头是山西吉县，那头是陕西延安，两头的游客遥遥相对，隔着瀑布都往下观看瀑布，独一无二的瀑布，独一无二的观瀑方式。

进来的时候看到的那两头美驴被主人牵着过来兜生意。主人是一个非常典型的陕北老爷子的形象，发亮的铜黄肤色，头缠白头巾，白色眉毛白色的长胡子，白色的坎肩，腰系红腰带，别着烟斗和烟袋。

“姑娘，要不要骑驴拍照。”老人家笑盈盈地向我挥着花头巾招呼，咧着没了门牙的嘴。我笑着摆摆手，身旁一位妇女兴趣盎然凑上来问价格，然后在她同伴和老人家的扶助下爬上毛驴，她大红花袄一穿，花头巾一扎，顿时成了经过黄河回娘家的陕北婆姨。

我走到离壶口远一些地方去看母亲河，两岸是青山，护卫着黄河母亲。在这边看黄河，黄河像是在跳狂野的桑巴，在兰州见到经过城市那一段则缓慢如华尔兹。

见识了壶口瀑布的壮美，近距离领略黄河激越昂扬的一面，集合时间也到了。

去车场的路上，当地人们在卖苹果，网袋兜着的苹果一长条有十几个才卖十元，越往前走，苹果越多，看着眼馋，因为实在太新鲜了，还带着绿色的叶子，有听闻过吉县的苹果，怕背着重，只买两个，香甜清脆。是我吃过最好吃的苹果。

从平遥古城返回太原的第二天就报团前往中国四大佛教名山之一，世界五大佛山圣地之一的五台山。

从小到大，绝望的时候曾想过到五台山出家，来到太原，当然要去亲眼看一看这个在精神上归遁过多次的地方。

我想我应该没有选错，一下车，让人身心宁静的气息就感受到了。树木中的庙宇肃穆寂静。不想言语，只想静静观想。寺庙和煦的阳光感觉可以洗涤身心。

参观完一座庙宇在台阶上拍风景照时，上来一位穿红袍的僧人。目光相对，他朝我温暖展颜一笑。我向他点头问候，举起手机对着他说，照个相好吗？他转身面对着我，配合地给我摆了个很世俗却很有趣的造型：脚一高一低踩在台阶上，左手叉腰，右手提着僧袍，露出他那双红得艳丽的小皮靴。我向他道谢，他微微一笑，收起刚才的调皮劲儿，低头前进。阿弥陀佛，感谢师傅施人与乐。又上来两个头戴草帽的灰袍僧人，他们边走边低声交谈。他们的衣服颜色不同的原因是什么？带着这个问号，我查了一下，原来穿红袍的是藏传佛教出家师父，穿灰色的是汉传佛教出家师父。

午后的阳光明媚灿烂，站在高处往下看，青山环抱，绿树环绕，重重殿宇，层层楼阁，有序而充满神秘的古韵。

游完五台山，下次绝望的时候不会想着来了，吃肉杀生，六根不净，佛祖不收的。回到最深的红尘去，读书，工作、旅行，做个善良真诚的人，完成作为人的修行就好。

天津——去匆匆

十月，天津的天灰白。

北京的雾霾是弥漫的，天津的是高悬的。被高楼高高顶起。

天津如北京，雾霾中的城市一切如常，人们行走如常，生活如常，只有我这一个行者总念念不忘，不时向说话的对象提及“雾霾”这个词。因为这个现象对一个有过敏性鼻炎的人来说是灾难。

我的青年旅舍在意大利风情街附近一栋直立高耸的像阿拉伯数字 1 一样的大厦里，三十几层。居高临下，周边的一切像是海市蜃楼。

下楼步行十分钟就到意大利风情街。这里过去曾是天津的意大利租界。曾在这里上演多年的人与事已经在过去的历史里烟消云散，只留下这街上风格、造型完全不同的 200 多栋房子。逛在街上，如今看到最多的是咖啡厅、特色小商店，酒店等。房子建得好，就是一片风景，这种风景全都是从前留下来的，现代要建具有观赏性的建筑应该更容易了，但是大多数都是建来买卖的。

白天，街上稀有我这种不上班四处游荡的年轻人，人不多，偶尔经过一两个集体戴着小黄帽的老年旅行团逛过。

从马可波罗广场出发，半小时回到原点，天色已黄昏。

第二天坐公交去看瓷房子。一幢因为房主斥巨资实现疯狂的念头而产生的，穿着中国瓷的小洋楼。对于我这种看客来说，它不过是独特精巧，价值不菲的一幢房子，一件艺术品，我佩服的是那种可以为一个念头就不畏艰难险阻，行动使之付诸实施的创造者。

离开瓷房子去参观天津自然博物馆。这是每到一个城市的必须行程。就是喜欢在一个个不同的城市，从新石器时代，恐龙蛋化石，恐龙架子一直逛到回到现实的感觉。

博物馆回到旅舍拿上行李直奔火车站，天气越来越不好，要在鼻炎发作前离开。

走南闯北，坐过很多的火车，去过很多的火车站，天津火车新西站是最舒服的，不那么像火车站的火车站，有着机场的宽敞明亮和便利。

泰山——快意生平有此观

天津到达泰安，5 个多小时的火车。入住已是晚上 10 点半，房间里有两位女生已熄灯准备睡觉了。这么早休息要么是已登过泰山回来累了，要么是养精蓄锐明日登山。我轻轻放好行李，尽量不弄出声响。

邻床的女生应该还没睡着，轻声打招呼："嗨，这么晚才到呀。"

"是哦，坐火车来的。"我从背包里掏出洗漱用品。

"明天要一起去登山吗？"她压低声音问。

"想明天先休息一天，后天去呢，明天有可能起不来。"我用蚊子般的分贝回答。

"哦，先睡啦，晚安。"

"晚安。"

早上，迷糊中两位舍友尽量压低声音窃窃私语，后来在床头烧水壶发出的沸水声中清醒了。抓了手机看，6 点半。

"醒啦？要不要起来和我们一块登山去？"声音是昨天邻床那位女生，我扭头看，一位短发女生把保温杯往背包里放。宿舍只有我们三个人，她当然是在问我。

"去吗，走？"她冲着我笑，声音明朗愉快。

"好，走。"我翻身起床。

感觉和她们去玩一定很愉快，从她们起床就看得出来，和我一样，是能够顾及别人感觉的好姑娘。

她们差不多准备好了，我没像平日出门要穿搭很久，考虑登山出汗也没化妆。只花了十多分钟就一起出门。

旅舍提供免费登山手杖，我们每人取了一支。

女生三人，男生一人，四人小分队早餐后在公交站集合出发。

我们选择泰山经典路线，由红门上。

如果不是遇到他们，明天的路线我选择的是桃花峪出发，先坐景区交通到半山腰，然后缆车上，再步行下山。因为人们常说的“上山容易，下山难”，而且下山很费膝盖。对我来说则相反，在黄山的时候上一步却喘得慌，下山却蹦蹦跳跳就下来了，感觉不到登山时那种沉重感。

跟她们来就对了，大家的步调节奏是一样的，不着急。也都喜欢照相，自己照，给别人照。

从红门进来，走了很长一段路，才开始真正的爬山。

登泰山，有些人还会选择“夜爬”，晚上七八点往上爬，为了看第二天的日出。夜爬，几个小时那么漫长的过程，全程看不到风景，只剩下爬山也太苦太无趣了，除非第二天再爬下来，否则为了一个日出错过了整座山的风景多可惜。

红门上山是经典的登山路线，可以领略整个泰山风景。在到达中天门的路上，我们慢悠悠摘摘小野果，讨论米粒般大的紫色小浆果是不是野葡萄，蹲下来看落在台阶上披着黑白铠甲的奇特的小昆虫，看爬满红色的墙壁，逐渐变红长得极像枫叶的爬山虎，惊讶于一棵大树上长出来的葫芦瓜等。

泰山上吃的住的都有，是个配套比较成熟的景区。登山道上，有做煎饼的，卖青瓜的，绿涔涔的青瓜和绿色的萝卜在浅浅的大托盘里码得整整齐齐的，竹子接上山泉水淋着保鲜，卖 10 元钱 4 条。

路过一座红庙，庙旁有棵大银杏，叶片已经不那么绿，又还没那么黄，是我最爱的色彩。树和红墙黑瓦的庙宇组成一幅画。

树旁有卖面的店铺，一方面是饿了，一方面是想在这棵树下多呆一会儿。我让小伙伴们先走，吃个面只要几分钟，吃好了跑步定能追上她们。

连吞带咽一小碗很不好吃的汤面进肚，多少补充了点能量，跑上几米的阶梯，小伙伴还坐在台阶上吃干粮等我。

早上 7 点半出发过去 4 个小时，我们才爬到龙门。

山上的泰山椴成熟了，晶莹的红宝珠挂了一树，和怪石嶙峋的山体组成一道亮丽又熟悉的风景。啊，想起来了，很多山水国画就是这样子的。

2 点左右，在泰山最险路段“拔地五千丈，冲宵十八盘”的十八盘石碑前留影后，往上爬。累了就坐下来休息，十八盘从脚下垂直下去的。朝下看，看到的是后面上来的人们的头，朝上看，看到的都是移动的两条腿带着一只屁股。

泰山十八盘是泰山登山盘路中最险要的一段，共有石阶1827级，是泰山的主要标志之一。其实也不过是一段不足千米，1000多个比较陡的台阶而已。慢慢走，看着盘道两边美妙的山景只觉得是一种享受。因为是玩上去的，我们累了便在台阶上坐下来，喝喝水，吃吃零食。我有时候倒着走，有时候横着走，“蟹行十八盘”，有时候故意搞笑般手脚并用往上爬，体力并没有太多的消耗。

半小时后，到南天门。

回头看，十八盘已经隐没入山那边飘来的云雾中。仰视南天门，和西游记里的场景一模一样，跨入南天门就等于从人界跨入仙界。把守南天门的四大天王没在，仙境对人类开放参观。写了《西游记》的吴承恩也登过泰山的吧。

来到天街的牌坊，整个世界云雾缭绕，琼楼玉宇在云雾里隐隐现现，像电视里看到的天庭。

我登天了。

天街上到玉皇顶，豁然开朗，金光普照。触手可及蓝天上丝丝缕缕的洁白云片。

云海是海，山是岸，是半空的陆地。也不知道上了几重天，头顶是天，脚下也是天。

大家都喜欢在“五岳独尊”的石刻前拍照，争先恐后。但夕阳西斜，拍出来的相片全带着高高低低的人影，但人们还是乐此不疲。我帮同伴拍，我自己不拍，我只喜欢与众不同的背景。

玉皇顶逛够了，我们又去了日观峰。总之泰山处处都是景，奇，特。

下到半山腰，霞光万丈。有年轻的道士从道观背着单反疾步出来。问道长为何如此匆忙，他答：“你们不想看日落吗？今天的景致可是一年当中难得几回哦！”我们赶紧跟上。

见多了日落隐于山，隐于海，第一次见到如此壮丽的云上日落，日落于云海之上。大家都赞叹不已，而我早已灵魂出窍。

泰山的日落任由我们捧着，举着，触摸着。

一天下来，我仍生龙活虎，若是上班早已疲惫不堪。

我们一直等到太阳没入茫茫的云海才依依不舍去坐缆车下山。

150元的缆车，10分钟下到车场。再坐了20元一位的摆渡车到景区出口。

古前辈张养浩登泰山有诗曰：“风云一举到天关，快意生平有此观。”

我也是，快意生平有此观，倍感幸福。

山海关到长白山

一起登泰山的小伙伴有的回东北了，有的去了济南，我休息了一天，坐上“哐哧哐哧”的火车前往渤海之滨、山海关城——山海关。对“山海关”这三个字在心里就像是熟知的一个人的名字。在旅舍睡了一上午，下午出去补充物资，第二天一早才去山海关老龙头。

十月初秋，景区里树的叶子变黄，在明静的蓝天衬托下美得我移不开脚步。我太喜欢这种明艳的自然色彩了。八卦阵因为一群小学生在钻阵而热闹非凡。我也去凑热闹，很笨，没有走出来。

在海南岛长大，对海景已经太熟悉，但当我在老龙头看到长城插入大海的那一刹那，像是走到了世界的尽头。

给山海关的时间两天一晚只看一个老龙头，时间很充足。

下午回到旅舍，离晚上火车时间还早，旅舍来了一位赶火车刚到的女孩，我们俩每人付 20 元和旅舍的人拼了晚餐。晚饭后，在旅舍书架前看了本书才到火车站坐车前往下一站：长白山。

本想到吉林看一看传说中的雾凇再到长白山，到旅舍和老板聊天才知道十月看雾凇还早。

用一天的时间逛了吉林市，在天津街买两双可以上长白山的鞋靴返回旅舍。

查了信息，有两个选择：一、如果到延吉再去长白山，可以在延吉领略朝鲜族风情，但去长白山会比较远，需要早起晚归；二、在安图火车站下车，再坐大巴到二道白河镇，住在镇子上再去长白山就方便多了。

订了第二天 6 点最早一列吉林出发长白山的火车。

吉林到安图的火车上，经过的景象和南方完全不一样的：山脚下，色彩斑斓的树林边白墙红顶的村庄、密密直直的白色小树林，田野里堆成塔尖的玉米秸秆。

安图出站口就有司机拉客，有轿车接上送到汽车站。去买票的时候，送人的司机已经帮忙把行李放到去二道白河镇的大巴上。我上车之后，客满发车了。

三个小时的大巴从安图到二道白河镇。邻座是一位中学生，他从牡丹江到二道白河找父母。很巧，下车后打的，打到的是他父亲的出租车。

旅舍是一幢六层别墅楼，和老板的父亲聊天，他说当时买才80万元。80万元，在一些城市不过是一个房子首付的钱，在这里可以买到这么好的一整栋。

房子便宜的地方人烟稀少，房子贵的地方人山人海。

下午两点半，出去找饭吃，逛了一条街见不到一个人。

镇子从天上到地下显得干干净净的，房屋整齐美观，景色秀丽，空气清冽。

向一位大爷问路，他家附近就有很多饭馆，顺路便边走边聊。

得知我从海南岛来，他笑得很不解，问我，二道白河有一半人这个时候都去南方过冬了，我却来这边旅游。我不奇怪，有很多地方的人们都一样，总觉得自己所在的地方没什么好旅游的。确实印证了那句话：熟悉的地方没有风景。所以才有那么多人选择了生活在别处，向往远方。

二道白河，顾名思义，镇子上有两道河流经过的。

饭后，我走到路边研究街头的路标，想走到河边去。

斑马线走来一位拿着文件的酒店工作人员，同行一眼就看出来了，穿着整齐的西装制服，胸前还佩戴着名牌。

我向他打听河流的方向。他向我身后一指，说："往身后走，几分钟就看到了。"

本打算向他打听一下有没有岗位空缺，在这边留下来的，因为很喜欢这镇子，但念头一闪而过，还是想继续行走，去更多的地方。

我穿着一件格子长裙，一件黄色毛衣开衫，一件黑色毛呢外套，一双户外鞋，我觉得很保暖了，但是一路上总会有好心人问我："姑娘，你不冷吗？"

不到百米，过了条柏油路，从路面下两三个台阶就到了河边，沿河是木的步道，有看台稍微伸入河面。几米宽的河面波光粼粼，流水缓慢，浮游着几只黑鸭子。隔着木栅栏，河对岸白墙黑顶的别墅掩映在枝叶黄绿相间的树林里。四周空无一人，我沐浴着东北的温暖阳光，享受这一大片属于我这位闲人的景色。

逛回旅舍，老板已帮忙订好第二天早上去长白山的拼车。

8点钟的车，我起早了，收拾好在大厅等。

8点整，一位身穿黑色休闲装的年轻人晃着钥匙走进来，边喊："老板，今天去长白山的女孩起来了吗？"

"这儿呢！"我举手回答。

门口停了一辆乌黑发亮的崭新SUV，这也太值了吧，年轻帅气的司机师傅加新车，30元钱往返路费。

乐滋滋坐到副驾驶。车上已经有了两位客人，一聊天，居然也是从深圳来的，还是人民警察，顿时安全感满满的。

我们刚下车，景区门口租衣服的店老板就出来拉生意，描述着山上是如何的冷，若不租他们的棉衣、靴子、护膝，到了山上会寸步难行。我是有备而来的，知道我的装备可以抵挡多少寒冷，所以无动于衷。

游客中心前面的木道上，结了薄薄一层冰，走在上面有些滑。

买票的时候，被告知由于天气原因，今天上不去天池了。游览长白山景区需要坐两趟车，一趟景区环保车到达除天池之外的其他全部景点，一趟是越野车，到天池。

我时间充足，可以等到明后天才来，所以打算能上天池再来。警察先生是假期出来的，他们买了票，先上去，下次再来看天池。

电话联系车，送我们的师傅已返回市区，接我们的是另一部车另一司机。本来说好让他送我前往另一景区"魔界"，犹豫间想到向人民警察了解一下除了天池，上去是什么样的情况。刚好师傅是车队的队长，有两名人民警察的微信。警察发来的图片深深吸引了我，不看天池也罢，那长白山雪也够我玩一天了！

"你们玩到哪啦，我也要上去。"我发过去语音。

"上来吧，我们刚到瀑布这，在这里等你，"警察回复。

我兴奋地告别了车队长，马上去买票。

售票窗口有位穿着淡蓝色羽绒服的漂亮女孩正犹豫看不到天池了，要不要上去。我跟她说了我的情况，所以现在是决定要上去了，看了小伙伴发的图片，值得上去的。她于是把票买了，我也买了票，一块进去。

长白山上白雪皑皑。

南方人对雪的心情北方人是理解不了的，只觉得自己踏在雪上的脚印都可爱极了。

雪落在路边的乌黑的圆石上，一圈圈的黑白分明像是一群灵动的生物，落在远远近近黑色的山体上，黑的山更黑，白的雪更白，山间地热泉蒸汽氤氲在明亮朝日下。

和人民警察汇合后，他们又陪我去了他们已经去过的长白山瀑布。

在长白山游览和其他山体验完全不同。长白山太大，没有登高望远，在山里从一个景点看到另一个景点，瀑布，温泉，湖泊，可以观赏到各种元素以蓝天为背景黑白灰为主色调组合而成的冬日景象。

东北还是有很多向往的地方，比如北极村、漠河、牡丹江，最想去的还有那个名气很大的“雪乡”。最想亲眼看到飘飘洒洒的鹅毛大雪和可以堆雪人的厚厚积雪。网上订房，当地很多客栈都没显示。打了一家客栈老板的电话，对方告知还有半个月后雪乡才营业。

好吧，雪还没去，我也先不去了，去武汉。

二道白河镇有火车站，站名叫白河。白河有到沈阳的火车。到沈阳再中转武汉，避免走回头路，走不同的路，就能看不同的风景。

火车夕发朝抵，第二天早上9点，我的人已坐在沈阳站马路对面的早餐店里。

这天的天空很蓝，高远，无云。衬着“沈阳站”三个大红字，鲜明艳丽。

早餐很丰盛，几十种凉菜一碟碟整齐搬满长长的一张餐台，粥也有六七种、饼类十几种，每样食品色相都很精致，让人胃口大开。6元任吃的粥对我来说可不是个优惠，因为我只能吃掉3元钱的量。

早餐后步行到附近已经订好的旅舍，一觉醒来打算去洗个澡却发现装着洗漱包和化妆包的袋子丢了。原因是背包装得太满，拉链没拉好丢的，太粗心。损失不算，要补齐全部品种必须出门并消耗时间。

逛街买东西花去了一下午的时间。沈阳景点不少，只有一天的时间，去不了远的景点，微博上看到很多关于辽宁大学银杏的动态，刚好离的不远，早上便去了。

看得出来银杏已开过一段时间，金黄的枝叶稀疏了，但人们拖家带口欣赏银杏的热情仍然高涨，一点也不亚于一个景区。

湖北武汉——闲者是主人

湖北，是全中国最后一个没涉足的省份。9 点的机场大巴到仙桃机场，12 点登机飞往武汉。

武汉也是一座美丽的历史文化名城，但是去的不是时候，雨水太多了，让人没了出门的欲望，第一天冒雨逛了户部巷，路过黄鹤楼，身上湿答答没进去。第二天武昌红楼开馆，去参观。游人寥寥无几，走到哪里，都只有一个人，让我心里暗自高兴，人类发明上班这种事，让大多数的人不能到处乱跑，苏东坡说“江山风月，本无常主，闲者便是主人”！

武昌红楼出来直接游了湖北省博物馆，从 1911 年逛回到春秋战国，在吴王夫差的矛和越王勾践的剑那里结束了我的游览。

呼伦贝尔——累了去看大草原

连续工作两年后，渐渐感觉到疲倦。疲倦得连已经齐腰的长头发都觉得是沉重的负担。特别是洗澡的时候，把头发盘在头顶，总感觉脖颈被沉甸甸丸子压弯了，头无法摆正。

每天清晨睁开眼睛，想着那死等不来、来了挤不上的班车心里有了恐惧感。一醒来就感觉茫然，感觉前所未有的茫然。不想动，不想思考，更不想去上班。

追了一路公交，没赶上，等很久来了又是满满拥挤的一车。公交车经过高架桥，站在车门口，扶着把手看着外面，感觉自己是被禁锢在悬崖绝壁上笼里的鸟，没有希望，只剩迷茫。经过的不知道品牌的车，看上去很不错，里面有个大腹便便的男士认真地打着方向盘，大家走走停停，奔向各自的公司。霎时觉得，人生真没有什么意思。挤公交也好，开豪车也好，每天都不约而同，也都在这拥堵的路上，走走停停。

突然，一个念头浮现：停下来。

蝇营狗苟，熙熙攘攘，奔奔波波，一切到头似乎没有意思。

是心累了。

两年来辛苦奔波积累，业绩越来越稳定，越来越好，而且才到了播种结果的时候，但内心的声音说，真累了，想歇息。

听从心声，辞职，去休息。

家人从前责备，当初要是好好考公务员，现在就不会在企业打工，辛苦奔波还不稳定。但每一次累了，一张辞呈，就能把自己从劳心劳力的不稳定饭碗中解脱出来的时候，我还是感激当初的决定。不稳定的工作，任何时候都可以放弃重来。都说这世上没有一样工作是不辛苦的，既然如此，起码不稳定的工作，能在你不想受苦受累的时候可以暂时放自己一马，而不是被捆绑脱不了身日复一日没有选择只能恒久忍耐。

卸载了工作的第二天，去发廊把头发剪到齐肩，再扎个流行的半丸头，整个人清爽轻松起来。摊开用了几年，已经七零八落的中国地图，在泱泱大中华从未涉足的地方挑选目的地。八九月，正是草原最美的时候，好，那就去看最美大草原吧。

八月，去看最美大草原——呼伦贝尔大草原。

说起大草原，谁都会吟上一句："天苍苍，野茫茫，风吹草低见牛羊。"

对草原的认识，只停留在这句诗上而已。

去呼伦贝尔必先到海拉尔，查到从深圳飞哈尔滨有折扣票，全含790，不过要经停一小时临沂。

临沂飞哈尔滨的时候人已经下得差不多了，空出的座位被一些旅客当成了卧铺，空乘甚至向有要求的客人提供了枕头和毛毯。

对东北的向往是雪，只要雪，不要冰。漫天飞舞的"鹅毛大雪"，雪过天晴留下童话般的雪景一直是心中对冬日的一曲恋歌。

而初次抵达东北却不是为雪而来，赶在八月的尾巴，赶往草原，在她还尚在最丰美的季节。后来听说其实秋天的草原染上金黄也是另一番景致。

凌晨抵达哈尔滨太平国际机场，很好，尚有机场大巴去市区。

因为订了第二天晚上哈尔滨直达海拉尔的火车，所以选择了离火车站不远的一家太空舱青旅。到达一个地方，如果只是作为中转或只停留一两天的时间，订旅舍时选择火车站附近是最佳的，通常这个位置去哪里的交通都会比较方便。

机场1线到了火车站打车到旅舍，的士师傅告知第二天有马拉松，就在附近可以去看。

青旅是那种自助式的太空舱旅舍，预订成功后收到开门密码，找到门，输入密码，进去任意选择一个舱位就可以休息了。所谓的太空舱，就是每个人一个太空舱般的独立床位，里面有放置物品的小桌板，小镜子，甚至还有挂式的小电视，甚至还有小型的灭火器。

第二天很早起来，却没想去看马拉松。阿妈打来电话，也聊到了她在电视里看到的马拉松。想想阿妈尚且还在电视里关注呢，而跑了那么远的路途，活动就在楼下，是应该去看看吧。一直赖到中午才到中央大街。街上时而偶遇比赛结束返回的马拉松运动员。

哈尔滨的八月天高云淡，凉风习习，阳光轻柔温暖。

有过敏性鼻炎的鼻子告诉我，这儿空气不错。之前对哈尔滨的印象停留在冰雪世界、冰雕，就喜欢看到印象之外的东西。

所以，百闻不如一见，一切的听闻不过是别人眼里的，感兴趣的地方还是需要自己亲眼所见，亲身体会。

柔光下，浓密的树荫里，掩映着各种风格的欧式建筑，游人不少，偶尔还经过一个老年旅游团。中央大街这样的商业步行街，一天可以逛上两遍，一遍行行摄摄，一遍逛逛吃吃。

一直看到路上有一种叫马迭尔的冰棍，突然想起来在哪里看到这是一种年代很久的冰棍，5元钱买了一根，小摊老板直接从冰箱里取出，光溜溜的冰棍，在阳光下淡淡的黄色，吃在嘴里很绵软，甜得刚刚好，那种甜不腻，那种凉不冰。浓浓奶香的马迭尔冰棍，一边舔着，一边逛向索菲尔大教堂。

虽然是白天，教堂广场上的音乐喷泉也开着，在人们的欢呼声中此起彼伏。看了一会儿喷泉边欢乐的人群，抬头，阳光耀眼，一群白鸽从朝教堂飞去，我也向教堂走去。

教堂外观宏伟精美，15元买了门票进去，才发现教堂已不再作为教堂使用，里面的图片展映着哈尔滨的过去、现在与未来。

售票处那一侧，悠闲的人们捧着谷粒，蹲在地上喂鸽子，这情景与大教堂组成了一幅和谐的美好画面。

坐上8点40分的火车，第二天早上7点到达海拉尔市。一觉醒来，已离开东北，来到内蒙古。

走出车站，晨光和煦，却寒气逼人，赶紧先打开行李箱，加了件衣服。

车站广场上有整齐列队、举着旗帜欢迎新兵入伍的军人，还有拉着横幅迎接新生的学校师生。而我，也有微笑的朝阳欢迎我来到内蒙古开始美丽的草原之旅。

青旅四人间已有三个人，她们醒了，但还在床上躺着。两位从北京来的女孩和一位带儿子出行的大姐。上铺的一位女孩听说我要去草原，赶紧给交代注意事项：草原气温低，要多穿衣服；在蒙古包住没有暖气，晚上睡觉要尽量多穿些，以免着凉感冒。下铺那位刚想起床，坐起来又龇牙咧嘴地呻吟着躺下去，对同伴喊着腰腿疼，屁股疼，说是骑马骑的。

她们中午就走了。我休息了一会儿，洗了个热水澡，再换身衣服，神清气爽出去溜达。

旅舍的旁边就是有条河，问了经过的一位大爷说是叫伊敏河。河边盛开着五颜六色的格桑花，浅浅的河水与天空一个颜色，都是蔚蓝的，一种特别静谧与深邃的蓝。一切都笼罩在北方八月那种特别轻柔特别和煦的阳光里。花儿显得特别的娇艳，树绿得十分清新。沿着河边步道走，偶尔才遇见一个行人，而大部分的时候，自己就独享这一大片的宁静美好。

从喧嚣与拥挤，下水道井盖冒出来的气味混合汽车尾气的城市突然置身于这样的环境，有一种恍惚与尘世隔绝了，进入一个纯净的空间，呼吸可以深而顺畅，身心舒展着，舒展着，松弛到一种最放松的状态，这种状态让心底的沉重支离破碎，土崩瓦解然后化为乌有。压力之下的欢欣释放了出来，情不自禁就浮上心头，浮上脸庞，我哼起了歌。

草原还没去呢，在海拉尔，在伊敏河畔，已感满足。

暑假的旺季刚过，上学的回去上学了，游人变少，错峰出游的好处是到哪都不会人满为患，只是，交通不便的景点不容易找到拼车的玩伴。

旅舍的老板直到下午 5 点才告知，明天出发去草原的人目前只有一位男生和我。男生小 D 通过老板联系上了我。我不着急，但小 D 是休假出来的，他还得回去上班，所以他勤奋地打电话到各个旅舍找人。一辆 SUV 的租金是一天 500 元，多一个分摊，花费就少些。11 点多差不多睡着时候，小 D 打电话来，很有成就感地说，找到了两位女生。他建了个聊天群，把明天的司机师傅也加了进来。师傅给我们发行程，有四天的，有五天的。大家共同决定，选了四天的路线。

师傅说早上 8 点来接，提前半小时出门等着。师傅却 8 点半还没到。打了电话，说是我们四人住的比较分散，费了些时间。

守时的人对不守时的人都会很不耐烦的，因为理解等人的滋味不好受才会准时啊！等得有些生气了，师傅的车才到了。为了表示歉意，师傅请大家吃大包子。我是最后一个被接到的，早餐桌上认识了其他三位要一起穿越草原的男生小 D 和他找来的两位女生。

餐桌上，A 女生跟大家说，自己晕车得坐副驾驶，B 女生说她也是，中间位置坐不了，只能靠窗。“如果大家都想坐副驾驶也可以轮流来嘛，反正有四天呢，”小 D 说。

迟钝的我这才反应过来，原来她们是在争位置呢。

“中间位置我来坐吧，”我说。这样，除了我，其他三个人都可以很好看窗外风景了，商量好，早餐也就吃好了。

海拉尔出了市区，四周便是草原。

终于，无边无际的大草原，首次真真切切地映入眼帘。

可惜，它太让我意外。传说草原人民爱极了草原，是绝对不允许草皮有一丁点儿裸露的，传说中，成吉思汗与他的母亲不得已吃了草根还要乞求萨满神的原谅呢！而我却用汽车这种方式穿越草原，汽车在大草原上压出了土路，路边的草原就像正在脱发的头皮，有一块没一块的。师傅说，是因为今年的雨水不太好，雨水好的时候长得很茂盛的。我希望如此，我希望压成的土路，草也尽快能长出来，我希望草原不要退化，牧民们还爱放牧，在绿草如茵、一碧千里无穷尽的大草原。

等再有一天，我带着儿女再来呼伦贝尔，他们还能看到“敕勒川，阴山下。天似穹庐，笼盖四野。天苍苍，野茫茫，风吹草低见牛羊”的唯美草原。

右侧的小 D 好心提议和我换一下位置，好让我也欣赏一下沿途的风景。车窗外，忽而一群云朵般的绵羊，忽而一群野马，忽而一群黑白点奶牛，忽而三三两两蒙古包点缀在天际……

我在自拍杆上装上手机，伸到窗外去，拍我们在草原上奔驰的过程。没拍几分钟，手机就掉下去了！停车跑回去找，掉在地上的手机还在拍录，记录下我们欢叫的样子。大家干脆下了车，拍合影然后再前进。

再次下车的地方是离金帐汗蒙古部落不远，号称“天下第一曲水”的莫日格勒河。它发源于大兴安岭西麓，由东北向西南，流经著名的呼伦贝尔大草原，注入呼和诺尔湖后流出，汇入海拉尔河，全长 290 多公里，属中俄界河额尔古纳河水系。走出停车场时，一匹幼马走过来。向它打招呼，它居然探过头来，用嘴蹭了蹭我的手背，像是回应一般。我摸了摸它的头，经过的人都觉得很神奇，我们都笑了。

莫日格勒河，河道不宽，却蜿蜒曲折，像极了艺术体操运动员舞动的丝带，我们所能看到的只是它的一小段，却已是不止九曲十八弯的姿态。碧玉带的边上，牛群、马群、羊群在悠闲吃草，要说这眼前的是巨幅画卷，但画卷从来只是人们从自然中画走的一部分，人有什么理由不旅行呢，这草原，这呼伦贝尔大草原，是多少骏马图，多少画卷的源头。

在草地上坐下来，抬头看天，你就理解了为什么天空叫苍穹了，原来，苍穹，是指草原上的天空！置身其中，连拍出的相片都是发光的，头发闪亮，看上去郁郁葱葱，皮肤白亮，唇红齿白，不是自恋，这草原就是那么有魔力。

在这无边无际中，居然还发现了一朵粉红色的小花，很巧的是，这朵小小的花的颜色和我涂的指甲油一模一样，这广袤无垠中，就出现了那么一朵倔强的小小花，让人心底泛起深深的怜惜和感动。仅一朵，唯一的一朵，开得孤寂，开得娇艳，开得完整。因为本身是花，所以再小也要盛开，完完全全绽放，迎着草原的阳光！

返回时，司机把我们带到附近的敖包去，蓝天下，敖包上悬挂五彩经幡在风中摇曳。大家在司机的指点下，每人寻来一块石头，捧着石头，虔诚地绕着敖包走三圈，停下来，许下愿望，再将石头抛向敖包。我祈求家人安康。

半个多小时后，再次近距离地亲近莫日格勒河，司机嗨起来开车从河里冲过，把车牌给冲掉了。明媚的阳光下，清澈见底的河流边，一大群健壮的马在饮水，雪白色的，黑亮的，浅棕的，深棕的，棕白间杂的……这情景，这真实，比从前画里见过还要美。我们保持距离，不去惊扰马群。

在几米处坐着静静观赏。置身这样的自然，这情景完完全全冲击着全部感官，整个人的魂灵仿佛被升级到一种前所未有的愉悦状态，身体里所有的美好感受都被唤醒了。

在河边不远的草原上，繁星点点般的草垛散布在起起伏伏的草原上。

“草垛！我要去拍草垛！”我兴奋地朝司机喊，这草垛我也见过它的相片，不过那是深秋时分，草原是金黄的，草垛也是。那时我就想，如果有一天去草原，我一定要到草垛上坐一坐，靠一靠的。我跑向最近的一个草垛，它被机器卷得很精致，虽是草，却非常坚硬。我蹦上去，坐着，微风轻轻松地吹拂着我的头发、披肩，我仰着头，像那朵小小的花儿一样，迎着清凉的阳光，身心通透。请司机帮忙拍照，又圆了一个入画的梦。

直到离开莫日格勒河去额尔古纳湿地，眼前思绪还停留在美丽的莫日格勒河边。

额尔古纳湿地也叫根河湿地，为“亚洲第一湿地”，是中国目前保持原状态最完好、面积最大的湿地。资料是这样介绍湿地的：湿地被誉为大地之肺，对自然生态的调节能起到不可低估的作用。根河是额尔古纳河的一个支流，与得尔布干河和哈乌尔河在额尔古纳市西北交汇形成一个泛洪平原，像一个三角洲，两岸的河漫滩、柳灌丛、盐碱草地、水泡子及其支流像一条银色玉带弯曲束裹着平坦的草原，宛如璀璨的明珠镶嵌在额尔古纳绿树丛中。根河的水在茂密的绿植间穿行而过，把最美丽婉约的那段留在了额尔古纳，河谷湿地两侧的高坡上有大片的白桦、落叶松的观赏林，城市就在旁边，形成人与自然的完美融合。额尔古纳是一座城市，也是一条河，更是一段历史，富饶优美的土地上承载着蒙古族的心灵和精神。这里有着多民族发祥地共同的符号，曾经是人类走出森林走向文明的起点，今天从现代文明走来的人们，从喧嚣的城市走向静谧的山野湖泊、峡谷密林，记忆的回归之路，也是人类为了未来重新回到人与自然和谐发展的心灵洗礼之途，重返自然的回归点。

额尔古纳湿地绿色的丛林中，蓝色的河道蜿蜒流淌，画面没有之前看过的图片里深秋时分那种富有层次、颜色斑斓的美感。视觉上没有那么震撼了。不过，透过路边成片成片的格桑花往下看，山下的整个小镇全景，世外桃源般美好。

在湿地第一次见到白桦树，只是栈道旁边的一棵，挂着名牌，我很兴奋地跑上去搂抱亲吻。为什么会有这样的惊喜呢？也许是朴树那首凄美的《白桦树》吧，对这种树莫名有一种亲近的渴望。也许是因为错过了呼伦贝尔的白桦林。

晚饭后，我们赶在日落前到达黑山头。入住草原上的蒙古包。白色的蒙古包，虽说已改良过，外观还是蒙古包，除了里面是圆形的，设施与我们平常的宾馆酒店差不多了。再说了，如果真给住真实的蒙古包还不一定习惯，真实的蒙古包是没有床的，毯子直接铺在草地上，没有洗手间。

安顿好，出发去看日落。此时的草原上已是霞光万丈，红色的霞光里，成群的牛羊带着鼓囊囊的肚子，慢悠悠地走在回家的路上。

“我们出来晚了点了，赶紧的，不然看不到了，”司机说。

车子一停稳，大家都箭一般从车厢里射出去，向山坡上冲去。百米冲刺还是赶不上落日的速度，我只看到了落日的最后的三秒，123，黄金小太阳拖着他红亮的裙尾给世人最后一抹优雅，不见了。遗憾的唏嘘声一片，赶上来看不到日落的人们因为失望有些垂头丧气的，有些叹着气掉头就下了坡。他们没发现，落日隐去了，却给我们留下了一片绚丽多彩的天幕：彩色的天幕不像我们在其他地方看到的，是在天上的，站在山坡上，它就是一幅巨大的斑斓的背景墙，金色，黄色，桔色，紫色，每缕色彩都不浓不淡，是那么的精致动人。我退后看，不远处更远处的群山在朦胧的余光里时隐时现，草原上散布的蒙古包，在这奇妙的天幕下闪现着如梦似幻的神话。每个人都和天幕相映成一幅幅生动的剪影。我把同伴们的剪影拍下来，给他们看，再请他们帮忙拍了一些，大家有了不错的剪影相片，多少弥补了没赶上落日的遗憾。但是，又有什么好遗憾的呢，没看够落日，但也欣赏到黑山头这片多彩的天空了啊，风景在心中，在看风景的人眼里呢。

虽说是夏天，但八月草原的清晨也是寒气逼人。我穿着白色加绒铅笔裤，红白条纹的针织帽衫，外加一件白色短款羽绒夹克。走出蒙古包，才发现宿地的美。全部的蒙古包都是白色的，蓝色的图腾花纹装饰着四边。如洗碧空，茵茵绿地，白色的蒙古包整齐排列着，色彩鲜明。包与包之间点缀着盆栽的菊花和格桑。

早餐后，师傅把我们带到骑马场，当地牧场的人们用栅栏围了个圈，跑一次大圈 150 元，小圈 100 元。这叫不上真正意义上的骑马，只是由骑着马的工作人员牵着你骑的马，体验一下马背上的感觉而已。和老板讲价，50 元跑一小圈，全副武装后，大家个个装扮得像个真正的马术高手一般，在工作人员的带领下，大家愉快地蹦跶了一会儿。

离开大草原后，一整个早上都在去满洲里的路上。满洲里是一座拥有百年历史的中国最大的陆运口岸城市，融合中俄蒙三国风情，被誉为“东亚之窗”。中午到了之后，我们先参观了猛犸公园、博物馆再到预订好的旅舍。因为照顾小 D，提议大家订青旅床位房，这样小 D 就不用因为住酒店自己要订一个房间。这是一座有着浓郁异国情调的边境小城，建筑都是俄式的风格，招牌也都是中俄双语的。

安顿后，有人去参观国门，有些去套娃广场。因为下着雨，有些阴冷，很快都返回旅舍休息了。

晚上，小 D 和两位女生衣服带得不够出去买衣服去了，我和旅舍的一位准备从满洲里坐一周的火车到俄罗斯旅行的男生出去看满洲里夜景，晚上的满洲里像童话里的城堡，我向来对城市的夜景没有多大的兴趣，感觉那不过是由灯光勾勒出来的城市轮廓，加上阴冷雨飘飘洒洒的，我们没走多远，吃了一把肉串就回了旅舍。

第二天的行程是呼伦湖，又名达赉湖、呼伦池，是内蒙古第一大湖、中国第五大淡水湖之一、东北地区第一大湖，与贝加尔湖为姊妹湖。这就是呼伦贝尔草原名称的来历。

当天大雨滂沱，下车到后备箱取个雨衣，衣服都快打湿透了。虽然如此，大家还是到湖边去，虽然逛了一会儿，雨变小了，然后停了，我们看到的只是水天苍茫，无缘呼伦湖的美。

一只大鸥在湖面孤独盘旋着。

我拾了一块呼伦湖边的小石子，离开了。传说，你到了一个地方，拾一块那里的石子，就还会有机会再来，也许，下次我选择冬季过来，看看呼伦湖壮观的冬捕。

中午回到海拉尔，结束呼伦贝尔之旅，下午 7 点，我坐上去阿尔山的火车。

阿尔山——宁静的边境小城

阿尔山是中蒙边界纬度最高的边境小城。吸引我前往的不是那里的森林和温泉，而是那个看上去小小的，可爱漂亮的金色火车站。

很久以前就被这么一张图片吸引：绵延的铁轨边，一座低檐尖顶的小小两层精巧的建筑，第一层有赭色不规则花岗岩块砌的墙，第二层，房间是黄色的墙，门窗的窗棂是绿色的，屋顶是棕色的，上面是三个金色大字，阿尔山。

一查资料，原来是一座火车站，是日本关东军驻守时修建的。现在是内蒙古的重点文物，火车站迄今还在使用。

到阿尔山的火车是由满洲里始发的，到海拉尔发车的时间是 7 点多，历经 5 个多小时，凌晨一点左右到阿尔山。据说 2016 年 7 月 1 日以后就会有从海拉尔始发的火车也是票价不变，24 元。

虽然凌晨一点左右才到，不过宾馆老板说会开车来接，所以很安心。阿尔山目前没有青年旅社，但是住宿也不贵，一个标间才 50 元。

在阿尔山下车的只有几个人，工作人员指引出站，出站的铁门就离铁路几步远。大家刚出来，门就被锁上了，火车也开走了。夜色中看到那个小小火车站朦胧的身影。给老板去电话，他已经睡着了，接到电话就马上出来接。站在车站前面的路灯下，最后出来的两个人交谈声和行李箱的轮子滚动的声音逐渐没入夜色，再听不见。抬头看有一弯清冷的下弦月悬挂车站上空。

很快，一辆黑色汽车在我面前掉了个头，停到身边。司机下车，我们对上号，是一位年轻多肉的老板，态度诚恳热情。他把我的行李箱塞到后备箱后，就认真地开车了，也许他还没睡醒。

老板安顿好我，又去睡觉了。晚上虽然打不着热水，但这么晚了别人已经去接了你，不好意思打扰了。我也睡了，澡明天再洗吧。

阿尔山的早晨，阴天，但我还是起来去看小可爱火车站。房门大小的候车室精致可爱的，都想放在手上把玩，刚开始火车站四周无人，把手机放在车站前面的简介牌上，自拍。来了一位女孩也是一个人，两个人便玩到一块儿了。陆陆续续三两成群慕名而来的游客开始出现在车站周围，他们或远或近地拍照留念。

离开火车站，我们沿着马路一直往前逛，小城安静干净，青山环绕。它的每个角度都能成为一幅精美的风景画。阿尔山只有一条街道，怎么走都可以回到原点。街道是干净整洁的，让人觉得心旷神怡。蓝天白云下，茵茵青草地静静的河流不时出现，很有异域风情的房屋，仅有一万人口的县级小城市银行也是小小的，路边随处可见黄的、粉的、白的百合花，饱满娇艳，带着水珠。一切一切都是那么寂静美好，爱上了这个美丽恬静的小城。我们一边漫步一边拍照，尽管天空不时洒下小雨点，也不减兴致，我们徜徉着，世界，好像只属于我们。

我们一直走到了小火车站另一头的铁轨，铁道边的一个值班亭，问了一下说还有几个小时火车才经过，征得值班亭工作人员的同意，我们跑到铁轨上去拍照。

由于天气原因，去森林公园的车没发，工作人员也不确定发车的时间，天气预报显示未来 15 天持续阴雨，我们放弃了森林公园改为泡温泉，阿尔山有一整条的温泉街，有温泉博物馆。

看过了想看的火车站，也洗过阿尔山的温泉之后，我没在做停留的打算，当天定好了离开的火车票。

离开的时候，阿尔山像是诱惑我下次再来。

天放晴了，天空透明似的蓝，蒙着薄薄的透明的白纱，像出浴的女神。温和的阳光把蓝天下那个小小的火车站衬托得光彩夺目。火车缓缓离开火车站，她在我视线中渐渐地消失了。

离开阿尔山的火车上，一路浏览不断更迭的画卷，线条流畅的山包，青绿中泛黄的草木，色彩斑斓如油画般的山景在眼前打开，打开……

再见阿尔山，阿尔山会再见的。

我和家人的北京之旅

阿尔山下午 4 点的卧铺，凌晨 6 点到沈阳站。原计划由沈阳走山海关，再去天津，但母亲、大姐、弟媳和小侄贝儿第二天要到北京一起玩，到站后就买了沈阳到北京的动车票，在家人之前先到北京，找好住宿的地方等她们。

带父母亲到首都看看是很久之前的心愿，不过，父亲在的时候总担心我远行，自己也没有离家独自旅游过，所以那时的旅游观念不是那么强烈。当这个念头变得强烈的时候，是父亲患病的那段时间，但是，那时全家都只关注治疗无暇顾及其他事情。现在想，如果当初不选择那种残忍的手术，用药物控制，然后带父亲到处旅游，也许他就不会那么快离开了……

北京，虽然在最近的一段时间，说起时最多的是雾霾、拥堵、空气污染，无论如何，它是首都，是国人心中的首都，是“我爱北京天安门，天安门上太阳升。”

家人到北京第二天，我把活动安排在客栈附近的南锣鼓巷。2013 年第一次来北京，来南锣鼓巷，那是十月初秋，蓝天高远，明媚的秋日透过古巷的树木，斑驳着胡同。翻开那时的相片，模糊的记忆清晰起来，相片上，我穿着明亮的黄色短毛绒上衣，手里拎着卡片相机明朗地笑着。帮我照相的是一位也在逛着，背着双肩包的女孩，我拍风景时把她也拍进去了。

时隔三年再来，南锣鼓巷的店铺越来越多了，在巷子里逛，注意力不自觉就被各式各样的小吃、小商品分散了。

考虑到母亲的腿脚，我们进了南锣鼓巷，就改坐黄包车。三年前坐黄包车，是自行车改装成的三轮车，座位是有着椭圆形棚顶的半轿子。一口北京腔的大爷拉着你，一路转，一路讲故事，每条经过的胡同的故事，每个四合院的门、门墩、门当、院子里的花草树木，那都是有说不完道不尽的故事的，像院墙上的砖一样的多。而今，小三轮没了，取而代之的是电动车，大爷也不见了，开车的是一些心浮气躁的中青年，他们看到游人便急迫地上前讲价钱，只讲价钱。不像以前的大爷，他会慢条斯理地跟你说："姑娘，帽儿胡同有末代皇后郭布罗·婉容的娘家，后圆恩寺 13 号是茅盾故居，一个人逛不识路可以坐我车，一路上会给你讲解，一个人 50，两个人一人 25。"听完你就觉得好，是的，只花 25，不费脚力，又可以听故事，听历史。

大姐和他们讲好了价格，一辆车 80 元，拉到后海结束。我、弟媳和侄儿一台车，妈和大姐一台。路上司机师傅赶时间似的骑得很快，"黄包车"在人流、车辆中腾挪，司机的精力都放在路况上了，哪里还有心思给你讲历史，讲故事。也许，他们也不懂，不像那些大爷，他们把生命年岁中看到的、听到的真正的北京故事、胡同故事讲给你听。

人变了，车变了，胡同变了，物不是人也非了。从前去过的婉容家，大杂院儿都没去到，还好还有个茅盾故居。20 分钟不到，我们就被拉到中轴线那，司机们匆忙要钱，付了钱，他们急急地掉头，匆匆走了，抓紧时间回去拉客。

这次的体验真的很差，很不值，一丁点也都感受不到胡同文化，怎么也得让我的家人看着门当，听一听"门当户对"的典故吧。好在家人没来过，她们也没有比较，一切都感觉到新鲜，他们开心就好了吧。最开心的是两岁的小侄儿了，他无忧无虑地跑呀，到哪都要自己来，有他在，我们一家也都开开心心的了。

很多古城总是和小吃紧密相连的，但是，真没有必要把全国各地、不是当地特色、到哪都能吃得到的小吃铺掩盖了那个地方特有的文化和韵味。如果可以保持它的原滋味，设个门票，让慕名而来的人们可以看看大大小小的故居，有历史痕迹的古老胡同，听上半天的京城旧事，听听四合院的文化典故该多好。

第二天，把家人送到故宫门口，看着她们进宫了，我去附近的国家博物馆逛，等她们。

下午去王府井小吃街，那里的烤蝎子、烤蚕蛹让人大开眼界，但全家都敬而远之。本想去全聚德吃烤鸭，看在小吃街烤鸭店的老板热情地带我参观了现场烤鸭的面子上，就在小吃街吃了。两岁的侄儿学会自拍了，拿着手机扮着鬼脸自拍，把大家乐了一晚上。

第三天的行程是八达岭长城。因为旅游法刚出，而且是在北京，非常放心在故宫门口的首都旅行社给家人报了个一日游，合同也签得很清楚，早上去接人，只去一个八达岭，下午送回来。

早上送走家人，下午估计人应该快回到了，一打电话过去，说是早上上车后，车上的人把合同给收走了，让家人额外签了一份合同，是有自费项目的，而且还需要进购物店，这会儿正在购物店里。一听，炸毛了。大首都，旅游市场居然还如此混乱，自从新的旅游法出台后，强制消费这种恶劣行为早就销声匿迹了！没想到在北京，他们还敢胡来。

合同被收走了，联系电话也没有了，只好再跑一趟旅行社。上班的还是签合同那位经理，听完投诉，她马上给接团人打电话确认，听她讲电话，她也是不知情的，打完电话她好言道歉，退回了三人的团费，经理的处理方式和态度无可挑剔，但是已经下午 6 点，人还没给送回来，老人和孩子折腾了一天该有多累，完完全全违背了合同。再打电话过去，善良的家人们表示，虽然强制收回合同重新签，态度恶劣，加了每人 150 元看表演的自费项目，但小侄儿看得很开心，看完了还想看，所以，旅行社能那样处理就算了，累是累了些，都已经在回来的路上了，结束了就算了，不用再追究。

旅行社在长安街附近，顺便去天安门广场看降旗仪式。天安门人山人海，一公里外看到从门洞出来的仪仗队，一公里外看到黑点般的国旗缓缓下降，然后就只看到看降旗的人们的头了。仪式一结束，黑压压一广场的人很快散去。广场上所有的灯亮了起来，灯光混合着还没消散的暮光映照着天安门广场。静谧的淡蓝色天幕下，红色的天安门城楼，站姿笔直的卫士，威武的石狮子，手机随便一照就是一幅美丽的图画。哗的一声，天安门前的喷泉也打开了，夜晚的天安门比白天还要雄伟壮丽。

第四天的颐和园，没敢再让家人自己玩，跟着去了。园子大，太阳烈，小侄儿却是最舒服的一个，躺在婴儿车里安稳地睡大觉。

等他睡醒，我们都逛完了，抱着他去拍几张纪念照。

第五天，大姐和弟媳都累了，不想再逛。而母亲还有旅游的勃勃兴致。老人家起得早，就带去天安门。天安门广场大清早已经来了很多人，有在拍合照的大型旅游团，还有三五成群的小团队。母亲想参拜毛主席纪念堂，瞻仰一下。纪念堂入场不可以带包和相机，需要到东侧寄存处寄存，5 元一件。寄存好行李，和妈排队入场。队伍很长，不过移动也很快。虔诚的母亲进去之前还花 9 元钱买了三枝白玫瑰。进入纪念堂首先看到的是大堂正中毛主席的汉白玉雕像，坐在沙发上，有两三米那么高，坐像跷着二郎腿，亲切放松，他面带温暖的笑容，看着每个来瞻仰他的人。他的背景是一幅巨大锦绣壁画《祖国大地》，坐像周围摆满瞻仰者献的鲜花。不能说话，妈妈用表情让我去献花，我把花给她，让她自己去。

母亲献了花，我们继续随着队伍向前移动，坐像的后面就是瞻仰毛主席遗容的水晶厅，瞻仰的队伍进去，分成左右两股从水晶棺两侧经过，只见毛主席身上覆盖着党旗，灯光打在他的脸上，像是见到睡着的他。他的身后站着两名身材挺拔、高大英俊的士兵守卫着他。

纪念馆出来，让母亲等着，自己去取包，然后带母亲去参观国家博物馆。

在入口的取票处，两人的身份证在仪器上一刷，就打出了两张五寸左右的长方形黑白参观票，票面有二维码，有日期和个人姓名，可以留作纪念。国家博物馆的藏品丰富，母亲在参观的整个过程中认真仔细，我跟在她身后，拍下她的参观背影。每次和母亲出行，都会想起父亲，母亲也是，没有一次不感慨，如果父亲还在，就可以，就可以……就会……就会……等等。

逛完博物馆，去全聚德与大姐她们汇合吃饭。又一顿全聚德，不同小吃街的是，烤鸭被片成薄薄的花瓣，在绘着枝叶的瓷碟上摆成玫瑰花的图案。

饭后去参观天坛，从前的皇家祭祀地成了人们休闲的公园。

第六天，大姐、弟媳和侄儿坐早上的动车离开北京，我带母亲去参观北京大学。在北大的门口刷了身份证就可以入内参观了。北大有多少辉煌历史，出过多少名人志士，未名湖是谁起的名，这些都不重要，对母亲来说，北大是众所周知的中国名校，在家乡，家家户户孩子考大学都常会提起它，这样的学校，她知道它长什么样子就好了。

母亲晚上的飞机回海南，退房寄存了行李，下午送母亲去机场，送完母亲坐夜里的火车到银川去。不料，由于北京天气原因，航班取消了。我给母亲改签了第二天早上的班机。不知道是因为计划被打乱，还是母亲要离开，还是各种排队；反正在机场等待的时候情绪很郁闷，母亲却乐呵呵的，显得轻松开心。她安慰道“天留人。没关系啦，我们又不损失什么。”我想想，确实也挺好的呀，航空公司给安排在机场附近的酒店，又可以跟她在一起一晚上，心情就变好了。母女俩在房间看看电视，说说话。

送走母亲后一个人去银川。突然想，既然航班取消，为什么当时不干脆带母亲一起到银川呢！真懊悔。反正她也没事，应该带着她继续玩下去，虽然她说，去过了香港、澳门、湖南、广东，现在又来了一趟首都北京，满足了，已经没有特别想去的地方了。

从和家人一起旅行，再一个人，在后来的旅途中，每到一处，都特别想有她们在，特别是母亲。

宁夏银川——镇北堡影视城的时空流转

宁夏号从北京西出发，行驶一晚上，我的足迹就来到了中国地图中那个小小的粉红色的海星上，宁夏。

银川的火车站是伊斯兰风情的拱形无柱建筑。不同的城市有不同风格的建筑，而且全部都是，那是我的一个美好愿望。比如，北京全是故宫一样的，安徽全是徽式的，江南全是水乡……建筑是凝固的风景，特别是能体现地方文化特色，民族风情的，不是吗？

银川的九月天气晴好，万里无云的万里天。城市的绿植也很多，道路宽阔，道理的两旁也不像其他城市一样高楼商铺林林总总。

旅舍老板是个高瘦的男孩，打了电话，他就和同伴一起到公交站接我。同宿舍的两个女孩已经在这里住了一段时间，要离开了，她们去市场买菜回来做饭，谢别老板，邀请我加入她们。

在银川的全部景点中，首选了镇北堡西部影视城。每个地方都有不少景点，只选择最不同的地方去。银川也有沙漠，沙漠在敦煌感受过了。选择镇北堡西部影视城并不是因为那里拍摄过多少有名的电影，包括《大话西游》，而是想要去那里领略大西北那种特有的粗犷和荒凉、宁静的古朴、大气的沧桑。她是“中国一绝，宁夏之宝”，西部唯一著名的影视城。

在网上订了门票，从旅舍坐公交去换乘直达景区的车，等了好一会儿车没来。有个戴着草帽、黑裤白衣、皮肤黝黑的大叔过来问去不去影视城。出门是坚持坐公共交通的，不过看着大叔一脸忠厚诚恳，我问：“您是什么车呢？”“小面包车，”大叔说，“我是专门跑这个线的，公交还要等呢。”“多少钱？”“10元。”大叔用手指比成十字架。票价只比公共交通多一元钱。“车在哪？”大叔指指站台旁边那辆已有些陈旧的面包车。我走过去，看到车里已经坐了两个人，她们说自己是本地人，没去过影视城，也去看看。我问车安不安全，她们让我放心，说当地人图省事去镇北堡都不等公交的，这车比公交方便。我这才放心上车。大叔接了两个电话，听他打电话应该是有人在什么地方等他去接。接上的是一家四口，有小孩有老人，这样，我的警惕就彻底放下了。

到了景区，大叔说他能买到景区团队票，我说我已经上网上订好了，但他说跟他买，算帮忙。反正订的票可以退。等他把票给了我，我退了票，微信给他转了票钱。出门在外，是要小心谨慎，但能满足别人的小小要求，给予别人一点愉快何乐而不为呢。

九月，阳光灿烂却不炽热，应该最适合在这种无树荒凉的景区逛。

无云高远的蓝天下，都是黄土，黄土……黄土的堡，这种古朴的自然给视觉的感受是新鲜的。

《大话西游》里的盘丝洞场景阴森幽暗，白发魔女、骷髅、鬼、蜘蛛网遍布洞中。但这吓不倒我，我坐在椅子上，请别人帮忙拍了相片。找个路灯杆搁着手机，自拍城墙上孙悟空和紫霞的经典对白“爱你一万年”。

《黄河谣》中的“铁匠营”实景。营房里悬挂着各种刀剑戟。明清时期，兵器多为铁制。为了满足军队训练和作战的需要，官府组织铁匠成立了打造兵刃和铁器的工匠营（相当于现代的兵工厂），俗称铁匠营。

《红高粱》中的月亮门、酿酒作坊、盛酒的大缸、碗具，还有人在现场酿制红高粱酒。

周家集是一个模拟的集市，有白菜摊、南瓜摊、水果摊、肉摊，等等，自己全当了一遍摊主。没人帮忙拍照，自拍，已经习惯了和自己玩，没有人会觉得奇怪，因为别人也在玩别人的，不会顾及旁人。

很多场景的房屋门口都挂着成串成串的蒜头、辣椒、玉米，大西北的乡村风味特别浓郁，和之前在电影里看到的情景一模一样。

一个人在城里，从一个场景逛到另一个场景，从一个故事逛到另一个故事，就像自己的身体带着一个自由自在的灵魂，到处浏览别人的前世和今生。

有人把一个人吃饭、一个人逛街划分国际孤独等级，如果旅行也划分孤独等级，应该算最高级孤独吧？这种孤独是可以享受的，因为身边无人，你可以把身心都交给你的所闻所见所思所感，全心全意地感受和体验。

想走就走，不想走就买支冰淇淋找个凉快的亭廊坐下来，看看来来往往的游人。有时候，不经意发现被谁的相机对焦了。

逛够了又沿着长长的电影画廊走出来，凭感觉往大门口走，看到招呼客人回市区的小巴。

在镇北堡西部影视走一圈，生命就多了一段奇妙美妙的时光。

青海——“天空之镜”茶卡盐湖和青海湖

2016年春节，去西藏的火车在西宁转高原专列，换车前，下铺回西宁的回族阿姨极力向我推荐她家的大美青海，我跟她说以后肯定会来的。

这不，半年后我就来了。

青海，只锁定两个景点：一个是我国最大的内陆高原咸水湖——青海湖，一个是有“天空之镜”之美誉的茶卡盐湖。看过网络上关于茶卡盐湖的图片就非常心动，天空倒映在如镜湖面，连成一片，亦真亦幻。人们走进湖面，身影与倒影对称，倒影清晰可见，都美得极致。那样的美好，此生要亲临一次。

中午到了西宁入住青旅，外面就下雨了。午饭就在青旅旁边的饭馆，他家的杂酱面和青稞饼真是太好吃了。对于我这种吃饭是为了不饿的人来说，不轻易觉得食物好吃的。九月，没料到青海的雨水那么多，心里暗暗遗憾，也许真的不是最佳来访时间，雨天将无法欣赏到两湖的最美景色。

两湖离市区都较远，网上报仅有两个景点的一日游线路。

6点不到就起来约车赶去集合点。那么早到达集合点居然还是最后一个，看来虽然天气不好，两湖对人们的吸引力却不减，29座大巴，几乎坐满了。挑了个临窗位置坐下，导游给发了一份免费早餐，一小碗粥，一小根油条，挺贴心的旅游团。天气不好，时间尚早，看不到窗外的风景，吃了早餐，盖上事先准备好的厚外套，让自己暖暖的，然后闭上眼睛补眠。第一个目的地盐湖离市区差不多三百公里呢！可以睡上3个多小时。

不知过了多久，感觉车速放慢了便睁开眼睛看窗外，这一看，真是个惊喜：窗外，高速公里收费站上方，高悬几个金色大字：“海南人民欢迎你！”两年没在海南了，我是搭上了魔幻大巴了吗？还是闭眼那会儿穿越了？不过除了那几个大字，周围的一切跟海南的风格就迥异了。查了一下资料，原来这个地方是海南藏族自治州，因位于青海湖之南，故名海南。围绕青海湖，还有海西蒙古族藏族自治州，海北、海东藏族自治州。

好吧，既然不是我家的海南，那我就念成：

“海南人民，欢迎你！”

“谢谢。”是谁知道我要来青海的？

如果不是这次青海之旅，还真不知道不光家乡海南岛叫海南，所以，旅行，就是能长见识呀！

天色渐明，可以开启风景浏览模式了，车窗外，天空灰白，一路都是黄色的苍茫大地，景色单调重复，看了一会儿，困倦来袭，再次闭目养神。

导游叫醒，下车，领门票进入景区。顺着人流方向走到盐湖。真的不是好时机呀，阴沉沉的天空，乌云低垂，感觉只要你动作大点就能把雨水给震下来。眼前的景象让人脑子里就冒出了买家秀和卖家秀这种无奈的失望，浑浊的白水里，不那么雪白的盐堆或盐堆成的，因为雨水已经没那么像的塑像……硬着头皮往里走，心想着，怪天气啊，如果没那么美，就是再加工也拍不出那么仙的图片嘛！

往里走着，头顶的一片乌云散开了，微微有了点阳光，顿时，盐湖看起来没那么糟糕了：天空还是灰白的，连绵的厚厚云层还是低垂的，不过云层的下方，开始露出了长长的一抹蓝天，这一抹难得的蓝天下，是一条白盐铺就的路，两旁围着木栅栏，伸进湖中，这一切投射在湖面，连成整体，也看出了天空之镜的感觉。不再怀疑，网络上的图片是真实存在的，如果是晴天，艳阳天，肯定，一定、绝对会有那样的视觉效果，绝对能那么美的。

慢慢看着，盐湖此时跟冬季雪景还挺像的呢。坐在盐堆里照相，就像是在积雪里。拿一小块盐晶，用舌头舔了一下，很咸！

离开时，红顶敞开式的观光小火车从铁轨上慢悠悠开来，倒影把天与湖分割开，远远望去，美！

小火车动静不大呀，却把云里的雨给震下来了，匆忙跑回车上。团员全集合后，去往下一目的地：青海湖。

又是 2 小时左右的路程。快到的时候，穿上大红色的防水中长外套，把围巾围在衣服里面，保暖又不担心被雨淋，还能改变一下造型，避免相片着装重复。

下午 5 点才到青海湖，一场大雨刚停，眼看马上又要是一场大雨，大家下了车便急匆匆赶往湖边。通往湖边的路两旁，鲜花怒放，五颜六色的格桑花、橙色的万寿菊，连成一大片、一大片花海。

手机快没电了，加上天气的原因，没有拍照的动力。团里有一帮同单位出游的退休干部，一路上有个大叔和他夫人热心问我：“姑娘，要不要帮你照相？这里可以呀，这里景色好。”“好呀，谢谢啦。”他们不知道，要是电量充足，我绝对是个照相狂。他们帮我拍完，我给他们照，还帮他们拍集体大合照。

请团友用剩余的一点电力，拍了几张纪念照就离开湖边。参观湖边小博物馆出来，又下起了大雨，匆忙赶回了车上。

离开时在车上再看一眼青海湖，阴天的青海湖也是浩瀚壮观的，但是这种浩瀚与滚滚乌云，迷离雨幕连在一起显得混沌一片，个人还是只坚持喜欢晴天里清晰明朗的大自然。

或许，还会在晴天里再来一次的，那时，她才是真正的，青海，青色的海。

大地之美——张掖七彩丹霞

第一次的甘肃游，从兰州坐敦煌号经过张掖，这个地名一直留存在心头，我知道那个跟自己有着同一个姓氏的地方，有一片神奇的七彩土地。

“张国臂掖，以通西域”，不管它原来是什么意思，在我这里的意思是，我将从宁夏出发，到张掖停留，然后去往大西域：新疆。

西宁到张掖火车旅途中出现的风景常引得旅客们争相拍照。但大家几乎不讲普通话，当然我也不知道她们都讲的是哪里的话，反正一路上叽里咕噜的，都聊些什么我不懂，但能够听得出来是兴奋、开心还是惊讶。

所以要有普通话啊，祖国语言文字那么丰富，要不统一还真让人头疼。

西宁的火车到的是张掖西站，粗心，订旅舍订到张掖站附近去了！不过也没事，去旅舍的路上可以看看市区呀。

张掖西站到张掖站有直达公交，半个多小时的车程。

在公交小巴上看张掖市区，有一层灰的感觉。像是一间久无人居的房间，随手一摸就是尘土。问了旁边的人，说是前不久刚有过一场沙尘暴。

距离张掖站一百米左右，看到预订的青旅，喊了一声，司机师傅就把我放下了。

放好行李，看到青旅小黑板上的拼车去丹霞的信息，跟前台报了名。

出去吃午饭，发现小菜馆菜单上的菜品很丰富，而且很便宜，清炒的蔬菜一律 8 元，西红柿炒蛋 10 元。不愧是鱼米之乡。

第二天早上 7 点半，师傅准点来接，从同一旅舍出发的还是一对小情侣。再到旅舍的另一家分店接上两位民族风装扮的长头发漂亮女孩，然后出发。

离开市区，视野开阔了。

晴朗朗的天底下，我们的车放着轻快的音乐，开在笔直的柏油路上，路两旁的两排笔直的，齐齐整整的白杨树，树的两旁是大片大片黄色玉米地。

志同道合的年轻人在一起，有聊不完的话题。感觉不一会儿就到了七彩镇。

七彩镇，好喜欢这个浪漫的名字。它是一个集住宿、餐饮、购物、娱乐、休闲、体验为一体的综合性文化旅游风情小镇。镇子整洁干净，建筑很有特色。

但我们的目的地是神奇的大自然——七彩丹霞！人造景再美，也是没有灵魂的。

在网上订了票，到售票口手机没信号换不了票，景区没有公共WIFI，还不接受刷卡买票。小伙伴咩咩的手机有网络信号，她借我手机登录换了票。电子票换了一张像超市购物小票一样的凭证。在这过程中耽误了些时间，但同行的小伙伴一直等我，让她们先走，她们还执意要等我一起，很感动。

咩咩和她的小伙伴都来自杭州，她俩也是独自旅行的，在旅舍认识便结伴了。在丹霞，包括那对小情侣，我们组成了一个五人小分队。

所以，想要出门旅行又不敢或不想独自一人的小伙伴，在看到我的书后，勇敢大胆出发吧！一个人很容易成行的，想去哪就去哪，想走就走，想停就停，你要等约好的伙伴一起，你得等互相准备好，时间一致，要么就是等很久，要么就是这样那样的原因不能成行了。

相信我，我从来都是一个人出发的，却极少有孤单的时候。只要你敞开心门，每段路都一定能够找到有趣的同路人。

景区很大，乘景区交通前往一个观景台，参观完再乘车前往下一个点，景区交通是流动的，但我们五个人始终在一起。一定是等到最后一个，大家集合了才上车的。我们也不管哪号观景台，按顺序从头跑到尾。天气原因看不到落日下最美的丹霞，但不是最美的丹霞都已经美得刷新视觉，震撼心灵了！下午6点半，日头不知道从哪走了，但是天空还是蓝的，浅浅的蓝色，飘着几片薄薄的彩云，暮光里，丹霞的色彩似乎更加浓烈艳丽，更层次分明了。美。大地之美。

我们看啊，笑啊，照相，自己照，小合照，大合照，玩到临近景区关闭才随人流往下走。

依依不舍，真的。

所以要旅行啊，不来丹霞，怎么知道大地还可以是这副模样？

大爱大美大新疆

一

九月的吐鲁番还是热情似火的。吐鲁番别名就叫火州，铁扇公主的火焰山就在此。

火车站广场有公交直达西域葡萄庄园，而我选择的旅舍就在葡萄庄园里。

“西域葡萄庄园，”多么有吸引力的名称，让人充满美好的想象。葡萄，美女，夜光杯。

每一个旅途中的家都是比较当地多家旅舍之后选择的。有院子，院子里有树的旅舍是我的首选，而这次，不仅有树，还有葡萄架。葡萄架上，葡萄已经收完了，绿色的新生藤蔓从已枯老的藤蔓上再成长出来，黄绿相间。蓝天下，阳光里，葡萄架的绿阴底，一张色彩鲜艳的大床铺开，摆上茶几，人们盘腿而坐在庄园随处可见。放下行李就像猫咪一样窝到葡萄架下的铁艺吊篮里，阳光漏下来晒在身上，爱极了这样的感觉。

旅舍的房间是绿色葡萄架下的白色蒙古包，四个榻榻米一字排开。公共卫浴在五个并列的蒙古包尽头，红砖砌的平顶房子，葡萄藤覆盖着屋顶，垂下来。

由于职业原因，每天面对金碧辉煌豪华高档酒店时也没有像在旅途中入住这种简陋的、有树木花草环绕的旅舍这么有感觉，所以这种没追求的平民情怀这辈子是注定无法过上那种高端大气上档次的生活啦！

新疆很大，所以只给吐鲁番一日。

拼车小分队有 6 人，一位大哥，少交流，不知道来自何方；两位单独从北京来的女生；两位杭州来的闺蜜；我自己。

司机师傅一早接完我们，听说大家都还没吃早餐，先送我们去吃早餐。从葡萄架下走出来后，这样地地道道的新疆风情露天早餐店才让我实实在在感受到身在大新疆了：早餐店在一幢黄色小楼一层，户外就摆了几十张实木长条桌子板凳，没有人在店里吃，人们全在店外露天就餐。用餐区旁边，分工明确的一家人有条不紊地为客人忙碌着，他们全着白上衣加围裙，有人在给排队的人们打熬煮在锅里热气腾腾的羊肉白萝卜汤，15 元一碗；有人在卖蒸包子；有人在卖手抓饭，手抓饭也是热在锅里，白米白，配菜艳，很好看的一锅饭，锅的旁边整齐码放的洁白的瓷碟。

吃完早餐去买单，负责收银的是一位戴黑色白花纹瓜皮小帽、白色短袖衬衣、黑色长裤、留花白山羊胡子的维族老人。他面带柔和的微笑坐在桌子前，一人一个计算器，旁边还摆着一叠草帽一般大的馕饼。计算器前简单的一张白纸黑字过塑价格表，维汉双语，客人吃完早餐，过去自己向老人家报告吃了什么，老人家在计算器上算出合计来，给钱就行。这种收银方式也不会担心有人会虚报，这种信任真让人感动。老人家的身后还有一个一米高的巨大银茶壶，不从壶嘴出水，因为壶底部有一根平行壶身的水管两头各一个水龙头，两个水龙头底下各摆一只小塑胶水桶用于接水，是提供给客人用餐前后洗手用的装备。

离开前我举手机频频拍照，正在炸油条的一位先生远远冲着我笑，他戴白色瓜皮小帽，也是白色短袖衬衣、黑色长裤，腰间围着围棋围裙，我拍他，他配合地从油锅里夹起一根金黄的油条，左手竖起大拇指，清晨金色的阳光照在他的笑容上灿烂了整个清晨。

我是一眼认出火焰山的，我们的车子还在路上开着，火焰山的山体就出现在车窗外了：寸草不生，平顶没有山峰，山体的褶皱几乎一样，都像上蹿的火苗。司机师傅说，夏天来，远远就能看到热浪，气温最高时有五六十度。独特的自然地理条件让世界的角落热的热，冰的冰，于是我们要到处旅行。

火焰山就在眼前了，再进入景区看到的还是眼前这座山以及西游记中与火焰山相关的雕像，虽然门票只有 40 元，我和同伴小亚决定不进去了。我们出了景区大门，在路边找了个好角度，居高临下和火焰山合了影就去吃哈密瓜。

景区外空旷荒凉，一对年轻夫妻用红色的拖拉机拉了一车的黄灿灿的哈密瓜在卖。

我穿着和瓜一个颜色的齐踝长裙，戴着黄色头巾，为防晒用一条长长的粉色薄纱巾盖在头上，垂到腰间，就这样坐在瓜堆里吃瓜，来买瓜的游客敲了瓜都来问我价格，老板笑说，他们把你当成卖瓜古丽了！

火焰山往葡萄沟的路上，经过的是粉棕色的高大沙山，沙子细腻，如同鸡肝的表面，到了顶部却都是坚硬的风化岩石，远看像在沙漠里前进的军队剪影。

师傅停车把我们放下去照相，当我们走到峡谷岸上往下看，眼前的景象让大家惊讶欢呼起来：深深的峡谷下，流水潺潺，芳草萋萋。在这般荒芜的沙山里，居然能有一条清澈的小溪蜿蜒流过，溪流的两旁越靠近溪水植物成长越是浓绿茂盛。这条灵动的绿洲和两旁的绵绵沙山形成鲜明对照，给人视觉与心灵强大的震撼。

小队里的姑娘们都换上长裙，大家在这片风景里把自己拍出了楼兰美女的感觉。

交河故城是世界上最大最古老、保存得最完好的生土建筑城市，也是我国保存两千多年最完整的都市遗迹，唐西域最高军政机构安西都护府最早就设在交河故城。“两河相交的地方，是智慧诞生的地方。”虽然我们知道，如此的交河故城不过是一片泥土废墟，但看景区门口墙上简介，车上所有的人无一不想去看看的。生土就建就一座繁华一时的都城，这需要怎样的智慧和创意。

为了防止晒昏，我一边逛一边躲到执勤人员允许接近的土墙下歇一会儿。

带着交河故城的想象与故事，我们在吐鲁番火车站兵分两路再上路，小亚和大哥去喀什，我和其他三个小伙伴则在第二天出现在乌鲁木齐的博物馆和国际大巴扎上。

新疆大美，乌鲁木齐满街的帅哥美女也留不住我们继续前进的脚步，停留了两天，我们四人又分开各自上路。

二

两年前去嘉峪关，认识一位伊犁的小伙伴蕊蕊，那时在嘉峪关她就已经极力向我推荐她的家乡伊犁了。

网上买火车票，没有伊犁这个站。查了资料才知道伊犁是州名，火车到达的站名叫伊宁，伊宁是市。伊宁市属于伊犁哈萨克自治州管辖。

所以要旅行啊，又长了知识。

又是几个小时的火车，把自己送到伊宁市。

小伙伴下班来接，时隔两年，彼此都戴着口罩我们还能在出站口汹涌的人潮里认出对方。蕊蕊要用一顿火锅盛情款待我，晚饭我吃过了，不太可能在睡前吃下一顿火锅的，但不去不行，而且她一直喜气洋洋地张罗着找餐厅便也接受了。不巧她的宿舍水管坏，她再慷慨地给我买来瓶装矿泉水洗脸刷牙。她想我一直住她那里，睡前就打电话找人修水管了，可没水洗漱对我简直是世界末日。很不舒服地和她在一张床上将就了一晚。早上，趁她上班去了我赶紧叫车，搬到昨晚已经订好的旅舍去。

一小时后，我已经洗头洗澡换了宽松的衣裙，抱着旅舍老板家的乖猫咪坐在院子里葡萄架下的大床上和老板三岁的小儿子聊天了。

旅舍是独门独户的三层楼，进门先换鞋，所以楼里干净整洁。每层客房外有敞开的公共区域，摆放沙发，铺着软垫子的吊篮，书架。老板是本地人，之前在深圳一家企业做管理，回来不到一年。而老板娘和他儿子跟过来也还不到半年，过久了大城市的生活之后选择这种收入不高但时间很多的悠闲生活他们很满意。

搬出来我舒服了，蕊蕊也不用一边上班一边担心还在没水屋子里的我怎么安排自己的一天。

有时候，别人的善意我们接受，但是要彼此舒服的方式相处才没有负累。我们总是喜欢用自己的方式把好意强加给家人或朋友，结果得不到感激还伤了自己的好心。给别人真正想要的才是皆大欢喜的事。

房间原住的两位小伙伴中午都离开了。下午来了一位背徒步装备的女孩，从深圳来，等她的队友集结，然后去徒步乌孙古道。

女孩文静俊俏却长跑徒步登山都玩。遇到过好几个像她这样的女孩，真心佩服她们。我的玩法只能是逛瞧逛瞧的。

本约好下午一起去逛，她后来选择了休息，我于是自己去看了美丽的伊犁河。我的下午是伊犁人生活的中午，老板和蕊蕊都说，在伊犁，早饭十一二点吃，午饭三四点，晚饭八九点，伊犁九点天才开始黑的。

蕊蕊让我等她下班带我逛伊犁不可错过的汉人街。她再三强调，必须等她，有她陪同才可以去。我倒是不紧张，不是无知者无畏，要去哪里我是会看相关资料的。

8点半，伊犁市区的上空很好看，浅蓝被一层嫩嫩的淡米黄色云纱覆盖，还有金色的阳光，照在具有当地特色的，色彩鲜艳的楼房上，让人眼目一新。街边的店铺里，大大小小的饼子、馕整齐堆放在鲜艳的桌布上。

汉人街各种各样的小吃，跟其他城市的美食街没什么两样，我更喜欢街上的建筑和馕饼店。对建筑没有研究，也不知道是哪种风格的，墙体色彩浓厚，雕刻着花纹，大大的、厚重的拱形的实木浮雕木门，是我喜欢的黄金色。

越是民族性很强的事物越具有特殊的、让人过目难忘的美感。

大新疆的精彩太丰富，伊犁的其他风景留着下次来，心中有新疆此行最想到达的地方。

三

一夜的火车从伊宁出发到奎屯，再到北屯，北屯转汽车到布尔津，布尔津到干净的白哈巴小县城。

买好去白哈巴村的车票，把行李放存在车上，打了3元钱的士去边防大队排队办边防证。

只要你是个遵纪守法的好公民，边防证好办，到当地边防大队，旁边有复印身份证的，10元两张，复印好身份证在大门口排队，前面的人办好走出来，哨兵会指示下一个人进去。两张身份证复印件工作人员留一张，另一张的空白处，写上“准予前往白哈巴旅游”加日期，盖章，这就是边防证了。

前往白哈巴村的班车准时发车，6个人和6个人的行李就塞满了一辆小面包车。认识的人都坐在一块儿，我坐在最后排的靠窗位置，和旁边座位大大小小的背包在一起。

几转辗转，天黑前抵达我心中的另一目的地：西北第一哨所，西北第一村庄：白哈巴村。

虽然舟车劳顿，风尘仆仆，却爱极了这样的长途旅行，一路上都在看风景呐，都是从未来见过的景象。大地辽阔，精彩纷呈。

白哈巴村是我心中的童话世界。雪山、苍山、森林、草地、木屋、牛羊马群，袅袅炊烟，所以，要旅行啊，不然真不知道中国，还有一个童话世界的存在，有些人还可以在这样的仙境中生活。

村里上线的旅舍很少，只看到一家，八人间混住也要80元一晚。铺位紧张，只订到一晚。同住的是6个一起来的男女朋友。

旅舍有人来接，到了木屋已是晚上8点半，天还没黑，村子的上空白云很厚，暮色中周围的木屋的轮廓还清晰可见。

早早上床休息，第二天醒来，看大家都准备出门了，要去观景台看日出。

看时间，7点半。

睡眼惺忪起床穿衣洗漱从众出门。天空清冷，一弯上弦月，幽蓝的黎明之微光中天边可见白色雪山顶，近处树梢的剪影，木屋顶的剪影，像浓墨画在天幕，国画似的。除此之外，其他事物还是黑的。有些人在门外纠结天气会不会看不到日出，我看了天气预报，再看看时间，8点，还可能有日出吗，果断返回床上等天亮。

当牛铃声声在窗外经过的时候我也出门了。

很多人都往观景台的方向，但在网上看过太多那个角度的图片，我还是不从众了，去别处看看，反正在村子里，无论走到哪，都是美好的景色。

往人流相反方向，小心地避开弯弯小路上的坨坨粑粑向山坡上走。九月的草坡青在黄里，黄在青里。木屋、栅栏散落在线条流畅，弧形饱满的草坡上。四周无人，随便坐在一块石头上，和这村子静静呆着。登高望远，由远到近：白的天空；白的雪山顶；不积雪的墨的绿的绵延山峰；青的黄的，青黄相间的密密树林；寥寥林木中宁静的木屋村庄；木屋村庄里几堆高高的黄色草垛；脚边草丛里开出的一朵紫红色球状小花；坐斜坡托腮凝望的我。

人和羊是同时出现的，打破了宁静也改变了画风。

三三两两的人拿着行李从坡上木屋人家出来，匆匆往下走，听交谈是赶车去的。而三只羊是旁若无人慢慢从那个山头踱过来的，第一次见到长得那么美的羊，心想这羊应该是养来看的吧！通体洁白有光泽的毛发，大羊的角长些，像少女走路时飘动起来的羊角辫，是有动感的，小羊羔的角呢，像小女孩子扎的短短朝天辫。她们都长棕色的晶莹的眼珠子，眼睛鼻口带着豆沙粉色，像出门化了淡妆。美羊羊们的羊脸看起来不像羊，像一张张怡然自得的姑娘的脸！我跟她们说话，给她们照相，仿佛很配合一般，会侧左边脸，再侧个右边脸，或换个站姿。拍了几张之后，大羊温柔地“咩”几声，不知道是不是问：“照好了没，走啦！”转身离开，小羊跟上。我抢到前头自拍合影，她们居然也停下来看镜头！

这感觉真是太奇妙了！

人走远了，羊也走远了，一小会儿小热闹后的宁静让人感觉有些孤单了，我也起来走了。往羊来的方向漫步过去，经过一棵巨树，满树黄叶像挂满金子。经过小碎石里长出的蒲公英的小绒球，她们做好准备等风来，要出发了！

再往前走，看到一群快要溢出木栅栏的羊。羊圈外有三个背包客在好奇地看着羊。羊圈里一位穿蓝色中山装、戴鸭舌帽的老人和一位穿红夹克的壮汉，他俩背着手讨论着什么，戴蓝底白花头巾的女主人在旁边打点着羊。圈子里的羊除了见过的白色，还有棕色，还有不白不棕色，还有浅棕带点黑色的，它们在羊圈里转来转去，却不吵闹。

羊圈的另一边有匹上好了鞍的骏马，头蹄是黑的，身体是红棕色，很好看的活马。看了一会儿，我像玩跳圈游戏般小心跳过地上黑色的粑坨坨，找个背包客帮忙和漂亮的骏马合影后继续向前走。

走着看着，不知道什么时候身边多了一条小狗，狗狗的眼神看着一点也不觉得陌生。我心生怜爱，蹲下来抚摸它的头，哦，不是小狗，是狗妈妈了，它白色的胸前有两排饱满乳房，背上是细腻的棕毛，胸和爪子是白色的。它安安静静跟着我多久了呢，小时候听说过，刚生了小狗的狗妈妈很凶狠的啊，我走到了它的领地，它不仅不凶我，现在还任由我摸她，抱她，眼神满满的温柔。我脑子里就冒出了前世今生缘这种很玄的想象来。

我是养过狗的，今生有过一次，唯一一次，因为之后再也没养过小狗。

初二那年，父亲给我们抱回来一只小婴儿狗，黑亮柔软的毛发，眼睛亮晶晶的像黑色透明水晶球，我们叫他小黑。全家都很喜欢它，特别是我和弟弟。弟弟在那个年龄长了一颗菩萨心，我妈杀鸽子杀鱼他都要救，对狗狗更是照顾。小黑渐渐长大，每天都跑到路口接我们放学。一个周末，我们在房间写作业，小黑突然跑进院子，痛苦而又焦躁地狂叫，转圈，然后箭一般冲出去，我们喊着追着都赶不上它……

当我们在院墙外的遮荫处找到小黑的时候它已经死了。身体痛苦地蜷着，嘴边有呕吐物。我和弟弟蹲在小黑旁边，痛哭流涕，这是我们第一次为一个生命的逝去恸哭。爸爸回家取来铁锹，我们就把小黑埋在它死去的地方。待我们情绪平复之后，父亲才告诉我们，小黑可能是中毒死的，应该是跑出去吃到了被药死的老鼠。

小狗，小狗，你跟我这么亲，难道你是从前的小黑吗？突然想起布包里带了油炸的小吃，于是拿出几个来喂它。它是闻到了小吃的味道吗，也不对啊，小路两旁的木屋那么远，也不知道它是什么时候从哪冒出来的。它在吃东西的时候，我和它自拍了几张合影，它任由我抱着，吃完点心抬头用它的脸蹭我的脸颊。

玩了一会儿我跟它说，我要走了哦。我站起来，它也站起来，也不摇尾巴，只是抬着头静静地仰视着我，眼神分明是依恋啊，让我很是舍不得。走了几步回头看，它还在原地原样看着。我走到估计回头也看不到它的距离才敢再回头看。

我漫无目的，顺着溪流在风景里走着。无意中走到景区的停车场，停车场有小吃，烤的鸡蛋，羊肉汤，烤肉串，还有保暖瓶里装着的新鲜牛奶、羊奶。

所以要旅行啊，不然怎么喝得上新鲜的羊奶。每样小吃来一点，午饭也就解决了。

因为不舍离开，开始注意在木屋里找其他旅舍，才发现，家家户户几乎开门迎客呀。经过一家门口挂有木牌，上面写着 “图瓦人家”和手机号码的人家，木栅栏围着，高大的树下几间木屋。看见就很喜欢。我踏着厚厚的落叶地走进去，一棵松树下，一间比较小的尖顶木屋门口看到一位短发，穿灰绿色中长棉衣的妇女在炉前忙碌，她家就是客栈。见我一个人，她说反正人都走完了，一晚只收我40。看了房间，全是图瓦族特色的圆木木屋，床是炕式的，一屋一炕，一炕五个铺位。

回到昨天住的地方取了行李，搬过来住。

房东有两个女儿，小女儿叫吉纳，6岁，短发，小模样俊俏。我问14岁大女孩她家是不是图瓦族，她告诉我爸爸是蒙古族，妈妈是图瓦族。照小姑娘这么说，我国五十六个民族不是少算了一个图瓦族？图瓦族是一个单独的民族还是蒙古族的分支呢？

吉纳缠着要跟我玩，给她饼干吃，她说她最爱吃饼干了，于是把第二天的早餐全给了她。中午想休息一会儿，她一直坐我床上玩，直到她妈妈过来把她拎出去。

小闹娃一走，我清静了。仔细观察了一下木屋的墙，是实木，均匀的圆，圆木与圆木之间塞着苔藓、草之类的植物。屋里没有生炉子，没暖气之类的，盖的被子不厚，但并没有感觉冷。

午睡没醒，客栈来了个大团，是个从福建来的夫妻团，六对夫妇，十二人。

妇女们有三个跟我一个屋。

他们一到就跟房东买了一只羊。我出去拍照回来，拴在树下的羊已成了板上肉。院子里烤肉用的伞棚架起来了。伞棚下摆了一个高脚的，装着木炭的长方形铁皮槽。

大哥大姐极力邀请一起烤肉，盛情难却，我便坐下来帮忙串肉串。房东教我们把腌好的羊肉，一块肥，一块瘦，肥瘦搭配穿在细铁钎上，放在木炭上的铁丝上烤一会，然后撒上孜然，几分钟，晶亮的肉汁滋滋冒出，肉香扑鼻，人顿时满嘴生津……

天空不时下点雨。

黄昏时，万丈金光突然从林梢洒下来，是那种照在人脸上会让人满脸红光、容光焕发的鲜明金红色光，树木都镀金了。我们几个放下手中的肉串跑出去追日。不仅是我们，还有两个背着长枪短炮的摄影师扛着三脚架跑在前面。

良辰美景易逝，夕阳无限好，人类永远追不上时光的脚步。所以要旅行啊，生命如此短暂。

烤不完的羊晚上房东做成一桌子的菜，我也蹭了一顿大餐。

第二天很早，夫妻团离开了。

由于十一长假临近，火车票吃紧，如果不离开得等差不多半个月才有票去喀什。

我第二天也要离开了。那天早晨，房东一定要我和她们的女儿一块吃早餐，她自己烙了面饼，煮了粥。吉纳拉着我去吃早餐，我也不推辞了。粥刚喝一半，晚上订好的去县城的车到门口来接了，给女儿们整理书包的房东放下手上的事情，送我出门，还往我背包里塞一个煮鸡蛋。

从村子里离开的人，大部分都坐上景区交通从另一边往禾木去了。车上已有两个人，我认出他们是在小溪石桥上帮我照过相的一对夫妇。他们来自山西，退休了携手到处旅行，大叔还是个摄影师。在成百上千穿行于白哈巴村的来来去去的人潮中，一次，再次相会，也是缘分吧，我们都很有感慨。巧的是，他们下一站目的地也是火车到喀什。

司机师傅也是个好人，在中哈边境大峡谷没要求就把我们放下来，让我们去看谷中云海，还主动担当我的摄影师。

白哈巴的美不仅仅是村庄啊，乳白细腻的云填满整个大峡谷，把白哈巴和对面哈萨克斯坦连成一片。大自然，总能制造出千变万化让人惊奇的景色。所以要旅行啊，世界这么奇妙。

我真的留恋这里。

车上问司机木屋的价格。师傅说，以前木屋出售，七八万一个，现在应该涨了。我说我要回去赚钱，然后回来买个木屋，我是真心想要这么做的。师傅听完也一本正经地建议我，买了木屋之后，再买几头羊。大家都愉快地笑了起来。

白哈巴到布尔津的时间还早，我和明姨夫妇到车站旁边的饭馆吃手抓饭，有司机进来问要不要去白桦林看看，往返一人 15 元。说是刚才送我们到县城的师傅让他找我们的。

去啊！当然要去。既不用干等车，还能多看一个处美景，太好了！

最后一口手抓饭塞进嘴里，饮尽杯中的奶茶，我们出门钻进司机的商务车。

哈巴河白桦林景区还没收门票，介绍说，这片白桦林是目前我国西北地区面积最大、保护最好、树种最纯正的天然林。太好了，在呼伦贝尔见不到白桦林的遗憾在哈巴河圆满了。

我爱死了这片林子。

干干净净的天幕下，干干净净的阳光里，根根洁白树干，片片金黄的叶子。走进林子我就着魔了，坐在石凳子上盯着白桦树笔挺的枝干指向的蓝天发呆。身心进入一个美好的新世界，灵魂跑出来想在这安静里浸泡一会儿。

意识到明姨在喊我的时候，他们已经走了好远，停在那里喊我："你不跟我们一起走吗，跟我们一起走吧，帮你拍照。"

我小跑着去追他们。

所以要旅行啊，在海南看了几十年的椰子树，怎么都没想到会有一天，跑这么远的地方来，见这么白的白桦树。

不愧是纯正树种，也看得出来被保护得很好，每棵树的皮几乎是完整的，除了自然的起皮，树干基本是平整光洁的。轻轻剥开手指倒刺一般浮起来的一片白树皮，里面那层新皮也是白的，白得更细腻。我把脸贴在树干上，像贴着新生娃娃香软嫩滑的肌肤。

白桦林返回车站，还有时间，明姨他们先到候车室去等，我去买车上吃的零食顺便逛逛这个可爱的长在祖国地图"母鸡尾巴尖尖"上的小小哈巴河县。

哈巴河县的路边总有小树林和长木椅，没事的老人坐在上面晒太阳。买好零食，我也到车站对面的小树林里，不坐阳光下的黄色长木椅，找棵树靠着坐在草地上喝奶茶吃蛋糕，自己来个小野餐。小树林的树不大也不高，叶子都黄透了，轻风时不时带下来几片落在身上，身边。小树林里的水泥路上，偶尔有穿校服的学生踩单车经过。

四

九月的倒数第二天，想赶在放假前坐上不那么拥挤的火车，但学生的国庆长假已经提前开始了。

由于明姨他们的身份证没核验过，没法帮他们在网络上抢票，他们到窗口只能买到两天后去喀什的票。

乌鲁木齐到喀什的火车上，我抱着背包挤在靠窗的座位上。因为旁边的少年想和他的同学们在一起，所以我乐意和他换了我喜欢的靠窗座位。原本的三人座多坐了少年另一位只买到站票的男同学，座位相当挤。少年的右手臂活动太频繁，以至我挨着他的左手臂被摩擦生痛。不只是我的座位挤，整个车厢都拥挤非常，行李架上行李满满当当，车厢里人头熙熙攘攘，大部分是放假回家的学生。我的对面座位还是少年的两位女同学和一位戴头巾的维族奶奶。不打开水、上厕所我就乐意听着音乐，看着窗外一点点经过的风景，不看风景的时候则趴在背包上闭目休息，图一个人清静安宁。为什么我不把背包放到行李架上去呢，因为，抢不到卧铺票，得坐一夜的火车，背包的高度，坐下来放在大腿上刚好顶到下巴，把最柔软的一件衣服放在上面，背包卡在桌子和身体之间，枕着背包可以睡得很好。

母亲知道我得坐一夜火车，很是心疼，我告诉她，火车上列车员还有上夜班的呢，他们还工作，不像我只是坐着不动还可以睡觉。多给她举了几个上夜班的例子，她也就释怀了。所以，朋友，买不到卧铺票也别悲观，就当上一次夜班啦！

刚开始，旁边的学生们看书，一旁的少年在英语练习册上做习题，没坚持多久，书本收起来，用我听不懂的维语谈笑。晚上，车厢里带吉他的学生给大家弹唱，女同学则在过道里跳舞，气氛活跃了起来，青春的气息洋溢着车厢，他们本是能歌善舞的民族。夜深了之后，环顾视线所及的位置，有人闭眼休息，有人还在三两玩牌，聊天，或用手机看电视剧。

我不知道自己在不绝于耳的各种声音里睡去醒来多少次，再醒来已经是第二天早上。去洗漱完回来喝了盒牛奶几块饼干当早餐，学生们开始玩起游戏。游戏规则是，指定的人趴下闭眼，周围的人用手去触碰他的头、肩、背。指定人抬头，指出触碰自己的人，指对了，换那个人趴下猜。看我吃完早餐，对面的女孩邀请道："姐姐，一起玩吗？"

好啊，我加入她们的游戏，他们也开始转换语言，改用普通话。

后来奶奶也加入了我们的游戏，玩得很开心。他们也许对我比较照顾或者因为陌生不好意思，从不猜我，游戏也就不好玩了。退出去看着他们玩，再看看窗外的风景。

中午一点到喀什。坐车到旅舍外面下车，看见手抓饭店一头扎进去。火车上没吃好饭，饿。

餐厅很有特色，餐具、摆设都有些中东的味道。

菜单是双语的，我只点了一个份25元的手抓饭，却除了手抓饭还配得很丰富：一壶袋泡的红茶，装在精致小巧的白瓷茶壶里，一小碗手工酸奶，一碟卷得很好看的胡萝卜丝，一碟摆成花瓣形状的馕饼。账单送过来，小小的收银票，除了阿拉伯数字，其他字在眼里都像是跳跃的音符。

这一餐我吃得非常愉快，就在这跳跃的音符中开启欢乐的南疆之旅！

第二天是国庆节，我逛在巷陌交织、高低错落的高台民居，户户人家的大门上，五星红旗迎风飘扬，大红灯笼高高挂，人人脸上笑颜祥和，节日气氛比在任何一个城市看到的还要浓烈。

多少国人，南非、刚果、黎巴嫩都去了，却对新疆禁足。来之前还有人劝阻，我不太明白，来了之后我更不明白。那感觉就像是，你闭上眼，别人告诉你当你睁开眼睛的时候会只会看到一片黑暗，当你睁开眼睛眼前却是世外桃源一样。所以要旅行啊，百闻不如亲眼见。

游人不多，见到的大部分都举相机到处拍摄，他们和当地人始终保持的距离，看着他们还能感觉出一种戒备。如果我不是一个游客，我可能不太喜欢这种被观光和提防的感觉。

我漫无目的地慢慢走，哪里吸引眼球就逛到哪里。

经过坐在大门口树下大花床上喝茶的胖奶奶，隔着矮矮的花篱笆，眼神对视，她举起手里的茶杯，给我一个慈祥的微笑。

经过一个被鼻涕弄脏了脸的大眼睛小维娃，跟他说话，他笑而不语，眼睛一直盯着上方，顺得他眼光转身看，楼上，漂亮的窗口，她年轻貌美的妈妈在向我们招手。

经过一群在巷子里玩小皮球的五六岁的儿童，一个小男孩跑过来就牵起我的手，也不说话，然后那群小家伙就天真无邪地叽叽呱呱笑成一片，小男孩也笑着跑开了

经过一户很喜欢的大门，门口种着漂亮的花，外面望进去，门洞里是黑的，但门口露出半个坐在摇椅上悠哉的胖奶奶，我走到门口去，探头探脑往里看，奶奶看到我，微笑，她旁边站着一个小女孩，正给奶奶端水，我也笑说，打扰啦，奶奶，就想跟您说，您的家可真漂亮！

经过一个馕店，门口搭了个简易的帆布棚，一张桌子上叠着大大小小的金黄色馕，两个小哥在现做馕饼，我跟他说，先生，我要录你们做饼的过程，他们爽快说好啊！

外边的一个戴黑色鸭舌帽的正用带木把的长铁铲拨弄馕坑里的火，把火集中到馕坑中心。馕坑隔着一道玻璃墙，窗口开出一个两个人头大小的正方形窗口，不知道外面的鸭舌帽跟里头的小哥说什么，他从窗口露出帅脸给我扮了一个滑稽的鬼脸，成功逗笑了我。

他们相互配合，熟练利索。我就站在旁边录像，他们认真有序地劳作，丝毫不受影响。

里头帅脸和面团，弄出一张圆形的饼，摊在台上，埋头，手握着一个铁器在面饼上卡卡卡卡敲出花纹，然后丢到窗外鸭舌帽身边的扁平铁盒里，鸭舌帽左手拿着抱枕般的圆形布枕上，右手掌小心扶起面饼，饼先在铁盒里粘上些干面粉，然后覆盖在布枕上，放平布枕，双手手指在饼的边边上捏出上翘的纹路，再用手掌抚光整张饼，举着布枕把馕贴到馕坑壁上，馕坑的热气逼得他皱眉咧嘴的。馕一张张放进馕坑，鸭舌帽不时抓把水洒泼到坑壁上。

另一位去买材料的牛仔衣小哥拎着货回来，好奇懵懂的脸凑到我镜头里来，发现不对赶紧摆摆手笑着闪开。

顾客络绎前来，或骑车来或走来，馕都是五只十只的买，小的两元，大的三元，很是便宜。我也买了两个小的，谢别了三位快乐的劳动青年。

经过肉店，羊整只挂在摊上，顾客指哪割哪。

经过水果摊，橡木色有轮子的木车子，三两人弓着身体在吃红的西瓜，黄的哈密瓜。

经过石榴摊，哇，红红的红石榴堆成小山，石榴榨成葡萄红的果汁，5 元钱买一高脚杯，一饮，可口鲜美。

经过烤包子店，缭绕的淡淡烟雾中，中间都有几小块焦皮的烤包子整整齐齐码在垫着花布的大盆里。

经过一排六七十年代的电影里多见的那种脱了漆的搪瓷缸，摊主说叫缸子肉，羊肉放在搪瓷缸里，小火长时间煨炖就有了这种汤清肉鲜的美食。一份鲜美的缸子肉配一个脆香可口的肉馕就是一顿美味的午餐。

……

所以要旅行啊，你说你是中国人，中国是不是有个喀什，喀什的人民是怎么样生活的，他们跟中国任何一个地方的人一样，辛勤劳动，用智慧生活，渴望幸福安康，只是生活场景是这个有着600年历史的高台民居。

五

逛回宿舍，倒到床上才发现八人的宿舍间多了三位女生。

其中一位女生看我回来就问，明天要不要一起去参加维族婚礼。她想去，可不想一个人，如果我也去，她再叫上另一宿舍的女孩，三个人一块去。

去。我毫不犹豫地答复。

女孩叫南，在乌鲁木齐到喀什的飞机上认识军人比江，比江邀请她去参加他姐姐的婚礼。

她不敢一个人去，所以想带上我们。

一大早我们就出发，因为还要坐车到附近的县城。

我们先去等花店开门，合资买一束送新娘的玫瑰花。

一起的另一位姑娘和关之琳长得挺像的。

“关之琳”来自北京，南来自山东，而我来自海南。所以一个人旅行没有什么可怕的，有路就会有人，有人就会有与你不期而遇，不约却能相伴同行的。

新娘家不像见过的汉族婚礼，院子里高朋满座，这也许跟房屋有关，进了门，一条比较简陋的走廊，两边有垂挂帘布的房间，装修也较简单。再进一道厅门，还是走廊，不过装修精致多了。两条走廊成T形，两边都是房间。

来宾根据身份被领到不同的房间去。

比江把我们领到房间就忙接待去了。我们的房间墙壁是粉红色的，挂着纱帘，没有桌椅，地面铺着色彩鲜艳，花纹独特的毯子，依墙四周，摆放着玫红色长长的方形柔软的坐垫，中间的毯子上，食品琳琅满目：葡萄、哈密瓜、西瓜、香蕉；核桃、巴旦木、开心果、馕等等装在大大小小的盘盘碗碗里。

我们三个就像进了儿童乐园的孩子，对着食物一阵狂拍。

有妇女给我们送来了一壶热茶，铜的茶壶，花开富贵的图案。

我们忙着拍照，人家给我们倒上的茶还没喝，有人来请，把我们带到另一间有新娘的房间去。

新娘很漂亮，长长的红色纱头巾半遮着秀美立体的脸。红色的长袖套裙，她坐在房间最里面的角落里，前面堆满鲜花，包括我们的那一束。陪伴在她身边大大小小的姑娘们一个个也长得很漂亮。

新娘的房间比之前那间装修豪华。墙根到墙壁有半米的浮雕实木装饰。毯子和坐垫的材质更加高档豪华。

我们收起刚才只有三人时的野劲，文静地靠墙壁拘谨坐好。

大家一点都不排斥我们这三个异族，小朋友主动坐到你身边来玩，女人们也主动来聊天。

马上有人给我们端来了三碗喷香的羊肉面让我们吃，很好吃。我们刚吃完面，又给我们端来三份手抓饭，饱了，不吃了。送饭的是个衣着朴素的姑娘，同样也是面容俊秀，她说这饭必须吃，而且不能剩饭，我们乖乖把饭也吃完了。

之前的拘束在吃吃喝喝说说笑笑中瓦解了，我们放松下来，融入了喜气洋洋的大家庭。

经介绍知道哪个是新娘的父母、姑妈、弟弟妹妹之后，发现这个家族女人都长得很漂亮，特别是比江的未满十八的妹妹，形容肌肤胜雪应该就是这样的姑娘，唇红齿白，头发乌润，身材高挑，像在画里见过的楼兰美女。男人们嘛，帅是帅，可在我眼里好像长得都一样，小瓜皮帽，唇边有胡子。

外面欢乐的维族音乐响了起来，比江的姑妈来邀请大家去跳舞。音乐是两人组合的乐队现场弹奏的，男女老少就在乐器前的跳起与生俱来的舞蹈。

和小朋友们合影，她们都很大方，往你身边一站，或淡定从容或萌笑甜美。

舞蹈时间结束，回房间坐下，刚才一起跳舞的姑妈又用托盘捧来烤肉串让大家吃。

过一会儿，有人来发礼物，新娘房间里的每个人发了一个精致的盒子，里面好像是毛巾之类的，拿着不方便，我转送给了跳舞时对我又抱又亲，还邀请我到她哈密的家做客的漂亮姑妈。

下午新郎来接亲了，接亲的时候还有一段舞蹈，人太多，远远只看见好像是人们轮流向新娘献舞，献舞的人手里都拿着钱，用舞蹈的动作在新娘头上绕圈，然后塞给新娘。

新娘上车，我们以为可以走了，比江过来，跟南说了什么之后我们被安排到一辆车，说是去酒店吃婚宴。

婚宴的酒店座席间有个大舞池。新娘也由红裙子换成了白婚纱。白婚纱把新娘衬托得更美，像欧美新娘。但我更愿意看到她穿维族传统婚服。我希望汉族结婚穿汉服，56个民族结婚，穿自己民族的传统服装。

结婚的时候会穿汉服，我想。

我们和新娘一桌，也清楚看到了新郎，也是个维族帅哥。南说，新娘也是军人，新郎官则是警察，金童玉女很般配。

婚礼上一直播放着欢快动听的维族舞曲，舞曲一起，有人上去跳舞，不跳舞的就成了观众。一曲结束，大家回到丰盛的餐桌前，聊天，谈笑，热闹却不吵闹。不时有亲戚朋友来和新人合影。我们也被拉上舞池，然后有人往我们每人头上挂了一条色彩鲜艳的美丽纱巾，这是一种风俗还是为了让我们和大家看起来一样呢，我也不清楚。

后来新娘新郎走上舞池，在大家的簇拥下翩翩起舞。

舞蹈过后，在家长的主持下，新人照单验收了堆在地上像小山包一样的礼物。

考虑安全问题，我们要早点返回住处。每人包了一百元红包，由南代表送给新娘后离开这个幸福快乐的婚礼。

所以要旅行啊，见识了一种没有拼酒、敬酒、劝酒、闹新娘闹新房、只有欢乐歌舞的婚礼。

这个美好的维吾尔族婚礼成为我喀什之旅最精彩的部分。

第二天，南和“关之琳”跟比江去逛高台民居，我则一早坐了半天的车去看了冰山之父——慕士塔格峰脚下的喀拉库里湖。

在洁如明镜的湖边想骑骆驼照相，钱放车上，没钱骆驼青年也让我骑，他说加他微信到时候再发给他，被信任的感觉真是太好了。

大新疆的面孔、美景、美食、音乐我都爱，大爱！大美新疆，丰美斑斓的大地，还会再去的！

镇远——美丽小镇美丽姑娘一个不美丽的故事

笔记本里掉出一片枫叶，上面，签字笔写的字迹依然清晰：镇远，2016.11.06。

记忆回到舞阳河潺潺水声中的山山水水。

武汉一夜的火车，到达镇远站。到镇远是为了停留。两个月零四天，从深圳出发，哈尔滨、呼伦贝尔、北京、银川、西宁、张掖、吐鲁番、乌鲁木齐、伊犁、阿勒泰、喀什、太原、泰山、秦皇岛、长白山、沈阳、武汉到镇远：选择这一处秀山美水，暂停再继续。因为拥有的少，所以生活不怕清零，因为拥有的少，人生可以随时随地重新开始。只要银行卡还有钱，要浪就浪个彻底。

订了临河的青旅，淡季价格优惠，四人间里的一个床位，三四百元就能住上半个月。河流从窗下经过，河对岸景色尽收眼底。去过的古镇无一不充满着诗情画意，古人比今人更懂得诗意的栖居。他们的城镇村庄总能与自然相衬得那么和谐美好。

看一眼，便爱上了镇远。镇远是个可以终老的小城。

放下行李先去找一家口碑不错的酸汤鱼店，一顿酸汤鱼火锅自助餐 38 元，对于独自旅行的人来说，太实在了。虽然吃得不多，但就喜欢一餐有很多种的菜，然后可以每样吃一点。酸汤鱼是贵州有名特色菜，名副其实。

一夜枕着河水睡得香甜。

舞阳河的流水声就像是夜雨声。

早上起来，先想好自己此时身在何方。

打开窗户，天气很好，清澈的河水倒映河对岸的楼亭，窗下岸边有几个垂钓的老人，偶尔有拍照的游客从窗下经过。

别人都有伴呢，自己形单影只地跑了那么久，突然有些黯然神伤。

窗外的天色渐明，渐亮，阳光照耀下来，眼前的景色更加清晰秀丽。

不想写字，也不想去逛，一大早从心底下冒出来的忧伤情绪需要自己消化，那就把脏衣服都洗了吧，攒了不少了呢！

十几件衣服、两双鞋子和一个布包，手洗，洗了一早上。洗好差不多中午一点了，再去吃一顿酸汤，问了老板酸汤怎么做的，说是苗家人用小西红柿和米汤酿的，真的好开胃。

下午睡一会儿起来去散步，临河很多很文艺的各种店铺关门了，门口贴着的公告显示明年五月才营业，这镇远的淡季可真长。不过喜欢清静的人可以选择在这个时间段过来小住。

河边有个人大概回家睡觉了，钓鱼竿、鱼食、鱼桶，凳子还在，我坐在他的小凳子上假装钓鱼，其实我是在盯着流淌的河水发呆。

第二天，窗下钓鱼的人多起来，被聊天的声音吵醒了，河对岸边早上的广场舞开始了，音乐老远传过来还很大声。

和母亲视频报平安，并告知春节前会浪回家去过年。

母亲说，她又拿我命去算了。半年前，母亲才算过一次。算命先生说我身上有个孤独星，我妈便花了一千多让他把我的孤独星破解掉。算命先生到家里施了法，还给了她一神符，让母亲一定让我挂身上。母亲戴着老花镜，用红布一针一线给神符缝了红布袋子，强制我天天挂在身上。我挂着那神符又继续单了大半年……亲爱的母亲不知道，人本身都是孤独的，父亲走后，不跟我们在一起的时候，她大部分时间也是一个人孤独生活的，这是人生常态呀，算命先生怎么破解得了？

那这一次，算命先生又是怎么说的呢？我问。

算命先生说，你那孩子啊，人善良，也会疼人照顾人对人很好，就是那个姻缘来得太晚了！妈，你看你看，每个算命先生都这么说，说明命中注定啊，妈，就别再去算了！

我说完转移话题，让母亲看山，看河，看宿舍，不再跟她聊这个。

这是她的心病，我单着，她总说她为此睡不着。能怎么办呢？

在镇远河边走，慢慢走回旅舍，镇远的夜，像天庭在人间，神秘璀璨。河边的桂花开了一树树，晚风中弥漫着清香。河堤的栅栏边，靠着一对抱在一起看夜景的情侣，女的花裙长发，男的有型有款，红尘有伴，真羡慕他们。

晚上逛完回宿舍，看到入住了一位同样独自出来旅游的阿姨，我刚进门，她便神秘兮兮凑过来问："姑娘，你一个人出门不怕啊。听前台说，你在这住几天了，这几天都是你一个住这吗？隔壁就是那么多男生住的宿舍，你不怕吗？”就两个人，阿姨说话还把声音压得好低，怪阴森的。

“可这旅舍也没有单独接待女性的呀，”我笑笑说。

真想跟她说：阿姨，你家小区男人更多呢！都知道单独出门旅行，问这种问题好奇怪。经常出远门，家人已经不担心我了，但时刻关心的。现在出门，只需保持与家人的联系，让他们知道你的下一站就可以了。

阿爸在的时候，从异地回个家，他会隔个十几分钟来一个电话报告位置，他之后世界上没有那么在乎我的人了，真怀念亲爱的老爸啊！想到父亲，再想到现在独立的自己，其实跟他从小相信与培养有关系的。

初中时，每年春节，我们全家都要回老家过年，但单位的家需要留一个人在大年三十那晚打鞭炮进行“开年”仪式，留的这个人通常是我，因为姐姐们回去还要做大扫除，我留下最合适。虽然有些害怕，但每年我都会留下，并完成任务。

家人都回去了，单位也没人了，我会很早把门窗关好，锁好，躺床上看书。听镇上此起彼伏的鞭炮声，等到了父亲交代好的时间点，把鞭炮挂在窗外，在窗内点着炮芯后赶紧丢出去，任它噼里啪啦地在外面炸，炸完说一声全家平安大吉大利，我的“开年”任务就完成了。

不容易的是第二天大年初一，我要在全家新年第一顿大餐前赶回家去。所以很早就起床，借着朦胧的晨光，骑几公里自行车回乡下老家。回到家，全家人都已经在饭桌上等着我。

遇到过最危险的一次是，从镇上回村里的路口，不知道谁家的恶狗掉链子了，带着粗大的铁链蹲在那。那时没有路灯，不过家家户户大年三十到初一早上灯是长明的。那个狗就蹲那里，阴郁地低吼着。

第一次我害怕不敢过，掉头回家，坐了一会儿，一想到全家人还在饭桌上等我，硬着头皮从它身边冲过去。狗拖着粗铁链跑不快，追了我好长一段。我狂骑一通把它给甩了，老远还能听到它讨厌的叫声。

我独立的胆子应该就是那时候练出来的吧！

我爸也说过，我胆大心细，只要有钱想去哪就能去哪。

这就是个男人和女人共存的大世界，除了那些天生邪恶心有企图的人会带来危险，芸芸众生都为自己奔忙，没什么交集的事情，谁会去在意一个普通的陌生人。

到镇远第七天就开始下雨了，看天气预报，后15天将天天下雨。

在外行走，不遇见风景便遇见故事。

她在第七天的晚上住进来的，是个长得皮肤很白皙，眉目温婉漂亮女孩：双。她乌黑的长头发扎半丸子头，穿一件半袖红蓝民族风长裙子，拖着一只白色的拉杆箱。

刚开始打过招呼后，我们无话可说。我继续写游记，她整理她的东西。旅途中，除非有一起要去的目的地，平日里大家不过去问彼此从哪来，到哪去，做什么工作的。有些累了，我便停下来，躺到床上玩手机。

双主动说："我叫双，我买了新鲜蓝莓，给你一盒尝尝。"

"谢谢。"我坐起来接过她的蓝莓。

"你来这里几天了。"

"七天，"我说，"你是今天刚到吗？"

"不，在这里十几天了，一直一个人住在河那边的客栈。今天本来要走，都进站了，没走成。看，浪费了一张软卧票，"双从钱夹拿了票扬了扬。

"可以改签呀，"我说。

"只能改当天下一班，从这去成都每天只有一班车。"

"为什么又回来，有这么舍不得镇远呀，"我说。

"不是，回来拿行李，也是为了证实一件事……你来这几天去过酒吧玩吗？"双问。

"我在熟悉的地方都不会去，一个人出门在陌生的地方更不会了，酒吧这么无聊。"我说。

"我喜欢体验各地的酒吧，那是一种文化呀。如果你去，你一定要注意某某酒吧一歌手，他是骗子。"

"你怎么知道的？"

双于是给我讲了她的故事：

我到镇远第一天去某酒吧。要了杯红酒坐下来，用手机拍着夜景的时候，身后有人说 HI。转身，那人在灯火阑珊处，那人胳膊伏撑在木栅栏，朝我打招呼，很帅。

美女，一个人吗，我是这儿的驻唱歌手，陪你坐坐？请你喝一杯？他朝我摆摆手问。

我请他坐下了，然后觉得他是个不错的人，礼貌，风趣。旅行中，很多人喜欢把这个叫“艳遇”。我想我是艳遇了。

他唱歌唱得特别好，曾经是文工团歌手。他父亲觉得干那一行没出息，一定让他回家乡来做实事。他回来，在江边开了家小酒吧，因为淡季，先关闭了然后在给朋友酒吧唱歌。

聊天的时候，酒吧老板过来跟他喝酒，虽然他们用地方话交流，但看出来他跟酒吧老板举止亲密，感觉是关系很好的朋友。

他鼓励我唱首歌,酒吧的舞台,我唱了一首《遇见》,开始了他和我的遇见。唱完他鼓动酒吧的人都给我鼓掌，也有不少人过来与他干杯，让你就感觉他在这里，是很受欢迎的人。

雨后的夜色很美，广场舞的人群散去了，他表演完，约我一起走走。我便和他在河边那个曾经的小码头去看夜景。

跟他在一起的真的是太开心了，在这样的美景里，遇见这么美好的一个人，我心里就想，如果他愿意，我哪都不去了，就停下来，留在镇远。

我是因为失恋，才开始旅行的，我已经走完东南亚，走完半个中国。

当他给我唱情歌的时候，我动情地，自投怀抱，河水从桥下流过，天上有月牙，我在他温暖的怀里，缺爱的身体被他温热有力的拥抱滋养得长了力量，脑子里居然还浮现电影里吸年轻男子精气变得精神的狐狸精。

当晚，天空飘起小雨，他送我到客栈，打车走了。

第二天，他主动约我，我赴了约，他说他觉得我不会再出来见他，我一个大城市来的女孩，条件那么好应该看不上小地方的他，他羡慕我一个人想去哪就去哪而他却从没离开过贵州。

他不知道，我已经孤独很久了，如此漂泊，只为择一城终老，寻一人白头。

遇见他，他的歌声，他很有绅士的举手投足，已经开始让我幻想。我满怀希望我和他能有爱情。

心里有个喜欢的人，就会感觉特别心定。不知道别的女性有没有这种感觉，我是有的。我从来都不太喜欢一个人，要是因为失恋后的抑郁……只有有了喜欢的人，我才觉得踏实。

心定之后，无论做什么事情都很踏实，包括睡觉，想着那个喜欢的人，带着憧憬和希望就安稳地睡着了。

公告说水库截流，一夜之间，河中间裸露出沙洲，人们有些到河床上拾拾捡捡，有些撒网，欢声笑语。

他每个白天都会来找我，我们逛遍古城的每个角落。

虽然下着雨，我们却从桥这边逛到桥那边，不知疲倦。

我为此，多续了半个月的客栈，为了他。

夜晚，等他表演结束后，我们就在一起。

晚上，镇上的灯笼都亮起来了，在淅淅沥沥的雨幕中，暖暖的火盘旁边，我们吃烤肉晚餐，身边有他送的玫瑰，手里有他精心烧烤的肉串，一切都浪漫得很不真实，久违的爱情的幸福感像炭火上烤肉的油，嗞嗞冒出。

我被这样的遇见感动了，我跟他说，我也和他在一起，一直在一起。这么说的时候是真实诚意的，并且不是一件有何困难的事情，只要他愿意。

他说他愿意，并计划着我们的未来，计划着怎么把关闭的酒吧重新开起来。等他家杀猪过年的仪式时，他会带我回家，介绍给他的家人。然后我们会结婚。

在这里，过年前，有条件的人家会杀一只猪，那天亲朋好友都来吃饭，剩下的猪肉制成腊肉，过年吃。

其实，你不知道我瞎得很，容易相信别人，什么因什么果，这就是感情总不顺的原因。往好听说是善良，往坏里说是蠢。我谈过三个男朋友，全是因为钱而分手。你相信吗？

“你很有钱吗？”我问双。

“我在爸妈的婚庆公司做策划，也是领工资的。第一个男朋友是我公司的，跟他在一起，总是我在花钱，他总是跟我说工资不够花，今天这个同学来那个朋友来，去玩了，去喝酒了，我觉得奇怪，分手了；第二个，交往没多久，找我借钱买房，我不同意，分手了；第三个，总让我帮他买东西，却从没给我送给礼物……你觉得我看起来像有钱人吗？”双问我。

“反正很像大小姐，”我说。

当我问他，打算什么时候跟我回家的时候，他的表情是彷徨的，眼神闪烁。他的表现，让我心里突然没了底，有了一种不好的预感：离过年还有一个多月，也不知道我们的关系能不能维持到那个时候呢！一直是个感情运特别差的姑娘，这一段关系开始时，如果感觉将会不好，一定就会不好。

天灵灵，地灵灵，好的不灵，坏的灵。

后来，他的心情那天后就跟镇远的天气似的，阴晴不定起来。

我问他原因，问了很多次，他反问我介不介意他已经有了一个成年的女儿，那个女儿是他未成年的时候生下的，女儿的妈早已远嫁他乡，而他女儿由他父亲带大，现在也一个人在外地谋生，他和女儿隔阂很深，感情也不好。

我很惊讶，但是还是说，不介意。像他说的，他女儿已经成年，独立了，感觉关系不大。

我有些惊诧他人生的戏剧性，但当时的我真的不介意。我觉得自己很能干，嫁给谁又有什么关系呢？遇到自己喜欢的人同时他也喜欢你的人，不容易呀。

我的追求者很多，多好条件都有，但我对他们一直没有爱情的感觉，现在他能给我这种感觉，我为什么还要考虑其他的事情呢？

电影和小说女主角通常会同时被好几个人追求，鲜花，名车，钻戒，拖到品牌店里，这个不要，其他全包起来，你不接受他还不高兴，那样的事情我都有过，但我就是觉得就他好。你说我是不是有点犯贱？

有他陪伴时间过得很快。他不冷落我，虽然有些冷漠，还是每天会有空来陪伴，想听什么歌可以点唱。他歌唱得真的很好，我甚至鼓励他去参加歌手赛。他说他父亲以死相逼，不让他唱歌了。

而我呢，连续几天阴雨，加上他的态度，心情有些低落，所以整个人也昏昏沉沉的。

那天，天晴了，看到阳光，心情和窗外的风景都明朗起来。

三四点才起来吃午饭。饭后和他走上古城垣，坐在阶梯上晒太阳。城墙下，两个遛狗的年轻男人和三个遛鸟的中年男人聚在柳树下的石桌凳上聊天，我听不懂的镇远话，而一旁的他边在手机上玩麻将一边听得吃吃笑。他问我有没听懂那些男人的对话，我当然没听懂，他也不告诉我笑什么。此时此刻，我只听鸟鸣四处，桂花枝头，一只小鸟跳着唱着就拉下一粒白色粑粑……

三三两两行人经过，有结队的年轻男女，穿校服的学生，腿脚不灵便的老人，往高墙上走、上蹿下跳的少年。

我心里很感慨，我们能一直这样多好。这种生活就是我想要的。

没想他居然问我，这几天我一直不太理你，你不生气吗？其实我看出来你是有生气了，只是你不说对吗，我就想看看你的耐性，看看你能生多久气……

不知道为什么，他话没说完，我就觉得好委屈，心堵上了，两行泪水就爬上脸宠。当时我就觉得，这人好变态。

我不知道自己怎么回了客栈的，反正他也没跟来。

晚上准备睡觉，他却又来敲门，带了我喜欢的巧克力慕斯。

看到他，我很开心，马上忘记了之前的不愉快。

那天，我们重置计划，我告诉他决定在房租到期之后按原计划去往我的下一站，成都。他事情解决之后就去找我，在成都玩几天，我带他回家一趟，然后在他家杀猪日一起回到镇远来。

他问我，如果我不去找你，你会不会不回来了？

我说，不会，如果你想我回来，我就回来。

我感觉你一走，就不会回来了。他忧伤地说。

我没再说话，我心里在说，必须要先离开的，拉开距离，审视这个人、这段关系。

因为那天生气之后，我开始意识到自己的草率。我不能跟一个认识不了几天，不了解的人就这么私订终身了。

自己是太着急就开始了，但是，没有开始没有一个了解的过程又怎会知道是好是坏？还好，这关系也还只是个开端。

之后的两天，河水没有流淌，断流了，而他也没有找我。

又一个早晨，水库断流结束了，像下雨般哗哗哗的声音又响了起来，河流恢复了往日的神采。

早餐后出门去看风景，遇见每天“西瓜、西瓜”喊叫的阿姨。原来西瓜是条棕色泰迪。阿姨看到我一个人走走，拍拍，主动要求帮我照相。还让她的西瓜陪我照相，西瓜听话地在我身边转来转去。

“这条小狗我也遇到过，我还跟它拍照了。”我插话说。

“所以，我为什么要告诉你我的事情，镇远很小，而你也是一个来玩，我怕你也遇到他被骗。”双说。

“说不定前几天我见过你，桥头边的桂花树下……”我试探地说。

“穿什么衣服？”双问。

“像是这件裙子。”我说。

"那就是了，我，穿这件裙子，跟他在一起。"双说。

"好巧，镇远真的很小。后来你们还见面吗？"

见，那天和客栈的人去爬了石屏，中午准备休息，手机叮一声，他发来信息：你这一天都不理我呢？

我反问他：你在忙什么呢？

他说他在跟他哥商量开店的事情。他爸为了不让他乱来，让他把仅有的10万元拿出来，入伙了他哥的火锅餐厅，他负责管理。但他不喜欢他哥，不想合伙了，想他哥把钱退给他。

你哥同意吗？我问。

他做了个抓狂的表情，说，他同意，但是过年才给我钱。

为什么过年给？

他的意思是留着周转一下，他的工程款年底结了才给我。

那也快了，一个多月而已。我说。但心里想，他说过，他哥是个有钱人，请客喝酒都要选成千上万一瓶的，像这么有钱的主，10万元对他是小意思，不结工程款就没有10万元？我不信。开始觉察他有问题。

"我自己的店还欠人家一万多元的酒钱，天天催我，烦人，要不这样，我就跟你去成都了。"

"那还不容易，你就先让你哥给你一万多元给人家还上呀。"我说。

"你吃饭了吗，吃了多少？"他转移话题。

"不多。"我淡淡说。我隐约意识到他的目的了，没准儿又是一个要钱的。

"那你先睡觉吧，要是今天问题解决了，我去找你玩。"

零点，信息来：

"你睡了吗？"

"准备。"我说。

"你早点睡吧。我还在跟我哥谈，烦死了。"

就给钱不给钱这问题还能从下午谈到凌晨，还真能扯，我想。

总之，那几天他无论什么时候联系你，都只是想让你知道一件事情，就是他在被钱所困。

我突然想，他应该十分期待我会跟他讲，你别着急，我给你一万元你去给人家还上。我让他失望了。

银行办个信用卡，顺便信用额度都有几千，有这么难吗，把他难成这样。这点小事情自己都解决不了，还天天烦成那样?

他是个什么心思，我看穿不说穿。

中午准备去吃饭，他找到客栈来了。从进门就一直玩得手机游戏，问他吃饭没，没吃，那要一起去吗，我准备吃了饭去天后宫逛逛呢。吃不下，你去吃吧，我在你这充会儿电。

我出去吃了饭，本想直接就去天后宫，但于心不忍，吃了饭还给他打了包回来。

他还在玩游戏，让他吃饭，不吃。

那要一起出去走走吗?你自己去吧，他说，头也没抬。

我出来，自己去逛。

一天天的时间，被哗哗的河流带走了，离开的日子就到了。

中午收拾，发现他的手机数据线和给他买的那盒袜子还在，打电话让他来取。

他一出现，还是叫烦死。别人给他打电话催他还钱。拿了东西，匆忙又走了，说是去找他的表弟借钱去。走了一会儿又返回来，问有没有看到他脸红，发烫。我摇头，真没看出来。他说他没向别人借过钱，第一次去借钱，被拒绝了，难堪，尴尬，脸在发烫。

我默默收拾东西。

他说完，突然又跟我说，你知道吗，如果我去找我的前任借钱，她马上会给的。

我在心里冷笑。暗暗心想，果然渣。于是，我淡淡地说，那你去找她呀，这么好的前任，还不赶紧找她去?

他给了我一个愣住的表情。他说，真没想到你会这么说话。

我说的是真的，去吧，现在去。我尽量让我的声音温和平静，我把箱子盖上拉上链。

那我真走了?他往门口走。

走吧，不送。我无所谓地说。

他一出门，我把门一关，松了一口气。

哼着歌继续收拾东西，洗头，洗澡。

回房间看到几个未接来电，他的，然后是信息:

你怎么了，怎么回事，电话不接？

懒得理他了。

决定明天一走，不会再回来。想到这居然收到他信息说：

我知道你一走肯定不会回来了，我知道你想法，你觉得我不够好，你想找更好的，那你去吧！我在我们第一次见面的地方，我把我们初次见面的地方走了一遍。我很舍不得你，你知道吗？

最后这条信息让我觉得应该去跟他好好告别一下，好聚好散。

我回复：等我收拾好，出去陪你走。

像第一次见面那样，披散着半干的头发，包了件长外套，穿了拖鞋就去河边。他已经在那棵柳树下等我。码头边第一次坐的长椅上已有了一对正在接吻的情侣，我们换了一张。

“码头看起来不像我们第一次见到那样了，你发现了吗？”

我看去，是的，一次的断流，水位低了很多，露出了伸入河床的台阶，坑坑洼洼的有些破损了。

“人无常势，水无常形，无常便是人生，连风景都是。”我说。

“哟，感觉你可以出家修行了。”

“我一直在修行。人生就是修行，旅行是修行，生活是修行。”

他搂过我的头，靠着他的肩。他手很冰冷。

夜凉如水。

我靠着他的肩，想，他徘徊不离去，到底是没拿到钱不甘心呢还是对自己有留恋？

如果不是为了钱，单纯是对我的感情，不舍和依恋多好啊！

一直以来自强自立，自己赚钱努力过自己想要的生活，从不奢望可以依靠谁，就像大家说的，面包我自己有，给我爱情就好了。可我怎么总遇到爱情还没给就想分我面包的人呢？难道求上得中，求中得下错在自己对别人没要求吗？

其实看到一个自己喜欢的男人整日失魂落魄的样子，觉得有些心疼的。我便带他回了客栈，钱包里有两千元左右的现金，全给了他。

拿了钱，他没有再显露出先前那种烦躁、冷漠以及对他哥的埋怨，他心平气和地和我聊柳树，聊舞阳河，他体贴嘱咐路上注意的安全问题。

他说他一整天没吃东西了，现在才感觉有些饿。

一日三餐都没吃吗？

吃不下，没胃口。他说，不行，真的感觉饿了，我叫跑腿的帮忙送些吃的。

镇远没有外卖，但有些人专门帮忙跑腿买东西，一次5元钱。

东西送到我房间，在他吃东西的时候，两人又商量好，他什么时候去成都找我，然后一起回镇远。

我感觉回到初见那一晚，无论换哪个姿势睡，他都能把我环在温暖的怀里。整个晚上，迷糊中感觉他的吻无处不在。

早上，在赶火车的闹铃响之前，他就把我吻醒了。

他帮忙收拾。你回来还住这吗？他问。

不然呢，要不住你家去？我说。

好，不过酒吧搬了些东西回去，乱得很，得收拾。

我会收拾，等我回来我们一起收拾。我说，很真心地说。

收拾的时候，他不停叮嘱，去了那边，一定要按时吃饭，总是睡很晚不吃早餐不好。他情深意切的关怀，让我早忘记借钱那个事。

因为成都一切都订好了，决定去玩几天再回来，箱子便寄存在客栈。但是，不知道你有没有很强的第六感，反正我是有的。打车去火车站的路上，我突然想，行李为什么要寄存在客栈呢，就一个箱子，带走算了。但转念一想，行李放在那里，表明我还会再回来见他，跟他在一起的决心，如果他这些天表现出的烦躁是因为他认为我一走就再不回来了的话，那么这些行李应该可以让他安心放心。如果不是，我会让客栈前台再寄给我。那些衣服也穿够了，所有的东西就当旧的不去新的不来，没多大损失。这么想后就断了把行李带走的念头。

和他吃早餐，我心急吃不下，打包带走。你知道吗，跟他一起去吃饭，几乎都是我买单的，连早餐钱都是我自己付的。他把我送到检票口，看我进去才走了。我刚到候车室坐下，他的信息就来了：

那个事情，你能不能再帮我一下呢？过年再还你，可以多还你一些，我真不想跟你开这口的，但酒商一大早打电话来，说不给的话一会儿上我家要，我不想让我家人知道。

多少？我问。

他说八千。

好，等你来找我再说。我先答应他，缓一缓再看。

今天必须给别人，不然酒商闹到我家不好。我把事情了结了，就去成都找你。

他这么一说，就完全证实了我的意料。我很失望，也很伤心。直接电话过去，我说，如果你确定要这么做，那这件事情就跟我也有关了，我想知道那个酒商的电话，我可不可以跟他解释，让我来直接把钱给他?

他听完直接挂了我电话。

挂了电话，我内心挺挣扎的，像是他要骗我，又感觉他是真的有困难，需要我帮忙，甚至冲动地想让他骗好了。在候车室，刚好旁边有两个女孩，还有一对情侣，便顺便假设性问了他们，怎么看待男朋友借钱这种问题，结果全是反对，各种的强烈的反对。那位女生的男朋友觉得要是哪天自己开口向女朋友借钱，除非把自己脸皮给剥了。

很快，他又发了信息来，是截屏，与一位叫美美的姑娘的短信来往：

他：有件事需要你帮忙

美美：是不是需要钱，要多少

他：8000元。

然后是对方给他转账8000元的记录。

他还给我发了张相片，说是前任美美，是个清纯漂亮的姑娘，相片上居然是他和我初次见面的那个酒吧。他确信我已经看到相片后就马上撤回了，第二张发的是他和我的合影，也是在那个酒吧，我双颊绯红，头靠着他的肩，甜蜜地微笑着。他的表情和美美那张如出一辙。

他发完说，这个我就删了！

你不会也留着我们的相片以后发给别人看我这个前任吧？我有些恼怒回复。

但发现自己已经被拉黑了。

广播通知验票上车，我下意识就跑了出来，去窗口改签，火车票只能改签当天的，而去成都每天只有一班车，改签不了车也走了……

我去了那个酒吧，找了那个老板。老板说，他和他根本不是朋友，对他热情只不过老板对客人的热情，他也根本不是酒吧驻唱，只是他歌唱得好，酒吧的舞台也是开放的，如此而已。那个人很神秘，总是独来独往的。他去酒吧消费，经常赊账的，还欠着酒吧老板不少酒钱。

他这么说，我就更坚定了自己的判断，他真的是个骗子。

结果跟我想的一样，他就是没事到那个酒吧，用他的歌声和魅力吸引像我这种独自旅行的女子，渴望爱情的女子，骗钱……可恶。

我不知道我是第几个。

我想我们的那张酒吧合影，下一次，会不会跟别人借钱时，也用那张相片，给别人看我这个豪爽的前任？

我内心阵阵的无奈酸楚。

同时也有些后怕，幸好他不是个谋财害命歹徒，不然就有这样的新闻出来了：镇远某客栈发现一裸体女尸……

昨夜才激情酣畅，今日便已成陌路。不，陌路人还可以说 HI，跟他这种简直是天崩地裂，不可能再交集了。

我不明白是现在的渣男太多，还是我身上自带了渣男磁铁，得集齐七个渣男才可以召唤一个真爱？

“有些人遇见是为了今世不会再见。青蛙在变成王子之前，公主吻过完很多癞蛤蟆，”我只能这样安慰双，“那你下一步准备怎么做？”我问双。

“我挺想把这件事情公布出来，让到镇远玩的女孩子都小心点，但不知道怎么做。不过，我又觉得没必要，也许只有我才会那么傻，上了当吧。”

“那你的钱呢？会报警吗？”我问。

“不了，为那点钱见警察我也害怕，就当给自己买教训吧。这事跟谁说都不合适，觉得自己太傻了。以前出门都是住客栈或酒店的单间，我是第一次住这种青旅，我就想找个人说说话，前台说你在这几天了，就把我安排进来了。挺好的，能在这遇到你，说出来我心里舒服多了，谢谢你听我说，”双说。

“没事，我也要谢谢你，给我这个警示。”

“去成都我要把酒店退了，找这种青旅住。”双说。

我们聊了很晚，凌晨一两点才睡觉。第二天醒来，双已经赶火车走了。

我从新大桥走到对面去，去看没去过的河对岸，终于知道那座天天面对，开窗就看见的亭子叫“镇江阁”。

有几位少男少女一手拿着塑料袋，一手从河边捡着什么。小小的渔舟散落在浅浅的河面上，柳树、古屋的倒映在河里，鸭子在水里扑腾着翅膀，岸上人家，主妇庭前晾衣，院落有大朵的牡丹在盛开着，河边的木栈道上，两位身穿苗服的妇女背着装满黄菊花的背篓经过，小镇美好安详。

我经过那排关着门的酒吧，特地注意双提到的那一家。无论在什么环境里，有人的地方总会有故事发生，有些我们听说了，有些我们没有听说……

午饭在临河的小楼上解决，是当地居民的家，楼上住人，楼下店铺。打开窗，居高临下，小镇的美好尽收眼底，换个角度，又是一种全新的美感体验。

镇远的美，在我眼里一切都是美的，连那辆小小的公交在街上开过，我也觉得好美。

十一月，枫叶渐红，落满桥头下到岸边木栈道的石阶上。一位环卫阿姨在打扫，我捡起一片完整美观的叶子说，阿姨，别扫太干净啦，落点叶子好看！

阿姨说，不行呢，姑娘，领导会骂。

讨厌的领导。

逛回旅舍，我摊开枫叶，用签字笔写下：镇远，2016.11.06，夹进笔记。

一周后，我也离开了镇远。在从镇远到昆明的火车上，我把双的故事记了下来。她会把故事说给我听，是希望我别上当，我也希望这个故事让更多的人看到，都不上当。母亲常教导："小心天下去得到。"没有害人之心的人，防人之心通常也是没有的，只有上当受骗才学会提防。希望每个像双一样纯真善良的女孩，包括我自己，行走的路上学会躲避恶意。

我希望，美丽的姑娘双今后的感情可以走运，不再有人利用她的善良和慷慨。

邻座两男一女在聊镇远，他们的贵州之旅没去镇远，我愉快地加入他们的聊天，极力推荐美丽的镇远。

镇远的美，还会吸引很多很多喜欢他的人到那里，还有各种各样的爱恨情仇在那里上演，那里的山水，那座有诗韵的古城让我仍然想在那里停留……

大理丽江——旅人心中不愿醒来的梦

镇远早上火车下午到昆明，换乘，一晚上的卧铺到大理。

大理的十一月，游人不多，阳光和煦。很多客栈都打折，花很少的钱，可以住上一段时间。四人间的宿舍已经有两个长租客，加上我，三人。

特地去了第一次来留过影的城门：五华楼。同一个手势，再留一张照片。

跟团游只能叫作玩，一个人走才叫旅行。

跟团游像看一部电影的剧透，一个人旅行才是你自己的电影。

你可以停下来摸摸流经城池的水，可以停下来看看一片乳扇是如何炸出来的，你可以一边吃着乳扇，从五华门逛到洱海门再逛回红龙井。

第二天，再换个路线，从大理门逛到苍山门。大理古城的花很便宜，5 元钱买一束。在那里，爱花的人可以满足天天买花的小心愿。

在大理第一中学上学的同学们会不会感觉自己很幸运？学校据说是大理王府改造的，古色古香，校园里还有重点保护的古书院。如果不是门口的校名，根本想象不到这座充满白族美感的气派园林是一所中学校。从这里教育出来的人才应该都很不一般吧！

古城里有些妇女专门帮女生编辫子，10 元 5 根。在别的地方，这种发型也许突兀，格格不入，在古城就觉得好看。

在大理，环洱海是最经典的必游项目之一。洱海门外，停着微型小汽车和各种颜色艳丽，款式新潮的小电动，价格也合理。

我和两位男生一起租了一辆四座电动微型车就出发了。租微型车价格比每人租一辆电动摩托差不多，最主要是风吹不到，日晒不着。

10 点出发，看到美景我们就停下来玩。

小电车开不快，那也无所谓，三个人开着小电动本身已经是一件很好玩的事情，况且沿途风光无限。

中午才到喜洲古镇。每次进入古镇，我都认为，曾经生活在这种地方的人们，一定是很幸福安宁的。一个个院落，一幢幢房屋，一砖一瓦，一梁一栋，一花一木，一街一巷，都是美好心思、智慧与文化的凝结。没有百分的生活品位和对美好的追求，就没有这么美好的古镇留下来供今人纷至沓来。

在喜洲古镇我被水果摊散发出的一种强烈芳香吸引，从此认识了一种叫“香橼”的水果。粗糙的表皮，嫩黄可人的颜色。小伙伴买来一个，切开，就像很厚的柚子皮，香是很香，只是太难吃。查了一下，是一种理气化痰的药材，做成果脯比较好吃，古代人常用的“闻果”，就是放在房间里，床边，光闻它那好闻的香味。

在喜洲古镇尝了豌豆凉粉，吃了午饭继续开往双廊。

这次看到的洱海蓝得通透，水那么清澈那么美，水天一色间，白色的海鸥翩翩起舞。为什么第一次来的时候一点好印象都没有，怀疑当时是去了个假洱海了。

一路上，两轮电动车、四轮电动车，偶尔还能看见一辆三轮的，都是年轻人，前往一个共同的目的地，双廊。

工作的时候，你看到的到处都是工作的人，你的感受只会是辛苦，奔波、劳碌、压抑，觉得活着就是上班下班；玩的时候，当你看到周围都是玩的人，你就会觉得欢乐，轻松、惬意、活着很美好，活着就是到处玩。所以，工作一段时间，人最好还是给自己放个假，出来玩一下，认真玩一下，那不是无所事事，不用内疚不必不安，这是一种休息。工作是为了什么，不是为了愉快的生活吗？那么，可以愉快生活的时候为什么会像做错事情呢？无论你当下在做什么，都不过是生活的一部分，生活需要平衡。这样上班的时候看到别人到处旅游你也不会羡慕，玩的人终究会再回去工作的。自己工作的时候也不会觉得辛苦，想想有一个未到的远方在等着你。无论玩还是工作，都不应该是生活的全部，对吗？生活是丰富多彩的，哪件事都不要是全部。

列宁说，懂得休息的人才懂得工作。

5 点左右我们才到达了双廊。在修路，那么小的车子也开不进去。我们花 20 元给车子充电，然后步行走进古城。

往临海边的长椅上一坐，午后暖阳里，身边是绿树繁花，面前就是波光粼粼的洱海。

两个小伙伴被双廊的美景迷上了，嘴上念念着想在这边住下来。没有准备也因为时间关系，我们要返回大理还车，他们还是决定下次再来。

小电动爬了一天，电量不足了，回程全程晃悠悠的，我们没事数着从旁边经过的两轮电动，一路忍俊不禁。还好一路上没有红绿灯，否则麻烦大了。看到城门已经差不多8点，此时车子的电量表指针指到了小乌龟的位置，小乌龟标示也发亮了，就是正式通知你，车子正式开启乌龟模式。这个时候我们数的已经不是车，而是从我们龟速爬行的车子旁边走过的人，一个两个……

幸运的是，小乌龟最终还是驮着我们爬到了还车点。

晚饭后，我们在古城里看了一场白族广场舞便各自散去了。

人在旅途中，每天都在相聚和别离。我们甚至彼此的名字都知道的不全，但以后想起来，一定不会忘记有那么一个人在自己的生命里出现过，一起走过一段愉快又美好的小时光。

大理城内有素餐我是知道的，无意中逛到吃过一次，自助餐，仅收5元一位。但是有免费的还是舍友春春带我去的。她是旅舍的长住客，每天在电脑上学习剪辑。

到达素餐馆之前，春春交代我排队的时候一定不能找她说话，用餐的时候也是，那是禁止的，不能玩手机，更不能使用手机拍照，饭菜必须全部吃光，是光，不是吃完，要做到汤汁不留。她的交代居然让我像是要去参加什么比赛似的就紧张起来。

队伍很长，天下居然有免费的晚餐，虽然人家目的是弘扬佛法、利益众生，减少杀生，你可以问心无愧接受的，心里十分不习惯。瞅见门口有个功德箱，跑去投了5元，功德箱上，摆着一些小物件，投了钱还可以取，没拿。自己只是想安抚一下吃白食的不安而已。

有义工给打饭，所有的人有条不紊的，安安静静的。

餐厅有两层，楼上楼下都坐满了。我和春春没坐在一块的位置，各自分开吃了饭。旁边有人吃完了饭，倒点白开水，涮一下碗，再把汤喝了下去，碗碟真的是吃得干干净净的。虽然是免费，蔬菜窝窝头味道也挺好的，没敢多打，两分钟便吃光了。

没吃饱晚上再补了一餐，但这一次充满仪式感的用餐还是对我有所影响，往后吃饭，觉得浪费都很可耻。

古城有公交车直达才村，才村，亲近洱海的天然大景区，无门票。在那里，你可以看到低头认真编织渔网的渔民，他们的身后是静静停泊的香蕉般的绿漆小船。暖暖的阳光下，微风和煦，柳枝垂落海面，天高水阔，水天一色间轮廓浅淡的绵绵远山，看到哪都是一幅画，有不重复的美。

才村码头附近有一个湿地公园也不错，深秋，有些树木染上秋色，披着彩装骄傲的直指蓝天，而木栈道下，水里的植物还有园里的竹子还是苍翠欲滴的，色彩在那里有了鲜明的对比。

公园里几个村民摆的小吃摊,卖木棍串烧的小鱼小虾,洱海的海鲜,味道鲜美。

除了古城和洱海，大理有很多地方可以去，如古城里的杜文秀帅府、登五华楼、大理农村历史电影博物馆、将公祠、玉洱园等，古城外可以到大理大学和州博物馆。

恰逢大理州庆，地热国打折，去体验了一把，温泉倒是没有什么特别，但喜欢它的名字：地热国。

去大理的人总会去丽江，我也不例外。

旅舍老板娘很热情，没到就很关照。一对情侣在民居间租下了两层的大院子接待全国各地，世界各国的旅者，他们过的是我的理想生活。院子里一株紫色的三角梅爬满屋檐，透过房间的窗，在花枝中瞭望丽江已是最美的风景。

后来的几天，我在天台紫色花架下的藤椅上看书休息，哪也没去。

鹤庆——被忽视的纯净潭城

丽江到昆明的火车，经过鹤庆。硬座由卧铺代替，大家把行李放在中铺，人面对面排排坐在下铺挺新鲜的。24 分钟的车程，发几条信息，修几张图列车员就喊到站下车了。火车上大部分人都去大理，一部分人去昆明，可能只有我一个人在鹤庆下了车。验票进站的时候人山人海，下了车却前不见古人，后不见来者。穿过小小的候车室，来到空旷无人的站前广场。到验票亭向工作人员询问公交信息，工作人员一定是已经安静太久，我的突然出现吓了他一大跳！他告诉我走到马路边，经过的公交就能到市区。走出站，的士司机招呼去向，摆摆手，坚持走到路边等候公共交通。出租车司机也挺好的，不打车没关系，走错了方向，他们远远喊着，纠正我的方向。回头看，碧空高远，阳光温暖。在绵延起伏的青山脚下，是小小的，白与米白色相间的鹤庆火车站。

没多久，拐角处出现一辆公交小巴，招手就停。车上乘客，大部分是着民族服饰的当地人，妇女们一律是黑色镶白边的帽子，衣袖上戴着蓝的、粉的、白底碎花的各色袖套。每个人都背着或手里扶着竹编的或塑料包装带编的长方形篓子。有一位背着是一串篓子，崭新的，五颜六色一只套着一只。看出来是背到集市上去卖的。大家好像都认识，跟每个人都是有说有笑的，虽然我听不懂他们在说什么。是白族吗？不知道。公交小巴中间没停过，停下来的时候，大家都下光了。

我想应该是市区了，放眼望去，主大道不远正中有一栋钟楼似的古建筑，我就往那个方向走。钟鼓楼上挂着简介，始建于明代，叫“安丰楼”，光绪时重建改名“云鹤楼”。楼门洞里，有一对着民族服装的老人在晒太阳。从门洞出来在对街吃午饭，店铺里看出去，蓝天下，绿树衬托着红色的云鹤楼，就是一幅赏心悦目的风景画。问饭店老板，他也是刚才从四川家乡来这边开店的，也不晓得怎么去黄龙潭。吃完饭出来，我往左走，通常只要我跟着心里想去的方向一般都不会错，极少有方向相反的情况。问了路过的人，他告诉我对面马路就有去黄龙潭的公交车。几路？没有几路，车头会挂着站名，你在路边等着就行。好的，谢谢！从小父母就教“路在嘴上”，虽然现在有地图有导航，但这条真理依然很受用。

之所以要来鹤庆，是因为无意中看到黄龙潭的图片，图片毕竟只是图片，亲眼所见才叫风景。

没等几分钟，车来了，跟师傅说到黄龙潭，他说好，到了叫你。终点站就是黄龙潭，车上的人都很热心，边下车便提醒：“姑娘，到了，下车了，过了马路就是黄龙潭。”我看向司机师傅，他拉上手刹，回头向我点点头，指指对面方向。

当我站在黄龙潭的边上，我就亲临了画里的风景：天空、远山和潭水是一色的，脚下的水泥板路，还是叫作板桥，简简单单就像是小时候用麻将牌搭的桥，一两张麻将牌竖立着，是桥墩，两张并排放在上边是桥面，这么排着，延伸到潭中央去。走上石板桥，清澈的潭水倒映着蓝天白云，和水中盘根错节、千姿百态的古柳。潭中央开始，石板桥就被古柳树簇拥着，感觉像是在树林里散步。偶尔两三人在桥上经过，有路过去对面的当地人，有散步的夫妻，练习摄影的学生，有像我一样的游客。在一个不妨碍通过的拐角处坐下来，潭里有两只野鸭子快活地在嬉戏。四周的山、树木、房屋倒映水中，所有的事物相辅相成，手机随便一按，一张张高清的、纯净的风景画就保存了下来。

离开时来了两位写生的女孩，我问她们除了黄龙潭，鹤庆还有哪里好看的。去昆明要到晚上，还有时间。一位本地的女生推荐我去新华村逛逛。

黄龙潭回到下车的地方，原车原路返回，走一半看到挂新华村站牌的中巴，下车，换乘。

去新华村的路是平坦灰白的水泥路。途中经过银器街和黑龙潭，先不下车。去任何一个地方，喜欢随便坐上一路公交，一直坐到终点，想先到终点看看一路上都有哪些漂亮的风景，返回的时候再选择性停留。

路边，稻田绿，远处，青山青。一栋栋气派的白族民居有致地错落期间，这村庄也太舒服了！光说那种大宅子，飞檐，灰白色调，墙壁又高又宽，墙壁上有写“紫气东来”的，有写“彩云南现”的，带着各种好看的彩绘，一栋宅子一道风景，整个村庄就是一片别墅群。

车上的人陆陆续续下车，剩下我自己的时候终点站到了。公交掉了个头，换了位司机就返回。

返程上车的人少，很快到了银器街，不，这条街有它动听的名称：“水乡银都。”这里的银器工艺已有上千年的历史，“小锤敲过一千年”的牌子在街上随处可见。

午后的阳光直射黑龙潭，潭水里的水草，石头清晰可见，那样清澈通透的水我之前是闻所未闻的，一下子把心都看得颤抖了。

到鹤庆是专门为黄龙潭而来的，民风特别的村落，古色古香的水乡银都，清澈见底的黑龙潭却是意外收获。

去火车站的出租车上，司机师傅说，鹤庆不仅有黑龙潭黄龙潭，还有白龙潭、西龙潭、大龙潭等等上百个潭。

大理和丽江之间还有一座这么纯净自然的潭城，或许是因为被忽视所以才纯净。真羡慕能够在这样的家园里生活的人们，难怪在公交车上看到的他们都是一脸知足闲散，恬淡安逸的表情。

中国还有多少我们未知的美妙世界呀，所以要旅行呀，光呆在一个地方看不到别处的美好多吃亏呢！

昆明——旅行的终点和起点

再到昆明，只为心中一个圆。

几年前第一次独自旅行，从这里开始，如今，全国已走遍，从终点重返起点，就算圆满了。可是，有终点吗，每个终点，不过是一个新的起点，旅行也成为最爱的生活方式，生命不息，就会走走停停。

去一个地方，也用不着总向人打听哪有好玩的，自己看看微博同城，看看大家发的新鲜事就知道当地当季哪里值得去逛逛了。很多人都在发海埂公园的动态，于是出门买了两个面包就去公园。

一进公园，远远的就听见叽叽咕咕的鸟声一片。人们在滇池边排成排，密密匝匝的背影在喂漫天飞舞的海鸥。人前，空中、水里，海鸥高高低低地飞翔，水中一片，一片，满池子都是鸟。

它们叫红嘴鸥，也叫“水鸽子”，长得像家里养的鸽子，不过个头比鸽子大些，嘴和脚是红橙色的，尾巴灰黑。飞翔的时候，翅膀特别有张力，很带劲的样子。当然，它们可是从遥远的地方长途迁徙到这来过冬的。介绍说，它们一般每年十一月飞来，次年三月才飞走。每年春季海鸥飞离昆明后，一是经过四川、陕西、宁夏、内蒙古，穿过蒙古国最终到达俄罗斯西伯利亚地区的贝加尔湖；二是从昆明出发，经过四川、陕西、甘肃、宁夏、内蒙古，在蒙古国西北穿越沙漠，最终到达乌布苏湖区域停留；三是从昆明出发，经四川、青海、甘肃，沿河西走廊进入新疆，沿塔克拉玛干沙漠边缘抵达博斯腾湖。

小鸟多自由自在啊，不需要买票，不需要护照，他们才是真正的旅行家。

找了块鸟粪较少的台阶，坐下来晒着太阳慢慢看，有些飞来飞去和小伙伴抢夺着游人投下的鸟食，有些怡然自得在踱步。我把面包抛高，他们也能轻快地掠过，准确地叼走面包，好犀利的眼神。观鸟的人们，男女老少，有些喂鸟，有些拍照，有些摄像，鸟和人都很忙很快乐，和谐相处，在这美丽的大坝上，冬日暖阳里，很美好。

微博上也有很多关于云南大学银杏的动态。看过辽宁大学的银杏，还是要去看，因为喜欢银杏，喜欢那片片金黄的小扇贝。

云南大学建校有 90 年的历史，是中国西部建立最早的综合性大学之一。云南大学银杏大道曾入选全国十大高校美景。

云南大学的南校门很不起眼，小，红色的校名“云南大学”挂在一块白色木板上。走近校门，像是到了什么景区，门里门外都是看景照相的人。校园绿树成荫，银杏金黄，建筑充满历史气息。银杏大道，牵手游玩的情侣给校园增添了几许浪漫。逛一圈，感觉在参观一座文物级的历史公园，而不是一个大学校园。

博物馆是了解一个地方的最好开始。喜欢博物馆，那些陈列的一件件文物，就是从历史的长河里拾回的曾经。

昆明的省博物是国家一级博物馆，和官渡古镇相隔不远，去时公交只能在官渡镇下。在官渡听完官渡粑粑有趣的故事，吃着一个美味的粑粑，步行去云南省搏。

午后的阳光暖暖照耀着省博的青草地。周六，不少家庭携老扶幼出来参观博物馆。

票务亭刷身份证领票，参观券很特别，粉紫色像桔子一般大的椭圆形贴纸，弧形的博物馆名称下方有一件青铜文物。文物是一头体壮的大牛，牛背是案板，牛屁股挂着一只猛虎，四爪紧蹬于牛身上咬住牛尾，而大牛腹下却有一头自在的小牛。参观中得知，参观券上的文物原来叫“牛虎铜案”，古代祭祀时放肉祭品的礼器，国宝级文物，云南省博的镇馆之宝。“牛虎铜案”和甘肃省博的“马踏飞燕”都是我国古代青铜器的杰出代表。

除了云南省博，昆明不可不看的博物馆还有云南陆军讲武堂历史博物馆和昆明市博物馆。

云南陆军讲武堂就在翠湖公园对面，一幢黄色的，前门有点像澳门大三巴牌坊的双层建筑。黄壁红窗，鲜明的颜色在阳光下很特别，很好看。

从主楼门洞穿过是一个大操场，四周也是黄色的平顶房子，是一个大四合院。绿树在黄色的院墙边像是画在黄色画布上。

讲武堂中国远征军的展厅，大量的图片和影像资料让我了解了这段陌生的历史，图片上那些还是孩子的小兵让我心痛，愿世界永远和平！

“百年军校，将帅摇篮”的展厅里，你可以在讲武堂的厅里看到一些熟悉的面孔，朱德，陈毅，无论你从哪里来，也都可以在这里找到你的同乡，我粗略数了数从这里走出去的海南籍将帅有三四十人，满满的自豪感。

市博物馆扣人心弦的是馆内的飞虎队文物展，感动于正义的联合。看这样的展览比看一部电影还震撼。

印象中，第一次来昆明是去过翠湖公园的，但相册只有一张站在湖边柳树下笑的相片，其他就没有什么印象了。

昆明的十二月份，除了海埂公园，还有一处看红嘴鸥的好地方，就是翠湖公园。

出门捡到一张驾驶证，交给路边活动警亭的警察。

东陆桥坐 95 路公交到青云路，下车后拐个弯就到翠湖公园。

公园的门口电子屏上显示，入园人次日均 7000 多，哇，这是怎样一个公园。

翠湖，是来昆明的人必游的景点之一。

走进公园，白色满天星似的红嘴鸥落满蓝色的湖面，岸上绿树环抱，无论从哪个角度看，都是一幅风景画。

翠湖公园的红嘴鸥比海埂公园的胆大，在身边投食，它们也敢飞到人的身边来。年年飞来，人们年年喂食，彼此已经建立信任和友谊。一位兴高采烈在喂鸥的老人正眉开眼笑地跟旁边的人说，每年等待这些红嘴鸥，就像是等待远方而来的好朋友。红嘴鸥每年如期而至，是他最开心快乐的日子。

西方圣诞节前夕，平安夜。

天气多云转晴，看到太阳出来，赶紧把放置几天的衣服洗了，晒到客栈楼顶。

打算去西山森林公园，但不太想去。一是太远，二是想到一个人要逛那么大的园林，有些落寞，西山公园远吗？当然不远，一个人逛落寞吗？可自己已经一个人逛了半个中国。想要离开，从昆明去曼谷。十二月至明年二月的机票往返不到 600，因为国王驾崩，还免签。这么有吸引力的境外游，却吸引不了自己动身，我想我是倦了。

再美好的远方，流浪久了都会有疲倦的时候。

我最终还是选择了走出去，去摆脱这种孤寂和落寞。

去西山公园要在海埂长堤换乘，在海埂长堤看到樱花树，粉紫色的，就不走了。这是一个人旅行的好处之一：想走便走，不想走便停。樱花还是含苞待放的花蕾，花树太高，且阴天衬托不出花颜美，就到马路对面的长堤去看海鸥。

过马路时，看到一队婚车从身边经过，别人的幸福……

海埂长堤，当厚厚的云层遮住太阳的时候，风就特别大，逆风而飞的海鸥有时需要在空中停一会儿。

从来就不喜欢大风天。

坝上人很多，因为是周末。光拍婚纱照的情侣就好几对，看着相爱的人就又心生羡慕。

不知道在哪看过这么一个故事，说，上帝会给每个女孩准备一个盒子，但是盒子里没有自己想要的东西。很小的时候没事站在阳台上，看很远的远方的时候就想象自己穿白纱当新娘的样子，这是自己最想要的东西，难道这个，是我盒子里没有的吗？可是，哪个女孩不渴望做最爱的人最美的新娘？

美女，俊男、情侣、一家老少……各种各样的人们站在大坝上，手持鸥粮，等待海鸥来衔时瞬间抓拍合影。

鸥都是集体行动的，时而从深海处飞来，从天而下降，在人们的头顶、身旁盘旋，哑哑哑的叫声和着风声，像一首飞翔的乐曲，时而它们又像是听到撤退指令，瞬间集体飞远，只看到天边的星星点点……

红嘴鸥乐此不疲，人们乐而忘返。

林芝——我曾来过，遍地花开

一

有些地方，如果你经过或当时离得很近你却没有去的，总有机会再去到那里。比如说，林芝。第一次去西藏，同行的小伙伴们都去林芝，我因时间关系没去，几个月后就有了到林芝工作的机会。如果你乐意，兜兜转转的人生其实很有意思的，比起一条道走到底。

还是53小时20分钟的火车，第二次，从广州到拉萨。三天两晚的火车对有些人来说简直是煎熬，对我却不是。时间过得太快，光睡觉和浏览风景都来不及用已下载的电影电视剧来打发。

第三天的下午5点前到达还是艳阳高照的拉萨。

为方便第二天转车，住宿选在离拉萨北郊客运站附近，离火车站很远。出站经过武警的岗亭后，张望着向左侧等客的出租车走去，一位面相奇特、捧着一盒名片的男人迎上前来，他非要给我一张名片，希望我能去他的娱乐场工作，出于礼貌收下了，继续往前走，没想他居然不依不饶紧跟上来，“你要去哪呢，我刚好要回去了，顺便送送你，免费的。”

“不用不用，谢谢好意。”我想摆脱他，但拖着两个行李箱实在走不快。

“走嘛，反正我顺路。”他挡到前面。

根本不知道我去向就知道顺路了，这不是图谋不轨是什么？任凭他说什么，没再理睬，避开，加快脚步。那人依然跟在身边死缠不放。我放弃出租车，掉头向右侧走，加入也是刚下火车去右侧公交始发站搭公交的人群。和等车的人们站在一起等公交发车的时候，回头再看，那人还拿着名片在车站广场徘徊着，还不时往这边看。

经常有人问起一个女孩独自旅行的安全问题，遇到坏人怎么办，会不会被骗？

那人的动机和目的不得而知，但独自出门，当有人无端递给你免费馅饼的时候需要你伸出自己的触角去感觉善恶，判断四周是否有陷阱，很多时候都无须去冒险的。两元的公交或二十几元的出租车就能到达的地方，又何必冒险坐上一个来路不明陌生人的车？如果那人是善意的，不就欠了一个擦肩而过永远不会再见的一个陌生人的人情？如果是恶意的，那后果无法设想。这世上，好人那么多，坏的肯定也不少，不对陌生人有所图便基本摊不上被骗的机会。

距第一次到拉萨已过去一年零一个月，却感觉只是昨天的事情。车窗外经过的布达拉宫，街道，街道上手握转经筒、车上人手一串佛珠、嘴里不停念经的藏族人们，已是那种久别重逢之感。

司机师傅提醒我下车，一位大叔抢先帮我把箱子放到地上，我也下了车。一位先下车的藏族阿妈在车下等着我，她向我嘴里咿呀，手上比划着，看我一脸懵懂，她指指前方，指指心，然后干脆利落地拖走了我的一个箱子。我突然就懂了，她是说她和我同一社区，她要帮忙。我让师傅提醒我下车的时候，她知道我要去哪里。

刚到高原，动作快点就喘。阿妈大步流星，健步如飞，我推着大箱子走三步歇一步，阿妈拖着我的小箱子已到了几十米外的大门口，她比划着箱子放这了，你自己看着，我先进去了，然后矫健的身影就闪进大门走远了。

很快青旅老板也出来把我接上。

放好了行李，和青旅的几个人一块儿出门吃晚饭，路边的桃花盛开了，没有叶子。只有铁黑的枝干上密密匝匝一簇簇淡粉色的花朵。仓央嘉措说："美人不是母胎生，应是桃花树长成。"桃花比美人美。

饭后回旅舍，老板询问是否有高反，向他要个垃圾袋以防像上次一样对付突如其来的呕吐。老板体贴地帮忙用塑料袋给套了个垃圾桶放我床边。

不洗漱，安静地半躺在床上休息，静静等待高反头疼发作。第一次来记录为3个半小时，且看再来是否会减轻一些。头疼没来，睡意来袭……凌晨一点醒来，头没疼，心却难受极了，挤压般难受，像被无形的魔爪紧攥着。把枕头垫高了，缓缓加深呼吸，深呼，深吸，缓缓地，深呼，深吸……心里默念着六字真言。睡去，醒来，睡去醒来，再醒来的时候已是早上八九点了，床上的被子因为一夜的辗转反侧，翻来覆去，被折腾得凌乱不堪，一塌糊涂。

心脏除了被掐过的感觉，轻松多了，呼吸也变得正常舒畅起来。

旅舍除了我都还在睡。西藏的早上还早着呢。出门打车到北郊客运站，一下车就有一位身材健壮，穿着工作服，外套黄色荧光背心的执勤人员过来问我“要去林芝吗？”“是，”我说。“来吧，”他说着，不用拉的，帮我把大箱子一直拎到车站门口的安检机上。

两种车到林芝，十二座商务车和大巴车，票价分别是 180 元和 150 元，坐满即发。商务车人少出发快，路上的时间比大巴也快一些。买票不接受手机支付，不接受刷卡，只能现金。好吧，取钱去。

行李码在候车室的椅子上，就先出去吃饭。出门时跟荧光衣先生打声招呼，帮忙瞅一眼行李。他爽快说：“好，你快去快回！”

吃了饭，打听一下银行太远了，机智拆了一直没舍得拆的母亲给的春节大红包和出门平安红包，一共 200 元，一张车票足够了。

售票处，几个男人离开后我上前去，售票窗外柜台上静静躺着三张粉红色的新款主席头，不是吧，阿弥陀佛知道我没现金送我买票的？我拿了钱四处看，没人。

“哪个粗心鬼落了钱呢。”我向里头的脸颊红红的女售票员扬扬 300 元。

“不是你的钱？”售票员问。

“这捡的。”我敲敲窗台。

“先放我这吧，”售票员说。我把钱给她，掏钱买票。

至于后来失主有没有找回来，钱是不是归了售票员我都不关心了。国无盗贼，道不拾遗，夜不闭户是我的理想国，从我做起。不是自己的东西，没拿，心安。

考虑到我一个 28 寸的蓝色行李箱，一个 20 寸的玫红色拉杆小皮箱，一个一升的紫色大背包，以及路况不好的八九小时长途跋涉，我选择高大的大巴车。大巴车可以把座位倾斜，用半躺的舒服姿势，来度过漫长颠簸的旅途。

大巴车师傅帮我把行李放好，贴心地提醒：先找个前面的好位置，不然陆续上车的客人占了位置，你就要坐到后面去，几个小时的路程，前面的位置较平稳些。上了车在副驾驶第一排位置坐下，师傅说，这是随车民警的岗位，我换到了左边。知道坐车有民警随行，心里顿时满满的安全感。

等了一会儿，我发现大巴车这个选择似乎不是最佳的，大部分手里拿着票进来找车的人，都是奔着商务车去，十五座很容易就坐满开走了，而我们的大巴车，陆陆续续上来一个，两个，三个，而且大部分都是男性。一位穿白色羽绒服的女生，提着行李，匆匆忙忙的，手里捏着票，低着头上了车。她在我旁边坐下头也不抬，一直玩着手机。

又等了一会儿，白羽绒服从手机上抬头环视车厢，似乎发现车上男性比较多，她的表情有些惊讶，很快拿了行李，匆匆忙忙下车去。听到她问了车下检票的司机，可不可以换成商务车，司机让她去售票窗口问一下。没过几分钟，女生又匆匆忙忙返了回来。我问，是不是不让换，她低落地说：是的。

转头看看车上的客人，有闭目养神的老人，有塞着耳机凝视窗外的少年，有垂着头玩手机的或睡觉的青年……大家都沉浸在自己的世界里安静等候。我嗅不到车厢里有任何危险的信号，况且，有警察随车呢。警察的座位上披挂着一件黑色棉制服外套，制服上的警徽臂章散发着威严的安全感。

我拿出手机阅读，平心静气地等候。

9 点半，客满发车。出了拉萨市区，沿途全是白色薄雪覆盖的黑色山体，黑色道路。路上没有服务站，车子前进了一两小时就在路边停下来，乘客们跑下车去和自然和谐。不知道过了多久，我也想下去亲近大自然。车子特地为我一个人停了下来，下车前警察交代：你注意脚下安全，别跑远了。

顶着飘飘洒洒的小雪花，脚下踩着有点滑的冰雪，我跑到车后，在白雪皑皑的群山环绕下，积雪的大石块边蹲下来。人生中多了一次难忘的前所未有的方便经历。第一次亲近飞雪，虽然只是小小的银针，但是，也非常兴奋。

三月，路上基本是秃山，覆盖着薄薄的积雪，没有植物，越接近林芝地区的时候就渐渐有了流水，看到了植物。看到这些的时候窗外的风景已被暮色笼罩，人也困乏了，对任何事物都没了兴趣。

大巴车师傅沿途还送一些快递，车子比预期晚了些。9 点左右才到达林芝客运站。

公司的总经理、人事总监和司机一块去客运站接了我，把我送到了宿舍。不远千里来到这里，被这样对待，内心温暖。

公司租了附近的一个公寓，作为员工宿舍，我被安排在一个双人的标间。房间没有空调，没有暖气，不过床上有一张薄薄的电热毯，两床厚厚的棉被，还有一张棉花的厚垫子。床单被套、枕套是新的，还没有拆开。

床铺好，洗脸刷牙，做完这一切，发现水还是凉的，贴着面膜去找公寓老板。他过来，试试水温，让再等等。于是再等了 20 分钟，水还是凉的。再去找公寓老板，已经是晚上 11 点多。要求老板先给找个地方洗澡，困了，不能再等。火车上两晚，和首晚入藏担心感冒没洗，已经有三晚没有洗澡，创人生中的最高记录了。

公寓老板家，堆满客用床上用品的杂乱房里，就一张大床，床尾一半也叠放着几落床单被套。老板娘和孩子已熄灯睡觉了。轻轻打开他家的洗手间，厕纸堆满垃圾桶，些许散落在地上。大人小孩子的脏衣服臭袜子丢的到处都是，真是又脏又乱。老板这一家从外地来，承包了这个公寓经营，他们已在林芝三年了，看出来，夫妻俩的时间精力全用在打点公寓生意上了。身边这样的人并不少，忙于工作，忙于赚钱，却忽略了自身和本来的生活。就算只是暂时栖身之处，不是安身立命之所，但也太邋遢了，脏乱的空间，感觉空气会有毒。我尽量屏息敛气，迅速痛快地洗了个热水澡马上撤出来。

回房间把电热毯开到最小，盖两张被子，轻松暖和。从出发一路走来，算是奔波几天了。

接下来的两天是周末，休息两天，周一报到。

舒服而踏实地睡了一个大好觉。

第二天醒来，已是早上 10 点半。洗漱时鼻子又擤出新鲜的血痂！林芝的空气相比拉萨已经很湿润了，居然也有这样的情况，高原毕竟是高原。很好地休息了一晚，气色看上去好多了。穿戴温暖，出门去超市采购日常用品顺便熟悉一下周围环境。大概大家都出门上班了，没上班的人，周末都在睡懒觉吧，公寓里静悄悄的。

公寓大门对面就是积雪的山峰，开门见山就是这样的吧。门口木牌子上，白底黑字的藏文看不懂，所以不清楚自己住的地方叫什么。大门口旁边的平房里，有位先生在用半自动洗衣机洗被子。走过去问了位置，打听超市方向，在屋里写作业的一位七八岁小女孩跑出来抢着给我指路：姐姐，出门往左有超市，往右走，也有大超市。

谢过他们，出了门，我往右走。街道干净整洁，路上不见行人，偶尔经过一辆小汽车。路的两边是一株株、一排排盛开的美丽花树。桃花？梅花？杏花？樱花？在我看来，长得都挺相像。颜色有浅粉色的、深粉色的，有洁白胜雪的，都是很淡雅的色彩。树边全是各种单位：小学、旅游局、交警大队，等等。花树在路边，单位在花边。在这样的单位上班，心情会不会很好。

林芝市区不大，在马路上目光所及均有皑皑雪山顶。出门不到百米的十字路口我就看到几家超市。挑了最大的一家超市进去逛。超市里每样商品种类都看了一遍，并没有网络上宣扬的那样，说林芝物价高得离谱。其实有些商品，价格比在深圳，还稍微便宜了一些。眼见为实。

回来的路上飘起小雪，雪粒一丁点一丁点的，落到衣服上马上融化了。走走停停，拍拍雪里的梅花、杏花、樱花。但第一次置身于雪花飘飞里，很开心，糖沙从天而降，落地又消失不见，感觉很神妙。

林芝，是这样的一座城市，她有着城市的便利，却没有城市的喧嚣和污染，还有我要的自然风光。我萌生了定居的念头。

第二天早上咳嗽醒来，一看时间才 7 点。突如其来的咳嗽让我措手不及。不知道是因为房间封闭，灰尘的原因，还是什么原因？灌了一大杯热水，咳嗽就好了，神奇。还是因为干燥。保命要紧，刻不容缓拿手机在网上订了一台加湿器。

窗帘拉开，窗户玻璃上一层水汽。打开窗户，惊喜地发现窗前有株梅花！梅树枝头缀满了含苞待放的花蕾。此时，枝叶上，落了薄薄的一层，是雪还是白霜呢，都没见过，也不知道。树底下的草上也落了薄薄的一层白。洗漱，鼻孔还是有新鲜的块状血痂。镜子里，面容十分憔悴，情绪随之莫名低落了起来。

早餐后，把衣服头发洗好。出门闲逛，道路边的花树开得更茂盛了。

打算象在其他城市，坐上公交车绕城参观一遍，但是林芝的公车实在太难等。看到公交站台对面有售楼中心进去打听了一下房价，来之前了解到的房价已是过去一两年前的事情了，如今，每平均价 5000 左右。

售楼中心出来，向一位路人打听图书馆的方向，到了才发现是新华书店。图书馆和新华书店他分不清楚，让我有些哭笑不得。

拦了辆的士终于找到了图书馆。林芝图书馆阅览室、借阅室都是一般家庭卧室大小的房间，除了书架，阅读区是红木方桌，配红木实木椅子，红色桌面上摆着绿萝，干净整洁。借阅室都配有一次性的水杯，暖水壶，向读者免费提供茶叶。先到阅览室，年轻人没看到，只有几个少年学生在认真做功课。

阅览室翻完感兴趣的杂志，再回到综合借阅室，办了一张借阅证。

人事总监发微信告诉我，明天宿舍会来一位财务部的同事，我有伴了。

二

早上报到。部门文员到人力资源部领我上办公室，一路走，一路给我介绍经过的同事。楼梯间遇到去开例会的部门领导，视频面试的时候见过的那个人。向他打招呼，那人面无表情从身边飘过。和差不多两小时的视频面试里滔滔不绝、分析头头是道、全程一直保持可掬笑颜的人判若两人。

办公室不大，玻璃隔开的里间为总监办公室，外面四个位置。一位男销售，一位文员，一位美工，两位预订员。办公室没有我的位置，一位预订员同事休息，暂时坐在她的位置。同事们友善地对我表示欢迎。他们全都来自四川，四川离得近，来这边发展的人比较多，所以林芝号称小四川。林芝的餐饮店，以四川菜居多，间杂着一两间藏餐厅。藏餐厅的门口总挂着厚厚的挡风布帘，一般只提供炒饭、藏包子这类简餐，主要经营酥油茶、甜茶。两种茶装在暖水瓶里，小瓶 10 元，大瓶 15 元。暖水瓶和杯子给你，可以喝个饱。

公司例会结束后，总监气汹汹回来。笔记本夹在腋下，拳击了下墙，当着大家的面说想开除他，他不怕，他要打官司。大家都听到了，但没有人说话。

人资部打电话让我下去办理入职，便下去了。填表，签合同，换了工服返回部门办公室。工服是一套蓝黑色裤装西服，内搭红色系蝴蝶领结的绸料衬衣。高原三月的气温，员工们都还得在制服上再套棉衣羽绒，没法做到制服统一。这有悖于酒店对员工形象管理要求，但这么冷谁还管得了那么多。从事酒店服务行业，最痛恨的便是制服制度，总觉没人性的。但不乏有执行得很彻底的人，他们可以一套西装便穿过春夏秋冬，虽然热时大汗淋漓，冷时瑟瑟发抖。

请求老员工，唯一的一个男销售带领去参观一下酒店，介绍一下酒店情况，对方表示没空，自己去。到前台领钥匙的时候，在电梯口碰到一位总监级的领导，礼貌问候，知道我是新来的，准备去参观，他自我介绍，原来是房务总监，孔总。他喉咙发炎，刚输液回来。孔总让我稍等，他安排客房经理带我参观。客房办公室，孔总用对讲机呼叫了经理，在他的带领下参观了酒店。返回办公室，总监交代自己先熟悉环境之后，不停地接打电话，眯着眼一支接着一支抽着烟。两位男同事也抽烟，整个办公室烟雾缭绕，眼睛都熏辣了。问女同事们，不觉得难受吗？她们无奈笑笑，说习惯了。

中午食堂员工餐，人事总监和酒店经理亲自过问饮食，领导的关心让新员工感觉很有归属感。

下午 2 点半才上班，大家都回宿舍，或回家去。和同事小真用一个中午的时间把宿舍房间整理好，再走十分钟返回办公室上班。下午出门阳光灿烂得有些耀眼，但我们还得在制服外裹上厚厚的棉服，戴上墨镜。6 点半准时下班，第一天上班就过去了。

下班到宿舍附近的一家四川饭馆吃饭。那里的西红柿鸡蛋面汁浓蛋香，重要的是不辣。饭馆不大，老板带着15岁的女儿在这里经营，差不多两年了。老板的妹妹曾经在我的公司上过班，所以面端上来的时候都会来聊上几句。我问他上下班的路上会经过一两家单位，几乎没见过开门。老板说，西藏有些单位人才奇缺，原因是高原缺氧，离家远，内地的公务员都不愿意来，更不愿意长期在这里工作。林芝总体条件相对是最好的，其他地区条件更艰苦。我不知道他说的是不是事实。我说，向往西藏的美，想来西藏的人那么多，中国人才那么多，总有愿意来的吧……老板说，会来，但都不愿长期的，所以才有了援藏，几年一换。街上开店的四川人，也极少有定居的，也是做了两三年便换人了。他自己再过个一年半载也是要回去的。这家店原来的老板也是三年就走了。我问他，林芝的夏天最热的时候穿什么衣服，他说最热的时候也得穿一件外套。我心里咯噔了一下，糟糕啦，夏装都白辛苦带来了。

上班第二天便到总监办公室请求工作安排。总监体贴表示，面色不好，还需要休息，今天休息不好，明天继续休息。领导的这一安排就权当成领导对下属的一种关怀，服从地坐电脑前继续收集酒店资料。总监很忙，不停接电话，不停让同事做预订。心想，总监呀，这可是业务员的工作，这坐着一个没事的业务员呢，她很乐意分担的。一早上，就在总监口头报预订，和预订员同事复述预订的轰轰烈烈中过去了……心想，如果写个预订单，大家应该就没那么辛苦了吧……

总监和两位男同事抽烟抽得很厉害，部门文件夹里有室内禁烟的文件，但办公室不禁烟。和同事商量，抽烟到外面去，他们说没有可能，因为说“老大”抽得更厉害。再问女同事们，不难受吗，难受啊，有什么办法。被熏得难受的时候，她们会低声抱怨一句，把办公室的门开条缝通风。我是不可能习惯得了的，呛得辣眼睛咳嗽时便站到门外去透一下气。突然领导向全办公室下了一条规定，进出要把门关上，不允许敞开，部门太吵会吵到隔壁总经理。的确，部门就几个人，主要声源是口授预订，却真的比早上的菜市场还吵。领导向预订员口授预订的同时，都要附加详细描述预订人的身份有多重要、消费能力及对公司的支持力度。预订员要从口述的内容中提炼出预订信息，一个预订双方要对喊很长时间来确认。

不行，正常的办公场所不应该是这个样子的。不说二手烟危害有多大，成天烟雾缭绕熏得慌。跟领导反映，还是像第一天，什么高反啊，天气方面倒是挺关心的，我说都能适应就是办公室吸烟适应不来。领导说，那也没办法，不然你戴个防毒面罩啊。我真的把随身口罩戴上了，一样熏得咳嗽流眼泪。谁也不想新上岗位便与同事“做对”，这事与工作无关，跟健康有关。

短短的两天就熏出了上呼吸道发炎。晚上咳嗽，担心影响舍友，要躲到被子里去咳。舍友善良，总安慰我，说自己睡觉沉，影响不到，别憋坏了。

上班第三天，休假的同事都回来上班了，坐的位置都没有，只能站着，偶尔给同事帮帮忙。人资部要求部门调整办公室，美工安排到美工室，预订员到预订部，总监不同意。

下午在部门狭小的空间才有了一个属于自己的仅可容身的格子间。暂时没有电脑。格子间装进办公室，大家进出，坐着办公的人座椅得尽量往里靠，行走的人侧身才能勉强通过。总监也终于愿意谈工作：

我：想知道我的任务和目标。

总监：你是经理级别的，不是员工级，我不会和你说太多，你应该自己去体会和找到我想要的东西。

我：……哪请问市场有是怎样划分的？我负责哪块？

总监：政商这块我在做，旅游会议团队文经理负责，网络预订员负责。当然也可以不划分，你去开发出来的都是你的。

我：我想看了一下系统，了解酒店现有客户情况……

答：客户档案怎么可能是谁想看就能看的，那是我们前期积累起来的。

我极度无语。短短的交流，就看出来，这位领导根本就不再需要一个销售。但人资部为何要把我招来呢？我是谁吗？我是这个部门的一员，正常的工作资料都要对我保密。

正常的公司，入职第一天，系统的账号密码都会分配一个，对于有工作经验的人来说，分配了工作范围，指个方向就可以正常开展工作了。

谈话结束。

向总监要个价格体系，说文经理有，跟文经理要，说总监有，问总监要，说向文员要，问文员，说价格表必须总监同意才能给。要来要去，等了又等，下班了。

第三天，联系了个客户，人家让报价。再问文同事要价格，说，忙呢，正准备出去，回来给你。

我耐着性子好声说、你是什么时候才能回来呢，昨天等一天了没发，今天还需要等一天吗？

总监过来问：什么事？

文：她想给旅行社报价。

总监：这个不用给，旅行社你负责。

我：总监，旅行社我不能开发吗，昨天联系了几家等要报价，有一家还准备四月来拜访，他们要在西藏找两家主推产品，如果我不能开发，那我请文经理和他们对接吧，已约好拜访时间了。

总监：没事，你不用管了。

……

奇葩事。

好，旅行社不能动，政府单位、商务公司有你们，那会议和线上平台我总可以做吧。又去要政商的合作报价正式文件，文同事发来是个截图。只能是个截图，并说，价格是还没正式批准的，报价必须问过总监。新客户开发如何报价？没有答案。

酒店有几个会议室，先让他们在会议平台发布吧。

图片，有会议图片吗？

没有。美工给了两张。五个会议厅，两张照片。没有了。

也没有一套完整的图片吗？

没有。

向总监请示，美工部有相机，我们可以去拍一些酒店照片临时用一下吗？

文员同事用手肘暗暗戳了戳，给我使了个善意的眼色。

我会意打住。

一家酒店运营一年多了，产品相册都没有。

预订同事不在位置上，帮忙接了个电话。来电的客人遗留物品，但忘记了自己的房间号。她报了姓名和抵离日期，我在同事开着的电脑系统上为客人查询，客人姓名刚输完，突闻背后一阵怒吼：干吗！干吗！你干吗！吓得大家都停下手头工作回头看，门口的人怒目而视：我跟你说，销售员不允许参与预订的工作，更不能去查客户档案！刚进门的总监脚一抬，把半关的门用力踹上……明显这咆哮是冲我来的。大家被吓了一跳后不再说话，每个人一言不发，转身继续手头的活。我放弃查询，拿起电话跟客人沟通后，把电话转给服务中心同事处理。表面保持冷静，内心的猛虎发威咆哮。

暗暗地问同事，总是这样对你们的吗？

同事回答：你慢慢就知道了。

和人资部谈过之后，还是决定递交辞呈。

在一个人的领导下，大家团结一致，分工但合作，愉快朝共同绩效管理目标开展工作的团队那么多，没必要接受这样的消耗，就像人们可以选择不必接受二手烟一样。这跟个人强大内心无关，只不过是选择。不选择这样的领导，这样的工作环境，这样孤军作战还处处受制的感觉。都是为企业工作，为自己工作的，凭啥要看谁脸色任你撒泼，阴晴不定？做市场的，接触各式各样身份的人，文明人都谦卑尊重，都不会随便给脸色好吗？不合适，咱是来工作的来创造价值的，不是来争斗的。虽然不远千里，长途跋涉来。

第四天，人资部领导说总经理找我谈话。这个谈话只有一句话，总经理说的：不必着急走，会做调整，给你发挥的平台。

听说，有人利用公司平台为己谋私利已经被限定了离店日期。

在职场多年，从来都只管自己本分工作，努力做出成绩，才不管谁与谁斗，谁对谁错，人自己造的孽后果都会由自己承担。

两天后，部门办公室被正式文件强制做了调整。美工搬到自己的美工室，我和另一名销售被分到隔壁办公室。新办公室属于房务部管辖范围，墙壁上张贴着禁烟告示。

文同事不情不愿搬过来后，还是在办公室抽烟。我们的位置面对面，刚开始，他抽烟的时候，我便上洗手间去，洗手间在地下室，离得不近，一趟来回差不多就一支烟了。毕竟宽以待人是美德，何况，自己新来乍到，也想团结同事，有利合作。后来，他居然变本加厉，抽得越来越频繁，躲不过来就不躲了。他不客气每抽一次，我便不客气说他一次，把烟雾给他扇回去，直到他抽烟懂得到隔壁去。是，烟瘾难戒，但有烟瘾的人多呀，以前有个同事抽得更厉害，不抽烟的时候在你身边说话能从口鼻里冒出烟来，但他就从不在办公室抽烟，知道大家不喜欢他身上的烟味，说话的时候，会主动站远点。这就是教养。

三

上班后的第一个周六是林芝第十五届桃花节，在路上无意中发现直达桃花村的中巴车便跳上车。同事都不知道有公交直达桃花村呢，客运站始发，终点嘎拉桃花村，票价 5 元。坐在司机旁边的第一个位置，车子在蜿蜒的柏油路行驶，车窗外远处是绵绵雪山，山下有河流，路边抽出嫩绿新芽的柳树，间杂一两株花开满枝头的小桃树。在这样的自然景观里，光是随便坐上个公交车绕一圈都是一段美妙的观光之旅。

景区限行，下车需步行几分钟到门口。我没有沿着马路走，而是从路边的村庄穿过去。行走的奇妙之处就在于，你不知道明天将身处何处。今天之前不曾想过你会来到距离你的出生地几千公里外桃花盛开的遥远小村庄。一幢幢独门独院的藏式房屋坐落在青草地上、桃花树下，干净的水泥小路串起一户户人家。村庄宁静，路的那头只见一位老人背着手，慢慢走，一边走，一边抬头看看天。

人如果不去考虑发展，体现自身价值，诗意的栖居有太多地方可以选择。

中午，桃花节的开幕式已接近尾声。在售票窗口排队买票，有位藏族妇女手里拿着已经捏得有点皱的门票用不太流利的普通话问我要不要，门票30元，买她的少5元，说是家人一起来观花，多买了一张票。对谁都好，当然要买，掏钱换了她的票。

花的海洋里，临时搭建的舞台上有些活动还在进行中，但桃花才是我的目的。

这是一片天然的野生桃林，野桃树遗世独立，花开花落，静静生长了千百年。黑铁般的树身高大茁壮，千树万树花枝繁茂，漫山遍野间似粉霞漂浮。桃花一簇开无主，可爱深红爱浅红？盛装的人们携老扶幼，呼朋引伴。花开得热闹灿烂，赏花的人熙熙攘攘。晚来的人还在兴致勃勃观赏桃花，早来的已逛累，在桃树下团团围坐，喝水吃零食休息。

下午，天空飘起毛毛细雨，登上景区观景台的最高层，在烟雨迷蒙里，远远近近的桃花树和氤氤氲氲的山组成一副梦幻画景留在今生难忘记的记忆里。

林芝的双休日，外地人都当成旅游日，我也不例外，利用周末去了大峡谷、美丽的尼洋河、卡定沟、比日神山、喇嘛岭、鲁朗小镇等等。在林芝这一个风光无限的大景区里，甚至随便逛到一个小村庄你也能发现一片世外桃源。

四月初，白玉兰树开花了，花枝直冲蓝天，让人只能仰视它的美。林芝的花太多太美，是因为美得不需要绿叶的衬托吗，好多树开花的时候，叶子都找不到的。白玉兰也是，洁白清雅的花朵，就在光秃秃的枝条上绽放开来，一朵朵独立骄傲。

一个月只有四周，20个工作日，很快就过去了。在这些日子里，我忍耐和等待着。利用这段时间收集客户，制作计划。

听说的限定日期到了，被开除的人却没走。说是被业主方领导保护起来了，没走成。

月末，在楼梯间遇到文员同事，她拿着文件对我欲言又止的。我鼓励她把话说出来，她给我看了文件，说，他对你做了评估不合格，要我送到人资部去。对这种是非分明的同事，挺感激的。我把文件交她手上，说，没关系，去吧，这不关你的事情，不用觉得为难。同事朝我抱歉地笑笑，去了人资部。

有同事来转告，领导有请。我估计人资部要求要跟员工谈话且并在文件上签字吧，这是必需的流程。我也请同事转告，服从决定，无话可谈。

网络上向人资部汇报的几分钟内，就派了三位同事来喊我，不搭理，人就自己捧着文件找过来了。一条高大强壮的大汉子，在我身边躬身低头指着文件要我签，顿时觉得挺不容易的。抛妻弃子，背井离乡到这高原上来，不就是为了能赚点钱，好让自己家人过得好些吗？就算他是真的利用公司平台谋私利，那业主方也不反对，说不定人家互利互惠呢？邓小平同志有一句名言：好的制度能让坏人干不了坏事，不好的制度，能让好人变坏。我自己好办，就不用挡人家财路了吧。想到这，我提笔把字给签了。他满意地带门出去。

接着人资部领导就找我了：你知道别人都是怎么评价你的吗，你就签字了？签字不就代表你认同了吗？

没关系呀，反正大家心知肚明，我说，又不是凭他怎么说就能算的。

人资部又说，业主方老总说你跟踪他，两次了。这戏剧化的江湖剧情突然落我身上，让我着实可笑。哪个老总啊，介绍栏也没张贴相片，我也不认识呀。就是说嘛，你不认识他，又怎会跟踪他，他也不是明星。是哪两次啊？我脑海猛放小电影，寻找蛛丝马迹。想起来了，有一个周末，在外面吃饭，点菜之后听到熟悉的声音，一看是自己部门领导和一位脸有大红痣、西装革履的小个子男人在吃饭。为体现礼貌我还过去打了招呼，他们买单时还随便替我付了 30 元？是不是那人长大红痣？人资总监说是。好了，知道了。可我总共也就见过他一次，不知道他有没有查到我是谁派来的卧底。人事总监好心给了个在他部门尝试做培训的机会，本来同意了，想到大红痣就算了。家人担心我被当枪使，我觉得也是，就为一份工资，卷入一群男人的江湖争斗，那对不起生命，也影响美好人生，还是放弃了。

特地要了份还没来得及给我的劳动合同，排班考勤、工作证、工号名牌拍了照。因为有点担心工资能不能拿到。没转正路费都没得报也无所谓了。

七天后办理离职手续，大家都建议我在林芝再找一家公司，但是一个月了鼻子里的血痂从没断过，我还是选择离开林芝。

我们通常被教育要克服困难不怕挫折，但有些挫折的苦，你去承受也只是承受，并无意义，对于普通人的生活来说，我们完全可以找个时间，换个空间，避开挫折，换种方式继续自己想要的生活。就像路堵了换条路走，一样可以到达罗马，走不同的路还能欣赏不同的景，何必非要冲向泥石流？

离开那天下着大雨，北京绅士孔总开车接送，非常感激。有时候，我们生存的群体中，只有一个坏人，但那个坏人却能决定坏的结果，像破坏比建设容易。但又有什么关系呢，世间有阴阳，有黑白，有矛盾。我们和好人一起享受生活的美好，从坏人那里懂得是非黑白。

半个月后，听说总经理离开了林芝，一个月后，尊敬的孔总也离开了林芝。

工资日准时收到全额工资。这段经历也是一段旅行，只有得到，没有失去。

格尔木——浩瀚察尔汗

有些地方，路过一次，路过两次，听过一次，听过两次，然后就特别想亲眼去看一看。格尔木就是其中之一。“格尔木”这三个字的地名在纸上书写的时候有一种亭亭玉立的感觉，念起来呢，语气自然要显得低缓而温和。

林芝重返拉萨后，停留几天，再去八廓转转经，喝喝奶茶，看看布达拉宫，逛逛公园，然后去格尔木。

因为不喜欢赶路，放弃最早一班车，11 点一刻的火车从拉萨出发，凌晨 1 点半到达格尔木站。

火车站小而简单。下了车，走一段几十米的斜坡，出了一个大铁门就出站了。因为背着大背包，拖两个箱子，走得慢。门口穿军大衣的一男一女两位工作人员等到我这个最后的旅客出来，大铁门便关闭了。

照例订了离火车站不远的青旅。一排出租车在等客，一位穿蓝色牛仔裤，黑色小西装的年轻师傅迎上来轻声问：“打车吗？”我借着路灯的微光，看他的眼睛，不是坏人。格尔木出租车起步价 6 元，市区很多地方不超过起步价就能到。拉行李累得还在喘气，没回答只是点点头，他拉开后备箱，麻利地把我的行李箱一个一个放进去。

一路上师傅专注开他的车，不时和我交流旅舍位置。所以我确定他不会把我带到别的地方去。我主动向他打听格尔木的景点交通，得到的答案和网络上查到的一样，去盐湖，去昆仑山口都没有公共交通，需要拼车前往。

订的旅舍巷子不太好找，我掏出电话想打给旅舍老板，未接来电表明人家已给我来过电话没接到。这么晚了，还在等客上门，不容易。电话接通我直接递给师傅，他不徐不疾，很温和地和青旅老板沟通。好了把电话还我，轻声说：“我们走过了一点。”说着，熟练地反转方向盘，倒车，退出来再进入旁边另一条巷子。车一停，付了车费，他就迅速地解开安全带，下车。等我也下车，他已经又整齐地把我的全部行李放在车旁了。青旅老板带着他的狗迎了出来，帮忙提行李进去，我回头向司机致谢告别，他站在车后灯光里向我告别。

六人的房间，又只有我一个独享。很感恩全国各地角角落落有这样温馨的青年之家存在，无论去到哪里，花很少的钱便有个落脚地。我希望自己以后也能拥有一家，为广大的青年行者提供一个路上的温馨家园。

早上睡够了起来，到路边坐上一辆公交车去绕城。

格尔木的天蓝而高远，两旁全是挺直的小白杨，一排排直指蓝天。路人行人和车辆都不多，很长的一段路甚至很荒凉，土垛、土墙、土房子，一片土灰土灰的。返程的时候，进入市中心区，恰逢学生放学，一批批的中小学生从学校涌出来，街上这才有了些人气。

早上打听去盐湖的信息，旅舍老板不太确认。中午回去他告知在某商场能坐上去盐湖的通勤车，15 元一位。中午休息，下午换装出发。有了上次去茶卡盐湖的经验，去盐湖这种地方，还是穿上艳丽一些的裙子拍照会比较好看。

出门时有个念头，总觉得公司的通勤车应该不会随意搭乘非职人员吧。只要是真实存在的地方，必然是有人会去的，包括当地人，我相信。所以，出门到路边拦了出租车，跟司机说："师傅，哪里可以坐上去盐湖的车，你就拉我去那。"没想到是个不厚道的司机，他说："没有车去那的哦，要包车去，我可以送你去的。""多少钱？""500 元往返。""不去！你走吧！"我撇开那车，往前走。"走吧，走吧，上车来，拉你去坐车，有拼车去的。"出租车追上来。"拼车在什么地方？""不远，河西转盘。""师傅，你不厚道啊，刚才还说没车去，哼！"司机不好意思嘿嘿笑了两声。上车几分钟，我再问他："不会很远吧，师傅！"心想，如果他说的距离超出起步价范围，就知道是不是骗人了。"就在前面啦，你这个娃娃，我不骗你的，"他说得有些委屈。他果然没再骗我，计价器还显示 6 元，他说到了。

停了车，他按了两声喇叭，就有停靠等客人的士司机向我吆喝起来："盐湖，盐湖，去盐湖咯！"

"去盐湖多少钱？"

"20 元。"

我上车。

车上已有两位男士，一位年纪大、穿黑外套的打开车门坐副驾驶，旁边是一位年轻的，长得很高的男士，因为人太高，在的士里要缩着点坐。原来坐我这边，我开门的时候他让出座位挪到另一边去。

“请问，这车坐几个人走？”

“四人，”高个儿说，“我们三个人也走，多付司机一个人的钱就可以，反正他跑一趟 80 元。”

正说着，司机和一位客人就开门坐进车来了。高个儿又主动挪到中间来。新来的大叔喝得不少，一身酒气，一上车就睡着了。

“你也是去盐湖玩的吗？”我和高个儿聊天。

“不是，公司在那边，昨天休息出来玩玩。”

“那你每次出入盐湖也只能拼车吗？”

“公司有通勤车，不过这个点我也懒得等。你一个人去玩？”

“是的。”

“厉害。”

“有人说去盐湖可以坐里面公司的通勤车，15 元一位？”

“通勤车只拉员工，一般不让坐的。”

感谢我的灵光一闪，不然跑去找通勤车就白跑了。

“盐湖美吧？”

“当然，不过我在这边五年了，再好的风景早已看腻了。”

“五年了呀，你毕业就过来的吗，哪里来的？”

“湖南的。也没有毕业就来，五年了，也要回去了，都有些担心回去了习惯不了城市的生活。”

“会吗？难道说你在这里的五年都没回去过？”

“回过一两次，有同事呆几年回去了居然还有人醉氧。”

“会吗？”

“有的，呆久了，一直处于低氧环境，回去就会。”

车子离开市区，经过一个村庄，没树的村子里盖的都是单层的精美房子。

经过村子后，车子加快速度，后来的路上两旁全是一成不变的枯草连天远。

“草还是枯的哦。”我看着窗外说。

“再过两个月吧，七月八月的时候是最绿的，全变绿了。”高说，“绿的时候，来盐湖的人都喜欢跑下去照相。再往前，你就看不到草地了。”

“为什么？哦，知道了，因为盐湖？”

“对呀。天上不飞鸟，地上不长草，水里没有鱼，指的就是这个地方。”

果然，十几分钟后，取代枯草的，是一望无际的棕色土地，潮湿，泛着白。如果不与盐渍联系在一起，就会以为是没有完全消融的积雪混杂在泥里。

“看得到吗，地里白色的是盐，这地不长草的，长盐。”高个儿说。

快到盐湖的时候，司机转头用我听不懂的方言问我话。

“师傅，请用普通话说。”

副驾驶的大哥给翻译说，“他问你，一会儿到了盐湖，你是要坐私家车进去还是走进去。拉客的私家车还不一定有，有的话要 60 元一个人。”

“啊！还要走进去？我们不到湖边吗？”

“能到湖边，但不是最佳观景点，最佳观景点是在码头那，”大哥说。

我不开心，扁扁嘴。

大哥转过来建议说：“你要不这样，到了之后先去参观盐湖博物馆，然后从博物馆里走到湖边去，反正就是去看看拍拍照嘛，也能看到湖了，就不用非要走那么远。”

“是的。”高个儿附和。

“好，就听你们的，谢谢啊。”

喝酒大叔先下了车，然后在一个工厂出口，高个儿也走了，终点站是钾镁基地的公司大门口，荒原上建了那么大一个基地，感觉像是不美好的未来世界。副驾驶大哥和我一块儿下的车，他是基地工人。

“回去在哪坐车，”付钱时问司机。

“就在这里等，7 点前都有车回去的，”司机说。

副驾驶大哥指给我盐湖博物馆的方向就走了。进了大门，就这家企业大楼门口的旁边就是盐湖博物馆。不巧，当天装修，没对外开放。

抬头看工厂上的大字，原来是中国最大的钾肥生产基地。穿过厂区，是一条马路，路把厂区和盐湖分割开来。

离岸边最近的是一片棉花糖一般纯白的盐，然后才是蓝色的湖水，和天连成一片。

风带着盐腥刺啦啦地吹在脸上很不舒服。我拉上羽绒服的帽子把脸包起来。走近湖边往下看，湖岸边的水是硫黄色的，湖面的色彩再次分层，先是一些白色的盐石，再是浅色的黄水，水逐渐变色，再深点，最深是硫黄色，然后是蓝色了。

这就是中国最大，也是世界上最大的盐湖——察尔汗。

转身准备离开的时候，一辆黑色 SUV 在身边停下来，圆脸的司机探头问：“要回市区吗？ 20元。”

心里已经准备返大门口坐车，所以摆摆手。

“你不用担心不安全哦，我就在这里上班的，下班没事都会过来兜客做点兼职，反正顺路哦！”他诚恳地说。

听出来是真的。我上了他的车。

风吹得实在难受，车里舒服多了。

“你去过码头那了吗，我五点还要接个朋友下班，可以先带你过去玩，然后我们再走。”

“那太好了呀，走吧。”

“师傅怎么称呼？”

“小威。”

有确，码头还真的才是最佳观景点。不少游客在那里照相。木制的观景平台直接延伸到湖水里，站在上面看到的盐湖更浩瀚、更辽阔、更深邃，更不可思议。有点像家乡的海，只不过它的美是寂静的。

和茶卡盐湖不同的是，在茶卡，盐是盐，水是水，人们最多关心的是风景，而在察尔汗，你能看到，盐就这么，静悄悄地，从这水里长了出来，这是一片长盐的海。

小威热心帮我拍照，不管自己的球鞋会湿。我有备而来，穿的是不透水中长皮靴，踩到盐里没事。

拍完相片上来，他还拿出矿泉水蹲下来给我冲刷靴子上的盐渍。

“卤水是有毒的。你可不能直接去触碰，如果碰到了也要马上冲洗掉。”

“如果不及时冲洗呢？”

“就会窒息。”

“啊？”我脑子里闪过惊恐的一瞬。

“你脚下的这条路，可是盐做的哦！路面有坑不平了，加点盐，洒点卤水，又平滑了。”小威说。

这个我知道，查过相关资料的：“察尔汗”是蒙古语，意为“盐泽”。盐湖地处戈壁瀚海，这里气候炎热干燥，日照时间长，水分蒸发量远远高于降水量。因长期风吹日晒，湖内便形成了高浓度的卤水，逐渐结晶成了盐粒，湖面板结成了厚厚的盐盖，异常坚硬。这种盐盖承载能力很大，汽车、火车可以在它上面奔跑，飞机可以在它上面起落，甚至可以在它上面建房屋、盖工厂。著名的青藏铁路、敦格公路和中国最大的钾肥厂——察尔汗钾肥厂，还有另一边刚才经过的厂区，都是修建在察尔汗盐湖之上的。青藏公路和青藏铁路通过盐湖，路基全是用盐铺成，长 32 千米，分别被称为万丈盐桥和钢铁彩虹。

看，盐不仅仅只是厨房里的日常调味品，多神奇！

小威接他朋友下班的时候，我也顺便参观了他们的公司，茫茫戈壁荒原上，大型的工厂，机器林立，再次想到不美好的未来世界。公司的停车场至少有六七十辆通勤大巴车。司机说他们公司有上万的员工。哈哈，我说，那要是一个同事结婚，就好热闹了。对，你说的没错，我在这工作时间不长，光份子钱就随了几万元了。哈哈。

回城经过枯草地，想起那高个儿说的：草变绿时大家都喜欢下去照相。绿色草原见过了，其实像这样枯草连天的景色对我才是一种稀奇呢！我说想下去拍照，在和朋友用方言聊得正嗨的小威马上在路边停下车。又帮忙照相，拍小视频。

后来的 20 元我没给小威。因为他说，认识就是朋友了，还要带我去吃好吃的羊肉。怎么好意思呢，在他下单前，我抢先下单，请他们吃了顿火锅。萍水相逢，别人对你又这么照顾，也许这辈子都不会再遇到了，父母从小教育，“滴水之恩，涌泉相报。”虽然不能涌泉，但可以及时感恩。

小威还想第二天请假送我去昆仑山口，我说没拼到车再说。后来我没拼到车也没告诉他。小威说，你不去昆仑山口就走了，这不是很遗憾？没有遗憾，我来过格尔木，看到了世界最大的盐湖，收获了友谊，足够了。况且，其实到一个地方，不必把所有景点去遍，留着一两个，下次有机会再来的时候还有新鲜的地方可以去呢！

西双版纳——祥和的大花园

之前的两次云南之行，西双版纳都在我的计划之外。因为觉得它跟家乡海南岛除了大象，都太像了！在深圳两年多，从没想过海南岛，在林芝因天天要裹着臃肿的棉衣羽绒服，特别想念北纬 18 度。

西藏林芝短暂的职业生涯结束后，就选择飞往西双版纳。也是幸运，机票打折，兰州飞昆明，昆明再飞版纳，机票全含不到 600 元。

在嘎洒机场换上轻便的夏装，就像融化了积雪的花枝，招展了。

朋友抽空来接机，在机场路边给买了一袋热乎乎的糯米“包谷”。玉米，在西双版纳叫“包谷”，家乡方言叫“包麦”。

朋友把我送到就去忙了。订的旅舍也带院子的，院子里有荔枝树、菠萝蜜树。楼顶有天台，露天的一边可以晾晒，有棚顶的一边可观景，小憩。这家人很聪明，在楼与楼之间架起半玻璃半海绵瓦的顶，就有一个不会日晒雨淋、光线充足的天井。天台四周都是家里也有的熟悉的果树，龙眼啦，芒果啦，树里的知了，小鸟叽叽啾啾，洋洋盈耳。

很像家的地方，喜欢。

第二天，朋友把我带到澜沧江边。澜沧江把景洪市分为江南和江北两块。新老大桥和西双版纳大桥连接两岸。景洪是一个立体的江城，我们到的这一段在新老大桥之间，上层有酒吧街，除了酒吧还有各种特色餐饮店，房屋是傣式的，也很适合拍照。间隔一两百米，有台阶下第二层，是滨江步道，临江而建的长长健康步道，可以说是一条江景观赏长廊，沿途有观礼台，泼水节的取水点、酒吧街、江边夜市、音乐喷泉、赶摆三石滩。再低一层才到水边。江岸椰树成林，盛开的凤凰花、鸡蛋花。让我惊叹的是，在一个城市里，还能见到如此清澈的江流，岸边水中，布满了五彩斑斓、大小各异、奇形怪状的鹅卵石，有些晶莹剔透，有些圆润如玉，随便拿起一粒，就像是经过精雕细琢的艺术品。江中有静静停泊的小船，美!

澜沧江的美，让我觉得谁在江边遗留下来的香烟盒、饮料瓶、塑料袋等垃圾都是罪恶的。

想要体味浓郁傣式风格的建筑，告庄西双景、总佛寺是不错的选择，游览也不需要门票。每个亭台楼阁，让你置身于全新的世界。

西双版纳还有我最爱的温泉，无论白天以游览哪个景点开始，夜晚如果以一次温泉作为结束将是十分惬意的享受。

朋友问，你来西双版纳怎么不像去其他地方那么着急去景区？因为西双版纳本身就是一个景区，它没有闻名于世的名胜古迹，像北京有故宫、长城，西双版纳是一个充满浓郁傣族风情的热带大花园，它适合住下来，慢慢品。

西双版纳景美，人们也普遍的知足常乐。他们的脸上，总是淡定从容的。

在西双版纳，我就发现了有一种职场气氛还可以是气定神闲的。一起工作的同事，极少有人会大声说话，彼此之间和和气气的，对同事，同客户都一样，无论是谈大单还是接小单，也是一样。出门拜访客户，就算是陌生的拜访，所有你接触到的人，也都是心平气和的文雅态度。前台很多女同事都是90末的傣族小姑娘，高中没毕业就出来工作了，也都有了很要好的男朋友。她们说，在她们的寨子，普通早婚，所以他们的父母也很年轻。同事中，傣族姑娘的名字全都以“玉”或“玉温”开头，但这不是姓，据说傣族是没有姓氏的。她们名字有两个字的，三个字的，四个字的。小姑娘很真诚，也很善良。没找到房子临时搬到宿舍，因为还来不及买垫子，上班回到宿舍，发现床单下加了个垫子，正诧异，一姑娘把视线从手机上移开，说，我加的，这样你睡觉就不会太硬了。我当时就特别感动，换我还不一定有这番好心，而她做得却很自然，自然得就像你回到家你妈说饭在桌上一样的轻描淡写。她们之间的相处很真诚、单纯，比如在宿舍说到男朋友，几个姑娘中只有一位没有男朋友，有人就能认真地说，因为她比较丑，没有人喜欢。被说的姑娘笑得轻轻的，表情波澜不惊，一点都不介意，让你感觉她说的没错，就是这样的这种表情。

寨子里的人有事没事都喜欢亲朋好友聚在一起吃饭，在自家庭前摆张圆桌，有兴致了边吃边唱歌跳舞也能嗨到天亮的。

一个周末，和朋友到寨子里的傣族朋友家做客。家长把晾晒在屋檐下的牛肉干巴全取了下来，装了一大碟。开饭了，藤编的低矮双层小圆桌上层摆满了菜，边上低的那层摆酒，摆餐具。在餐座上坐下，餐桌的高度刚好与膝盖平。这样子吃饭，对我来说很新鲜。更新鲜的是很多没见过的食物，指头大的小瓜，油炸的叶子，爆炒的知了……知道干巴是牛肉，吃起来味道还是十分特殊，从没吃过那么好吃的牛肉干。朋友说，那是用罂粟籽腌制过的。十几二十道菜，没有一道不是辣的。真没想到版纳天气这么热，这里的人们还这么能吃辣。大街小巷的餐饮店铺，随处可见正宗傣味，问过朋友，傣味的特点，便是辣。

餐桌上，大家都习惯使用方言交谈，只有与有我相关的话题才改用普通话。我于是边吃饭边默默揣着好奇研究着桌上的食物，他们餐桌上的一些动作。每个敬酒或被敬酒的人，在喝第一口酒之前都会先倾斜了酒杯，在餐桌边沿倒上一点。我问为什么，大家告诉我说，是在敬祖先。

因为有些咳嗽，热情好客的主人劝我喝一小玻璃杯淡绿色的酒。我连忙推辞。看我推辞，餐桌上的人全都一副很遗憾的样子。我才不喝，平日里滴酒不沾，更何况这么奇怪的酒。酒从一个带水龙头的玻璃桶里接出来的，一枚枚棕色的果子，手指长的梗上顶着一个小圆球，球球上还戴着八角似的小帽子。朋友说，要不是主人家把我们视为贵客，这种酒我们根本喝不到。酒里面泡的是什么果子？我问。不是果子，是罂粟籽，朋友淡然地说，对他来说，当然是司空见惯的事情。看我迷茫，知道我应该没听出来。他又说，罂粟，制毒品那种罂粟，酒里泡的就是它的种子。我睁大眼睛。餐桌上不好失礼多问，我悄悄用手机查了一下：罂粟籽，又名御米，罂粟的种子，无毒，是一种在世界各地广泛使用的调味料，许多地区也将它当成一种草药来使用。一般使用方法为原粒或经研磨后，麻醉时用。还好，罂粟籽并没有毒。而且，用它泡的酒，不仅富含微量元素，还真有润肺止咳、杀菌消炎治久咳的功效。

女主人听了我和朋友的交谈，起身到屋里，给我拿出了两三枚和酒瓶里一样的罂粟籽，满足了我的好奇心。罂粟籽是干的，我悄悄跟朋友说，我想带一枚回家种，朋友给我一张吓唬脸，坚决地说，不行！你想被抓起来吗，再好好用你手机查一下为什么不行。我一查，彻底打消了这个念头。罂粟，擅自种植一株都是要被判刑的！可惜了这么神奇美丽的植物，生生就被人类给玩坏了。看着手掌心的罂粟籽，小东西好像在嘲笑我：罂粟长得美，可你还不能把我当花看。好吧，我把罂粟籽还给了女主人。

我又咳了一声，主人家的儿子也劝我喝一杯。这次我没推辞，接过来倒了下去。感觉怎么样，好喝吗？大家几乎异口同声问我。我的回答引起大家一阵大笑，我说：咽，咽得太快了，没感觉出来……女主人还说，她有个朋友的女儿久咳不愈，给了两杯酒喝完就好了。我的咳嗽，明天一定能好。

回家的路上，我问朋友，种植违法，为什么他们家还有那么多罂粟籽。朋友说那都是过去很久以前的了，除了泡酒的，家里还有的罂粟籽已经进行“灭活”处理，种不活了。

版纳人接触多了，觉得他们的生活可以说是很富足的，物质精神两方面都不缺。似乎没有人总想着如何追求大富大贵，每天劳作完，只要今天有一桌子亲手做的好菜，有酒，有朋友，和和乐乐便是生活。

这能说是没追求吗，安于现状吗，落后吗？可谁又喜欢争夺杀戮和战争。怎样才算文明发达？

反正，我觉得这样挺好的。

因为母亲可能需要做人工膝盖置换术，在西双版纳不足两个月便离开，回到母亲身边。人们都在追求财富，追求成就，其实身体健康才是最贵的。换一个膝盖几万，一场手术十几万。以身体健康为代价去交换的一切都很不值得……如果再过很多年，再次造访这个民族的人们，希望他们还能像现在，以他们喜欢的方式，保留着他们的特色和传统，知足安定，平安喜乐地生活着。

大马行

一

达·芬奇说，走得越远，重返生活后，你会发现你的工作越是渺小，越能看清工作的本质。

辛苦苟且了一年，5 天年假产生了，拼了前后双周末，度假去。

祖国的大好河山还有一半没逛完呢，却因为内心想用一用那本放得太久的中华人民共和国护照去体验一次出境，体验一下更大世界。

廉航机票确实优惠，鼠标点点，往返机票就订好了。订机票可在多个平台查询，货比三家，有的平台第三方支付需扣手续费，有的多浏览两次特价票就上涨了，有的显示的票价全部包含在内，不会再附加、捆绑其它费用。鼠标点点，在网上下单花 138 元签证免包邮，7 天出签。

见过楼下刚好有个外币兑换店，不过一年来，我从来没见过有开门的时候。因为，每天一周 5 天或 6 天，我早出晚归，出门上班的时候还没开门，回家的时候店早关门下班了。而周末好不容易有一天不用出门，必须宅，宅在家与床为伴，不然身体如何扛得住整日的劳累奔波。

一个夕阳无限好的周日下午，拿着 10 张人民币去换了些外币国王头，反正大马随处有钱换，用完再换吧。用汇率算了一下 1000 元人民币能买 666 令吉，到店却只能换 645 令吉，按店里电子屏上的汇率 1:1.52。以多买少心里觉得亏亏的，心想凭什么人民币不比马币贵呢。反正价格不等同于价值这种关乎货币的概念太深奥了，心里不平向老妈嚷嚷着人民币换马币钱变少了……

旅行就是花些钱、花些时间让自己多一段不一样的生命时光，因此，怎么都值得的。钱花出去，却和另一个世界有了认知的机会。千金散尽还复来。

11 月，深圳已经需要穿长袖了，吉隆坡气温还很高，带夏装就可以。因为是到穆斯林国家去，尽量准备了长裙之类较保守的衣服。天气预报说当地 11 月还是雨季，专门买了件大红色的防水风衣。廉价航空没有免费托运行李，以卷春卷的打包术，全部行李一个 10 公斤背包搞定。而且还不超过亚航限制的 7 公斤标准。

出发这天是周五，下起了阴冷的雨。下班路上有些塞车，心里有些忐忑，好在回家洗个澡，为让老妈放心再匆匆把晚饭吃了就出发。赶到机场值机后，时间还很宽裕。

第一次坐人人都能飞的亚航，座位可真窄，一米六、九十斤的身子都感觉很挤，胖子绝对坐不了。

值机的时候一直注意前面一位非洲女士奇特的头型，及腰的白头发被编成无数的辫子，害得好奇的我脑子直冒问号：自己编的，别人编的？编多久？洗不洗头啊？洗头拆得出来吗？要命的是上了飞机就坐我前面，一头白辫子就挂在我眼前，很想找她聊聊辫子……

亚航空姐大红的中袖套裙，身材都是娇小玲珑的。

3 个多小时后出境再入境，吉隆坡胖子警察打开护照看了一眼说："Cannot passed." 我吃惊地说："what？""why？"他面无表情看着我的眼睛，把护照还我做了个请走的手势，坏人，工作呢，居然不严肃点，居然还开玩笑，居然还开国际玩笑。

大半夜的落地了，灯火通明的机场人来人往，倒是没让人感觉落寞。

在机场支付第一笔马币 42 令吉买了张两周无限流量卡，热情善良的马来西亚华人小伙帮我在另一部手机上设置了热点，共享到着陆就休眠了的电信手机上，微信、qq 都立马又活灵活现了。带薪休假，工作是多少避不开的。

后来遇到的华人都挺亲切的，这就是"同胞"这两个字的感觉吧。通讯弄好，打车到机场附近的酒店。订的是四人间的床位房，床位做得很大气，米白色的实木盒子，床下带着储物大抽屉，床垫厚软，床头有独立小台灯，还有衣帽挂勾。大半夜回来还傻乎乎把自己反锁在公共厕所了，敲门把舍友吵醒，人高马大的澳大利亚姑娘一脸迷糊起来给我开门。对我的抱歉，睡眼惺忪的她只微笑说："That's ok" 便倒床上睡去了。爬上我的床，我也倒头大睡。

二

大半夜才睡的，第二天却早早就起床了。

没办法，昨天还早出晚归地上班，度假模式还未来得及开启。洗漱完毕准备早餐的时候，一位巧克力肤色的女生裹着浴巾经过我的床铺，主动热情地招呼我，约一起去吃早餐。80元人民币一晚的青旅还包含了一顿自助早餐。姑娘叫richan，菲律宾人，在澳大利亚工作，休假回来，经过马来西亚，先玩几天再回家去。

她没有计划，而我打算先去马六甲。早餐后分开了，她微信用不了，写信告诉我第二天去了吉隆坡，如果我回吉隆坡就写信给她。

来吃早餐的人都喜欢问我从哪里来。第一次走出国门，以中国人的身份向别人介绍自己，感觉还是挺特别的。

酒店的机场巴士需要提前预约，我没有，前台便帮忙叫了辆的士，花40令吉打车到机场。机场就有巴士去往各个城市。我买了去马六甲的票，抓紧时间在机场吃了点饭。

去马六甲的班车15分钟一趟，车上人不多，不用对号入座。座位宽敞柔软，很舒服的。车程两小时，可以把座位放平了睡觉。

两小时后到达马六甲车站。阳光很好，和我们海南一样。

汽车站出口是一条商品街，街头服装店里的衣服全是长袍。

公交站很规范，编了号的站台有不同路线的车出发。问路的时候，别人不告诉你几号车，而是站台的编号。包着蓝色头巾、笑容灿烂的穆斯林女生告诉我经过我的客栈的公交，司机先生也答应到时候提醒我下车。公交车上，征得后座两位漂亮的穆斯林女生同意，和她们玩自拍，阳光投射在她们的脸上，她俩的笑容明媚可爱。

在笑容甜甜的姑娘和亲切的司机师傅帮助下，一元钱公交轻松找到我在马六甲的家。是一栋在古街里的小楼，它的楼梯有些像我家里木梯。宾至如归就是这种感觉吧。客栈的古房子是历史文化遗产，2令吉的遗产税，也许是淡季，没收我的。只花126令吉，一间遗产别墅间住4晚，真是太超值了。晕晕乎乎在来的车上翻看图片就很喜欢，所以只想住这，哪也不去了。

客人不多而且出去玩了，接待我的也是一位包黑色头巾的穆斯林姑娘，露出的脸也是笑容甜甜的。

打开木框玻璃窗，蓝天白云下，绿树掩映的古街尽收眼底。

六点，出门吃饭，一头扎进客栈对面的店里。这是一家华人开的店，说只卖云吞面。满满都是吃客。选了路边桌子坐下等饭，埋头看手机。有人要一起拼座，抬头看是位阿姨，打招呼欢迎拼桌，又来了位大叔。他们是夫妇，问我从哪里来。我听说在马六甲的海南人挺多的，便直接回答海南。阿姨就笑了，说她是海南第二代，来自海南的万宁市。阿姨介绍说，这家店是马六甲闻名的云吞面馆，福建华人开的。他们是马六甲人，但住在吉隆坡，每次回马六甲都会来这家店吃云吞面，本地人都爱吃这里的云吞面。看得出夫妇俩确实喜欢，两个人就点了三大碗的云吞面，吃得大汗淋漓的。

我笑了，误打误撞还进名店了。阿姨说可能是跟她有缘分，我便要求照片纪念，他们开心地摆姿势。

异国他乡，晚上不敢在外头逗留，先他们吃好了。付款时，面店老板一再叮嘱我，走路要小心包。

三

早晨，6 点没到就被远处传来的婉转悠扬的穆斯林祷告唤醒，躺着听，还挺好听的。听着听着又睡着了，直到差不多 9 点才自然醒来。慢慢收拾出门，开始悠闲自在的一天。随意挑选的客栈也选对了，步行可到达好几个景点。一路是各种风格的古建筑。出门右拐，慢行十几分钟，就看到了红屋基督教堂：红屋是座荷兰式建筑，厚重的硬木、铁链、石墙令它显得坚实朴素。它在 1650 年完工，曾是荷兰总督及随员的政治机构所在，现在只有一间房仍保留着 17 世纪花雕木制天花板。这里是马六甲历史、人文和文学博物馆，收藏葡萄牙人和荷兰人的纪念物品、展览华人和马来人的传统结婚礼服及介绍马六甲历史。

这座由荷兰进口粉红砖、花了 12 年才建成的红房子果然精致可人。进去参观一下，和当地人一块儿，坐了坐那些有 200 年历史的长木椅。

随着人流一路向前，经过马六甲河炮台，四台发亮的大炮和残缺沧桑的古墙诉说着曾经。

沿着马六甲河一路向前，经过一个大水车，一路风景如画。河水干干净净的，倒映垂柳，天空蔚蓝，红屋围绕，整片青青朗朗的美好。顺着河流再往前就是海事博物馆。博物馆独一无二，由一艘葡萄牙大型远航船建造而成，里面展览很多无价之宝。

想进去参观，但是边走边看，走到了尽头，门都没一个。无路可走了，看到身边围栏矮矮的，且四处无人，抬脚就跨了进去。正心里庆幸，没想刚走两步，忽然有人在后面招呼，我转头看是一位骑着警车向我微笑招手的年轻警察。心里一惊，意识到自己犯错了，连忙一边道歉一边跑过去。阿 sir 始终面带微笑，他向我做了个绕圈的动作示意我从另一边出去。心想惨了，不会抓我吧，护照没带呢。当我在他的指引下，忐忑走出来，四周张望找警察的时候，四个挂着胸牌的人向我围了过来。我以为是来抓我的人，连忙向他们道歉。他们两男两女，女生都包着蓝色头巾，男生一胖一瘦，都皮肤黝黑。他们面面相觑，然后都转头一脸迷茫看着我。一位女生开口问我能不能接受他们的小访问。我也没问为什么，答应了，其中最高个的女生举起相机拍视频，男生开始采访。他问我从哪里来，第几次来，为什么来，去了哪些地方，马六甲什么吸引我来？我告诉了他们苏丹王和元朝汉丽宝公主的传说，他们说毕业后会去中国旅行。

采访结束，问他们干吗用的，他们说遇到不同国家的人采访一下，带回去制成旅游视频。几个家伙小跑上了停在路边等候他们的旅游大巴后，我暗暗摸了摸胸口，吓死我了，以为工作人员要抓我……

肚子饿得不行，看时间已经是中午。想起传说中的海南鸡饭，问了路边的警察上哪能吃到有名的海南鸡饭，他告诉我鸡场街。原来红屋左转过桥就是鸡场街。

走到街口就被吃海南鸡饭的长长队伍给震惊了。真没想到，我们海南的鸡饭在马六甲是这般的受欢迎。队伍旁边卖小吃的大叔不用问一定是海南人，他流动小摊上小吃特色和海南一模一样，腌在宽口大玻璃瓶里的青芒果、菠萝还配辣椒盐。队伍实在是太长了，排了一会儿，放弃，去别处找吃的。

在另一家店花了 27 令吉吃到了海南鸡饭，味道偏甜，还是觉得海南的好吃……午饭后下了场大雨，后来又下了三次，马六甲的雨下得很干脆，哗啦啦洗天似的一下一收，天放晴朗……

鸡场街出来，照着路标往没逛到的另一边继续走。

雨水洗过的红屋显得更加红艳。

从展览“二战”时用过的机械、大理石做的时间仪等文物的房子出来是另一条红砖街道。街上有马车拉着各国游客来来往往。从一辆白马车上下来一家人，三个皮肤黝黑的小孩很可爱，跟他们以白马车为背景拍了个纪念照。

街道的尽头是马来西亚独立纪念馆，不巧周一闭馆没能进去参观。

纪念馆旁边是一个沧桑古城门。门洞里坐满休息的游人，有些正在给街头画师画像。西方游客不少。从城门沿着阶梯往上走，是圣宝罗教堂遗址，从上面可以俯瞰马六甲。

马六甲的 11 月，天气还很炎热的，一路汗水。身边经过的穆斯林姑娘还要包得严严实实的。

皇宫就在旁边，可是装备和人都没电了。才 4 点半，回到我干净安静的马六甲家里，休息充足明日再逛。

下午天黑前出门觅食，秉承“一个人天黑不出门”的原则，不敢走远，就在街头拐角处沙爹店吃饭。几位印度青年坐一桌子吃手抓饭，听到他们猜对我是从中国来的。

他们是骑人力花车的向导，一个个挺开心的，看到旁边的同伴和我搭讪便起哄。店老板也是开开心心的，主动向我介绍食物。店里的男性，肤色全是黝黑发亮，对面桌的有一位黑胖子坐过来聊天，要替我买单，我连忙把账单先结了。他撕了张点菜单写上自己的手机号给我，再三叮嘱一定给他打电话，说乐意给我做免费向导。匆匆吃好饭，感谢他的好意，就离开。

在路边悄悄把那张纸条扔了。警察巡逻经过叮嘱我：“Be careful your bag.”我说谢谢。不是说，内心善良只会吸引善的人吗？坏人可别找我，我喜欢马六甲。

四

一只大青鸟穿街飞翔，鸟很大。看到的一瞬间想到《侏罗纪公园》中玻璃馆破了飞涌而出的鸟。这种鸟随处可见，查不到它们的名字，总想问问却又不记得问。

太早有些店铺还未开门。找地方吃早餐一直找到鸡场街。

昨天排长队的海南鸡饭店已经有不少人在吃饭。一早来吃海南鸡饭的，都是慕名而来的游客。

早餐后不到8点半，沿着河边，前往苏丹纯木皇宫。清晨，河边空气很好。

街上行人比昨天少了很多，在红屋只看到几个中国旅游团。

皇宫门口正在清扫的年轻工人远远地热情招呼我：Welcome to Malaysia! 你回应他们，他们便欢快地吹起口哨又喊："I Love China"。当你到了一个陌生的地方，随处可见友善招呼的人感觉就是好。世界就应该这个样子，各国人们和睦相处，幸福生活。有空你访问我的国家，有空我来你的国家度假。几百年前，我们的元朝就和这里的苏丹王国建立这种友谊，现代的人应该要做得更好。

买了门票进入皇宫，四周安静，我心想自己是不是今天第一位客人。

对木建筑有种天然的喜爱。接近它内心莫名欢喜。台阶下脱了鞋，门口检票进入，果然空无一人。在宁静中光脚轻轻走在光滑洁净的木地板上，慢慢浏览展列的历史，像是走进了一段历史。

我慢悠悠地逛着，甚至打算把遇到的每一个生词学会，没多久，门外一阵喧闹。旅游团到了。喧嚣越来越近，微微感到地板的震动。两群中学生蜂拥而至……有说中文的，英文的，包头巾的，不包头巾的。应该是有规定的集合时间，他们以很快的速度走路，一边说说笑笑，打打闹闹的。皇宫顿时如水烧沸。

旅游，一旦组团，顶多算是玩吧，适合去看自然风光；而一个人未免孤单，但适合去任何地方，特别是历史文化游，需要花时间了解。学生团之后，游人渐渐多了起来，我也加快游览的脚步。

皇宫壁画上见到了汉丽宝公主，她坐在高高在上的大象车里，回眸一笑百媚生，左右有侍女陪伴着。

皇宫前还有一个小园林，花草树木修剪得很整齐，都是热带常见的植物。我折了一片绒柏叶夹在小笔记本里，每当看到这一片来自另一个国度的香叶，会想起一个人游荡在这里的时光。

五

因为第二天要离开，出门前，在我的别墅里先来个纪念照。阳光明媚。

穿过小印度走另一条路，走不同的路，才能见到不同的风景。小广场站满的鸽子群让我想起爸妈。他们以前在家里也养过这么一大群。穿印度街，走唐人街，进基督教堂，看清真寺；吃海南鸡饭，印度甩饼，沙爹……这就是马来西亚，多元，丰富。

绕一圈走到红屋广场坐下来看来来往往的人。游客一拨一拨照相走人，各种肤色的背包客也在红屋走走停停……

不知坐了多久，起来走到炮台，天空还是那么温柔，风也清凉。站在炮台上想想历史，觉得作为一名中国人确实应该骄傲啊，我们到哪里，带去的，只有友谊，和平。这就是为什么总有人看到我会说："Hello, I love China."

登高望远，突然发现今天的天空，真真是出奇的温柔，看着，心里好平静。

炮台上呆了一会儿，有好心人来提醒我，一个人要注意安全，并让一个穿制服的人给我留电话，负责我的安全。拜托，让我好好保持对这安详平和世界的感受好吗？别让危机四伏的感觉来取代它。我谢过他们，再选一条没走过的路，继续往回走。让我惊喜的是居然看到了之前怎么也找不到的圣方济教堂。

礼拜二，早上仅有的一场英文祷告已经结束了，教堂空无一人。

随便进了路边一家店，店主是华人阿姨，她说经常回去，中国去过很多地方。阿姨很能聊。知道我自己出来，她说中国女孩现在都顶呱呱的，一个人想去哪便去哪。阿姨推荐我吃猪肉沙爹面，问我吃不吃得习惯，我自信地说到哪吃啥都习惯。结果，结果真不习惯，说不出的味道啊！吃几口罢了。阿姨再问的时候，掩饰说，喝了椰子和饮料，饱了。也许是天气炎热的原因，没胃口，只想喝水不想吃饭。

睡了一大觉，下午 3 点半才起来，没有下雨。在那里几天，每天至少一场电闪雷鸣的。这天不仅不下雨，天色还很美，美得不得不出去啊。去哪呢，想去的地方都去了。纠结了一会儿，决定心里说服自己：虽然说是你不稀罕的海景，但那是闻名的马六甲海峡啊，地理历史课本有过的呀，好吧，决定就去看一眼。

从住处出发路途有点远，要先坐公交到巴士总站换车。在马路边等车，有群游客在拍一个亭子，走近看，不在计划内的汉丽宝井居然就在眼前。也不知道到底是苏丹王还是郑和给公主挖的井，反正是公主的井，现在已经封住了，上面盖着铁丝网。有一条小路通上三宝山，也叫中国山，卖水华人大叔说可以上去，但上面只是墓地。想想算了，一万好几千华人墓呢，怪阴森的。

在公交站等巴士，有个人问路，是不是可以在这坐公交车去总站，他要去吉隆坡。我说是，我也要去总站。那人等了一会儿，因为着急打车去，并热情邀请一起前往。

奇怪的是，不太有人知道马六甲海峡，有些司机要问马来语怎么说，（英语：Strait of Malacca；马来语：Selat Melaka）手机给他们看地图，也不知道……坐了差不多一小时车，下车后看到很多熟悉的高端酒店群，在海南，一般这种酒店都在一线海景的，看到酒店应该离海不远了，出乎意料，海还很遥远。问路问到一位会说海南话的阿姨，生生劝我回去："危险，危险，一个人危险，回去回去。"就是不告诉我怎么走。并且一定要我跟她坐同一班公交车回红屋。

她那么坚持，我也不明白那里到底有多凶险。看看远在天边的海，也就放弃了。

公交车经过鸡场街，刚好可以去吃饭。路边就有饭店，进去看，又是鸡饭，店墙上装饰有各种大大小小的簸箕。

等饭的时候脑子里又开始胡思乱想：为什么国内很多传统的东西到了国外可以得到很好的保持？为什么东西古了就贵了？死了几千年的墓给挖出来就有价值？什么事是有意义？什么事是没有意义？这世上好与坏真是相对论吗，不然别人的美食在你的嘴里难以下咽……算了算了，想多了。此刻该干吗就干吗，自在逍遥，好好享受差不多要过完的，一年才不用工作的这几天才是重要的。

给我上饭的十几岁小女孩看到我很惊讶，她问你是陈丽平吗？如果要问的是张丽平，那就怪了，张丽平是我三姐。听我说不是，小女孩也不甘心，转身就喊她妈出来看。她妈出来看了我，然后对她说，是很像，但应该不是她啦。我问怎么了，小女孩说我很像电视里参加比赛的陈丽平，唱歌的，说话声音也很像。我也很好奇，两个世界的人，却长得一模一样，那是件奇妙的事情，可惜上网也查不到那个叫陈丽平的人。

吃饱悠悠又逛到红屋。傍晚，华灯初上，倦鸟儿成群结队归巢了，广场上的游客反而更多。导游数人的声音此起彼伏。退休老人团挺多的，妈每次看到老两口同游会感慨，要是我爸还在就好了。

而我自己呢，等到老了的时候，要不要再来一次马六甲，在这红屋大树下坐一坐呢？要真有那一天，是一个人是两个人，还是一家人……

六

早上告别客栈，离开马六甲。前台女孩要求给我拍照留念。我告诉她我住得很愉快而且会推荐她的店，她很开心。打车到汽车站，买到 10 点 15 分的票。从机场来的时候，车票 24 令吉，回去才 13.4 令吉。等车的时间刚好可以吃个早餐。这里的麦当劳的粥还配小袋胡椒粉、咖啡糖和奶，自助。以为来的时候车舒服，回去的车更舒服。说实话，在国内真没坐到过这么大气舒适的公共汽车，靠背高大柔软，可以调节，腿在位置上有足够的空间伸直，像卧铺似的。坐这种车跑个七八小时的长途都不会累，何况马六甲到吉隆坡才两小时。

我的目的地很简单的，轻轨到中央车站。只是出口太多，一时找不到方向，给了坏人可乘之机。本来别人已告诉我对的方向，有个声称台湾华人的人主动过来，说他有巴士直达我的目的地。看是华人呢，虽然穿着有些邋遢，皮肤粗黑，嘴巴长歪了，样貌显得有些丑陋，但人是笑的。于是兴高采烈跟他去，走两步感觉说话不对劲，一会儿说车在三楼，一会说四楼。试探着问他去槟城要多久，他居然说他的车也去槟城，故意说还要去马六甲，居然也去！这个白痴还以为别人跟他一样呢。我二话不说，果断闪人。的士也不厚道，问大约需要多少钱，都说去那里不打表，一会儿说要 80 令吉，一会儿说要 40 令吉。出门在外，问路要问警察，机场和车站每层电梯旁边都有执勤人员，问他们或者其他在职工作人员，并乘坐公共交通工具，这样安全系数才高。返回车站问警察，在车站另一端找到轻轨站。

来了个妇女，问我是不是这个站台可到中央车站，我说对的，我也要去，她便坐下来一起等。路在嘴上，出门问路，懂了，也能给别人提供方便。

中央车站乘手扶梯下楼，五分钟就找到了订好的背包客之家。四人间的宿舍，已经入住了两个高大壮硕的欧洲姑娘，每人一个比我人还大还长的背包。

旅舍对面有家印度人开的快餐店。虽是快餐店却龙虾、扇贝都有，价格也便宜。很多菜加上五颜六色的香料，看不出本来的面貌。

街上各种肤色的人们，身上也是各种味道，开口各种口音，世界是个万花筒。世界再大，人一样生活啊。公交地铁，一日三餐，穿衣吃饭……只不过，这里的市井，属于这里的人们。

七

早上睡到自然醒来，下楼给自己烤两片面包就一包速溶咖啡，然后出发双子塔。

找落脚点的原则必须是交通四通八达，到哪都方便。

早上的轻轨站人山人海，不过长长的队伍却是整整齐齐的，人们有序地上下，不紧张，也不拥挤。当维护秩序的警察喊停，就不会有人再上车了。等下一班，五分钟一班。

KLCC 站下，穿过一个购物中心，出来才发现自己是从双子塔底下钻出来的。

就两栋高楼……有点不相信这就是从很多别人的相片、图片上见过的吉隆坡标志。向旁边的警察确认之后，有点失落的感叹不由自主就冒了出来：喔……这就是有名的双子塔啊……警察似乎听出来我的意外，回头问我，那不然你觉得它应该是什么样子呢？意识到不对，我连忙竖起大拇指，说："Great!"警察的笑容表示满意了。

蹲在地上发挥自拍技巧，拍了张到此一游的照片。一些上班族经过，纷纷向我竖起大拇指。骄傲了，自拍技术已得到国际认可。过来一位女游客，让我帮忙照相，正式的姿态怎么也拍不全人与塔，便干脆借她自拍杆，教她像自己刚才那样，蹲下来拍。女士很满意，换了好几个角度照相。女士从新加坡来，也是自己来旅行的，她邀我一同前往下一站。

公交站台有穿黑裤红 T 恤制服的工作人员在卖"hop on, hop off"巴士票，24 令吉，可以绕城一圈，经过市内 23 个景点。票 24 小时有效，今天看不完，明天可以继续使用。

巴士是双层的，人不少，各种肤色。上车后，把买票送的导览图看了一遍，先挑感兴趣的逛。

双子塔出发到吉隆坡塔，只要 5 分钟。听介绍像是上海东方明珠一样的地方，没下去。让车等等我，下地拍个照去往下一站。同行的姑娘登塔去了，就此别过。

车上的广播会提前介绍下一个景点，没有什么特别的地方就不下去。

世界大同，街道都是街道的样子，大厦都是大厦的样子。

到唐人街站，已是中午，便下车吃饭去。20分钟后返回站台，刚好坐上下一班车。来接洽的是位华人，问我从哪里来，听说中国他很高兴，告诉我他的太太是海南文昌人，问我吃饭没，要请我吃饭，我谢了他的好意。

小印度，没下车，第12站是国家博物馆，估计需要费些时间，打算先跳过，留着第二天。第13站，国家皇宫，下车了。

同车的一位男士问我，国王在不在里面，我也不知道啊。他在不在里面，反正也不会接见我，管他呢，看看皇宫就好。但皇宫大门紧闭，卫兵骑兵把守，只能通过大铁门往里窥视。

大门右侧的骑兵，他的马很不安稳，还始终不愿抬头，于是，照相的人都到左侧去了。我不想排队，就在右侧，没想看了相片，马儿居然抬头露脸了。

一群身穿色彩鲜艳纱丽服的印度美女经过，有人夸我裙子甜美，便顺便请她们合了个影。

皇宫之后的绿化带，公园都过了，第16站国家清真寺才下车。与同车的加拿大约翰先生走到门口，工作人员告知下午3点才开放。

下一班车20分钟后才到，附近有个吉隆坡城市展厅，约翰先生便买了票，约我一起进去。展厅展出吉隆坡整个城市模型，然后是10分钟左右的城市纪录片。

约翰先生只去过上海，对中国很不了解。他说中国西藏是一个像马来西亚一样的帝制国家。纠正他之后，不相信我，便让他自己查资料。他自己上网查出来的是不丹的国王和王妃的资料，搞混淆了。但他却怎么也不相信我。旁边有位也在等车的欧美先生，我问了他是否去过中国，结果他知道西藏，于是拉了他一起向约翰证明，西藏是中国的，首府在拉萨，他这才愿意回去再了解了解。

后　记

旅行中，我经常被问到一些问题：

你不用上班吗？

上班还有几十年才可以退休呢，人一辈子属于自己的几个月时间不出卖给公司，而是去旅行自己花掉它，不可以吗？况且，不是每个月都有八天公休，逢年过节还有法定节假日吗？你以什么方式度过你的假期？反正不是旅行，对不对？

我也想玩，没钱也没时间，你怎么会有钱有时间可以去这么多的地方？

你不也是天天上班，每月领工资吗？

要买化妆品，要随份子，要泡吧喝酒唱K，买衣服，买包包，这工资就花完了呀！哪里还有钱去旅行？

可能我挣的钱比你多，我说。

对于一个想旅行，但总是把钱花在其他地方都不会想到花给旅行的人，你能如何回答？

你是怎么做攻略的？

我出门几乎不做攻略，不会带着密密麻麻都是字的几张纸。一张中国地图，几个旅行App，一个火车App，一部能上网的手机，钱和有归期或无归期的时间就可以。有地图，如果时间允许就顺便去一下目的地附近的其他地方。旅行App订住宿订门票。只要把交通、住宿订好，在一个地方安顿下来，那里有什么好玩的、好吃的，搜一下就知道。通常百度一个地名，当地所有景点都会罗列出来，选择自己感兴趣的地方，坐上车，去就是了。

旅行就是这么简单。如果选择火车旅行，可以看看所有火车经停的城市，通常可以先选择最远的目的地，返程再一路玩回来。在没有特价机票时，火车是出行最经济舒适的交通方式。

一个人旅行不会害怕吗？

曾经对担忧的母亲这么解释：

我们家住在东边，西边是很少有事情要过去的。有一天，有事情去了西边，这和一个人去了一个未曾去过的陌生地方是一样的，只不过是距离长短不同而已。

一个城市，不会因为你出现在那里，别人就能看得出来你不属于那个地方。任何地方的人，也许衣着打扮、生活习惯、宗教信仰不同，但同样为人，人的本质都是一样的，渴望的都是和平美好的生活。你不过是离开了自己熟知的环境，去了别人熟知的环境而已。不过，在陌生的地方，还是会给自己制定几条规则：一是，天黑归巢，就是繁华的地方也要在九点前回到住处；二是，偏僻的、没有公共交通工具可以到达的景点选择旅游团；三是，优先选择正规公共交通工具。

旅行需要很大的开销吧？

旅行是花钱花时间换体验的过程，开销因人而异。主要开销离不开以下几方面：

吃：当地的特色当然乐意去尝试，但只有那种在本地才能够吃得到的才更值得尝试，比如新疆的馕、缸子肉。因为很多特产，现在快递就可满足。随身带一只轻便的杯子，机场、车站、火车、动车上、游览中方便随时饮水。

住：对个人而言，干净，有热水可以洗澡，有张卫生舒适的床可以睡觉就足够。所以，青年旅舍的床位就可以满足我的条件。全国有很多文化特色的青年旅舍，条件并不差。如果不习惯几个人住一个房间，旅舍里也有单间的。选择青年旅舍，一方面，可以用最少的钱浏览更多的地方；另一方面，青年旅舍里聚集的都是来自五湖四海、世界各国的年轻旅者，大家住在一起，如果目的地相同就可以结伴同行，还可以分享和交流各自的旅行故事、资讯、文化等。所以，即使是独自旅行，随时随地都可以组建三五人的小分队。大家互相照顾，互相帮忙拍照，还可以拼餐、拼车，开开心心在一起玩。酒店的规矩方整和旅舍的自由随性的感觉是完全不同的。

行：出行前，都会提前半个月查询交通信息，通常一次的费用都会控制在1000元以内。如果出发地到目的地没有火车直达，没有千元以内的特价机票，路程较远需要中转的，选择火车或动车加飞机。搭乘火车在15小时内，当日可抵达的则选择火车、动车。你想，上班8小时，遇上加班在办公室一坐十几个小时是常有的事，所以，火车旅行，一路聊天，看风景，或者几部电影、一些歌曲、一本书，时间很容易就打发过去了。还有一个方法，就是如果你反正哪儿都没去过，就可以选择当下机票最便宜的地方先去。轮流着来，便可以用特价机票去所有你想去的地方。

穿：旅途中，如果想要照片好看，可根据目的地和季节有选择地准备出行的服饰。百搭的不同款式的T恤、纱巾、帽子、围巾，这类的配饰作用很大。

门票：除非是淡季的折扣，网络平台的活动促销，否则门票费用是必须的。

我希望世界和平，祖国永远强大安宁，每一个普通的中国人都不再有我父亲艰难的风雨人生，每个人都能衣食无忧、自由自在，随时可以出发去领略神奇的大地。

我希望当下这个物质已够丰盛的时代，更多的人不必太过分追求物质，给自己一些时间，可以有到处走走看看的自由。等到了生命的尽头，回想起来，自己也尽可能多地见过了这世间的美好，生而为人自由自在自己支配的美好时光。

我希望很多渴望走出去看看的男生女生不要再犹豫不决。

生活吧，坦然接受生命中的每一场风霜雨雪，活出最好的自己。

启程吧，一个人的旅行很简单，也会很精彩。

此书献给逝去的父亲

此书献给未来的自己

图书在版编目（CIP）数据

徂岁不须惊：一场人生，几段旅行 / 娓娓著 . --
北京：中国国际广播出版社，2017.11
ISBN 978-7-5078-4128-2

Ⅰ . ①徂… Ⅱ . ①娓… Ⅲ . ①散文集—中国—当代
Ⅳ . ① I267

中国版本图书馆 CIP 数据核字 (2017) 第 272422 号

徂岁不须惊：一场人生，几段旅行

出品人	宇　清
著　者	娓　娓
责任编辑	张娟平
装帧设计	文豪社
责任校对	陈丽维

出版发行	中国国际广播出版社［010-83139469 010-83139489（传真）］
社　址	北京市西城区天宁寺前街 2 号北院 A 座一层 邮编：100055
网　址	www.chirp.com.cn
经　销	新华书店
印　刷	北京市金星印务有限公司

开　本	710×1000　1/16
字　数	261 千字
印　张	16
版　次	2018 年 4 月 北京第 1 版
印　次	2018 年 4 月 第 1 次印刷
定　价	39.00 元

CRI 中国国际广播出版社　欢迎关注本社新浪官方微博　官方网站 www.chirp.cn